중국 서부(西部)지역 사람들의 독특한 인성(人性)인
"황량 · 절망 · 발악 · 태연"을 고백한

쉐모(雪漠)의 소설 정선

쉐모(雪漠) 저 · 김승일 역

중국대백과전서출판사

쉐모(雪漠)의 소설 정선

초 판 1쇄 인쇄 2023년 07월 10일
초 판 1쇄 발행 2023년 07월 17일
발 행 인 김승일(金勝一)
디 자 인 김학현
출 판 사 중국대백과전서출판사
출판등록 제 2015-000026호

잘못된 책은 바꿔드립니다.
가격은 표지 뒷면에 있습니다.

ISBN 979-11-90159-46-3

판매 및 공급처 중국대백과전서출판사
주소 : 서울시 도봉구 도봉로117길 5-14 **Tel :** 02-2268-9410 **Fax :** 0520-989-9415
블로그 : https://blog.naver.com/jojojo4

※ 이 도서의 국립중앙도서관 출판사 도서목록(CIP)은 서지정보유통지원시스템 홈페이지(http://seoji.nl.go.kr)와 국가자료공동목록시스템에서 이용하실 수 있습니다.

저자약력 **쉐모(雪漠)**

본명은 천카이홍(陈开红)이고, 1963년 깐수(甘肅) 량쩌우(凉州)에서 태어났다. 중국 국가1급 작가, 중국작가협회 회원, 깐수성(甘肃省)작가협회 부주석, 동관문연(东莞文联) 위원, 동관시작가협회 부주석, 동관민간예술가협회 부회장. 광쩌우시(广州市) 샹바(香巴)문화연구원 원장으로 활약하고 있다. 루쉰(鲁迅)문학원, 상하이 작가연구생반 제1회 졸업생으로 서부(文化)문화학자, 마하무드라(大手印, 밀교에서 표방하고 있는 4가지 수인 가운데 하나)연구 전문가, 깐수성위(省委) 및 성 정부 등 부문에서 "깐수성 우수전문가", "깐수성덕예쌍형(德艺双馨)문예가", "깐수성 첨단 창신 인재" 등의 칭호를 수여받았다. "쉐모소설 연구"는 푸단(复旦)대학, 란쩌우(兰州)대학, 상해사범대학, 중앙민족대학 등에서 전문 연구주제로 선택되고 있다.

쉐모의 대표적 장편소설로는《따모제(大漠祭)》,《사냥(猎原)》,《백호관(白虎关)》(상해문예출판사) 등이 있고, 대표적 학술서로는《내 영혼의 믿음(我的灵魂依怙)》,《마하무드라 마음속의 실질적 수양(大手印实修心髓)》(깐수민족출판사) 등이 있다. 이들 모든 작품들은 국내외에서 강렬한 반응을 야기하고 있다.

역자 약력 **김승일(金勝一)**

1955년 생으로 경기 안성(安城)에서 성장하여 동국대 사학과를 졸업한 후, 대만(국립대만정치대학 문학석사[1987년]), 일본(국립규슈대학 문학박사[1992년])에서의 유학과 중국, 미국 등에서의 교학생활 경험을 바탕으로, 중국을 중심으로 한 동아시아세계의 문화 및 사회경제교류사의 연구를 통하여 동아시아의 정체성(正體性)을 재구성하는 일에 매진하고 있다. 이러한 공로를 중국정부로부터 인정받아 2012년에 "중화도서특수공헌상"을 수상했고, 2015년에는 중국국무원신문판공실 해외이사로 피선되었다. 동아시아경제연구원 수석연구원, 국민대와 동아대 교수 등을 거쳐 현재 동아시아미래연구원 원장으로서 활동하고 있다. 논문으로는 〈한중일 삼국의 근대화 좌절과 성공의 사상적 배경에 관한 비교연구 - 유불사상의 조화와 갈등이 미친 영향을 중심으로〉〈도쿠가와 막부시기, 일본의 조선성리학 수용과 의의〉 외 150여 편이 있고, 『한민족과 동아시아세계』『중국혁명의 기원(일어판)』 등 30여 권의 저서와 『마오쩌동선집』『덩샤오핑문선』『한중관계사』 등 200여 권의 역서가 있다. 2017년에는 중국 국가신문출판광전총국의 "실크로드의 책 향기" 공정 제1기 "외국인이 쓰는 중국 프로젝트"의 출판 지원 대상으로 자서『한국인도 모르고, 중국인도 모르는 한 · 중우호관계사(원서명『我眼中的韓中關係』, 중국인민대학출판사, 2018년』가 선정되었고, 2018년에는 동 프로젝트를 주관하는 비서처로부터 창작상을 수상하였다.

머 · 릿 · 말

평생 좋은 기분으로 살아왔다면
평생 행복하게 살아온 것이다.
우리는 세상을 바꿀 수는 없지만
자기의 기분을 바꿀 수는 있다.

차 · 례

신장(新疆) 영감의 순정(純情)

신장(新疆) 영감의 순정(純情)

신장 영감(신장 출신의 영감 - 역자 주)이 노점을 정리하기 시작했다. 아직 좀 이른 시간이다. 태양은 이제 막 서쪽으로 기울던 참이었다. 희멀건 태양은 마치 우유를 섞어놓은 얼음 같았다. 황토와 낙엽을 말아 올린 으스스한 바람에는 벌써 늦가을의 냄새가 실려 있었다. 신장 영감은 과일을 정리하고 나서 또 달걀을 정리하기 시작했다. 노점이라고 해봐야 두 개의 광주리와 두 개의 마분지가 전부였다. 한 쪽 마분지에는 과일을 쌓아놓았다. 연육배(软儿梨)[1]는 말랑말랑하고 껍질이 얇았다. 가슴속까지 시원하게 해주는 달콤한 육즙은 기침을 낫게 하는 효능도 있다. 다른 쪽 마분지에는 달걀을 쌓아놓았다. 이게

---

1) 연육배 : 오구향배는 중국농업과학원 과수연구소에서 재배한 새로운 배 품종입니다.

전부였다. 언제든지 후딱 펼쳐놓았다가 또 바로 정리할 수 있었다. 과일은 한 근에 40전 씩 도매로 받아왔는데 45전을 받고 팔았다. 달걀은 한 근에 20전 씩 주고 수거해왔는데 22전을 받고 팔았다. 수입이 고만고만했지만 먹고 살기에는 족했다.

정리를 마친 신장 영감은 멜대로 광주리를 둘러메고 마을 동쪽으로 향했다. 그는 키가 크고 말랐는데 멜대를 메고 흔들흔들 걸으니 길게 늘어진 그림자가 마치 지네와 흡사했다.

누군가가 물었다.

신장 영감님 어디로 가는 길이시우?

여러 사람들이 그를 쳐다봤다. 그의 눈에는 물기가 반짝이고 있었다.

"그녀의 집에……"

신장 영감이 대꾸했다.

그 사람은 '그녀'가 누구인지를 묻지 않았다.

"돈 주러 가시우?"

"그러네."

신장 영감이 대꾸했다.

"돈을 주면 한 번 할 수 있남유?"

다른 자가 짓궂게 물었다. 그러자 다른 사람들이 모두 웃었다.

난처해진 신장 영감이 여러 사람들을 에돌아가려고 했다.

하지만 여럿은 그를 둘러싸고 놓아주려 하지 않았다.

"할 수 있어요?"

신장 영감은 중얼거리면서 멜대를 내려놓았다. 그는 아픈 허리를 두드리며 말했다.

"허튼소리들 하지 말게나, 이 늙은 몸으로 뭘 한다구……"

여러 사람들이 와 하고 웃었다. 또 한 작자가 말했다.

"늙었다고요? 새끼줄처럼 꼬여도 할 수 있다고요."

다른 자가 말을 받았다.

"연장이 안 되면 손으로는 할 수 있지. 만지기만 해도……"

신장 영감은 더 이상 대꾸하지 않았다. 그는 서둘러 멜대를 둘러메고 토끼처럼 깡충깡충 뛰어갔다.

"하지 않으면 너무 억울하지 않나?"

누군가가 말하자 여럿이 또 와 하고 웃었다.

마음이 급한 신장 영감은 발을 빨리 놀렸지만 다리에 힘이 없어서 얼마 못가서 비틀거리기 시작했다. 결국 걸음을 멈추고 숨을 고르면서 멜대를 다시 내려놓았다. 그가 막 허리를 두드리며 몸을 펴는데 어떤 꼬마가 불쑥 물었다.

"신장 할아버지 어디 가세요?"

그 때서야 신장 영감의 얼굴에는 천진난만한 미소가 떠올랐다. 그는 꼬마의 물음에 대꾸하는 대신 광주리에서 배 하나를 꺼내며 말했다.

"이리 온, 할아버지가 배 하나 줄게."

꼬마는 배를 받아들자마자 바로 먹어댔는데 손가락에 흘러내린 과즙까지도 쪽쪽 빨아댔다. 신장 영감은 꼬마가 먹는 모습을 흐뭇하게 바라보고 있었는데, 가끔씩 입을 짭짭거리는 것이 마치 꼬마가 아닌 자기가 먹기라도 하는 것 같았다.

"이 녀석, 너 왜 또 신장 할아버지의 배를 먹는 거냐? … 신장할아버지 … 애들한테 자꾸 버릇을 들이면 안 돼요. 푼돈 장사에 얘도 주고 재도 주면 남는 게 없잖아요……"

얼굴이 붉은 사내가 말했다.

신장 영감이 웃으며 말했다.

"괜찮네, 애들은 먹어야 하니깐…… 나 같은 외톨이야 1년에 옷 두 벌에 하루 두 끼만 먹으면 족하니까 말일세. 이치대로 사는 거지 뭐. 자네 어서 일 보게. 나는 가보겠네."

"아니 좀 들어와서 앉으셨다 가시지 그러세요?"

"아니네, 아냐."

하고 길을 재촉했다.

그가 도착한 그녀의 집은 몹시 낡은 허술한 집이었다. 벽은 군데군데 떨어져나가 마치 쇠버짐을 먹은 것 같았다. 그녀는 한창 벽에 난 구멍을 메우고 있었는데 몸이고 얼굴이고 온통 먼지투성이였다. 그녀는 신장 영감을 보더니 삽을 내려놓고 몸의 먼지를 털면서 짧게 말했다.

"오셨어요!"

신장 영감이 대꾸했다.

"그래."

신장 영감이 집안으로 들어갔다. 창호지가 빛을 투과하지 못해 집 안은 어스레했다. 구들 한 쪽에는 눈에 핏발이 선 노인이 막 담배를 피우려던 중이었다. 담배 빨주리를 등잔불에 가져가 불을 붙인 뒤 들이빨자 불씨가 대통으로 빨려 들어갔다. 뒤이어 콧구멍으로 담배연기가 뿜어져 나왔다. 신장 영감이 들어온 것을 본 그는 몸을 옮기면서 말했다.

"왔구먼."

신장 영감이

"그래" 하고 대꾸하고는 쪽걸상을 찾아 웅크리고 앉았다.

"올해 수확이 별로야."

노인이 말했다.

"올해 수확이 안 좋지."

신장 영감이 대꾸했다.

"명년은 어찌 나려나?"

"그러게 말일세, 명년이 걱정이야!"

"사는 게 참…"

"그러게, 사는 게 영…"

그녀가 집안으로 들어왔다. 그녀는 몸의 먼지를 털면서 신장 영감에게 춥지 않느냐고 물었다. 신장 영감은 괜찮다고 대꾸했다. 여인이 두꺼운 솜옷을 입을 때가 됐다고 하자 신장 영감은 고개를 끄덕였다. 이불을 빨 때가 되었다고 하자 신장 영감은 역시 고개를 끄덕였다. 여인이 또 내일은 채소를 거두어야 하니 모레 빨자고 하자 신장 영감은 계속해서 고개를 끄덕였다.

눈에 핏발이 선 노인이 말을 가로챘다.

"내일 빨아야 해. 채소는 내가 거둘 테니까. 변덕스런 날씨가 또 어찌 변할지 누가 아나?"

여인이 대꾸했다.

"그럼 내일 빠는 걸로 해요."

신장 영감은 잔돈 한 묶음을 꺼내며 말했다.

"이것뿐이네. 요 며칠 물건을 사는 사람이 통 있어야 말이지. 일단 이걸로 두 사람이 옷이라도 사 입게. 옷이 너덜너덜하면 사람들이 비웃는단 말일세."

신장 영감은 돈을 구들에 내려놓으며 말했다.

"난 이만 가겠네."

여인이 만류했다.

“밥 먹고 가세요. 바로 국수를 삶을 게요.”

신장 영감이 말했다.

“아니야. 난 가서 주사를 맞아야겠어. 감기몸살이 좀 있는 것 같으아 말이야.”

여인이 말했다.

“두꺼운 솜옷을 입을 때가 되었어요.”

신장 영감은 그래야겠다고 대꾸하며 광주리를 들고 문을 나섰다. 여인은 배웅하지 않았다. 노인도 배웅하지 않았다.

따뜻한 방에 있다가 밖에 나와 찬바람을 맞으니 코가 근질근질하고 재채기가 나왔다. 콧속에 작은 벌레가 기어 다니는 것만 같았다. “아무래도 주사를 맞아야 할까봐……” 신장 영감은 코를 벌름거리며 생각했다.

“될수록 병에 걸리지 말아야지. 요즘 세월에 앓아누우면 감당이 안 되거든. 뭐 그렇다고 해도 걸리면 걸렸지, 두려울 건 없지만 말이야.”

신장 영감은 또 한 번 재채기를 했다.

왕 의사네 방안에는 사람이 많지 않았다. 사내 두 명과 아이 한 명이 있을 뿐이었다. 신장 영감은 배 하나를 꺼내 아이에게 주고는 자리에 앉았다. 신장 영감은 그 두 사내가 또 그녀와 한다느니 몸을 만진다느니 하는 따위의 음담을 늘어놓을 거라 생각했다. 하지만 그들은 아무 말도 하지 않고 아이가 배를 먹는 걸 지켜볼 뿐이었다.

신장 영감이 말문을 열었다.

“어른들은 안 주네. 주면 대책이 없거든. 정말 대책이 없어.”

하지만 사내 하나가 아랑곳하지 않고 광주리에서 배를 하나 꺼냈다. 다른 사내도 배를 꺼냈다.

신장 영감은 막무가내라는 듯이 말했다.

"그래, 먹으라구. 이 배는 열을 내리니 말야."

왕 의사가 자기를 지켜보는 걸 본 신장 영감은 말을 돌렸다.

"페니실린 한 대 놔주게. 다른 건 통 말을 안 들어."

왕 의사가 웃으며 말했다.

"감기 걸렸는데도 가만히 있지 못하고 오입질하러 가셨어요? 그러다 양기를 다 빼기시면 어쩌시려고……"

신장 영감은 일순 얼굴이 달아올랐다.

"왕 의사, 당신도 허튼소리를 하는구려. 그 작자들이야 무식쟁이어서 아무 소리나 한다고 쳐도 먹물깨나 먹은 당신은 그런 말 하면 안 되지."

"정말 아무 일도 없었어요?"

왕 의사가 정색을 했다.

"그렇다니까. 그 사람은 이미 임자 있는 몸인데 어찌 그럴 수 있겠나! 난 그런 부덕한 짓은 안 해. 사람이 의리가 있어야지……"

신장 영감의 콧등에 땀이 맺혔다.

왕 의사는 진맥하면서 그의 얼굴을 주시했다.

"원래 아저씨 마누라였으니 한다고 해도 문제 될 건 없지 않은가요?"

"원래는… 원래는 그렇지…"

신장 영감은 말을 더듬거렸다. 낯이 일순 흙빛이 되는 바람에 콧등에 맺혔던 땀방울도 보이지 않았다.

"군대에 끌려갈 때 몇 살이셨어요?"

"스무 살이었지."

"정말로 결혼한 다음날이었어요?"

"그렇다네."

"정말 신장에서 도망쳐왔어요? 차도 타지 않고?"

"그렇다네!"

신장 영감은 더 이상 대꾸하려 하지 않았다. 같은 질문을 수백 번도 더 당한 것 같았다. 너도나도 물어보니 짜증이 날만도 했다. 다들 알고 있으면서도 으레 그래야 하는 것처럼 물었다. 그해 스물이었던지 열아홉이었던지는 기억나지 않는다. 너무 오래 되어서 기억이 가물가물한 게 마치 꿈이었던 듯싶었다. 신장이 아득히 멀었다는 것만 기억에 남아 있을 뿐이다. 별다른 방법이 없었다. 사람들이 아주 많았는데 밧줄로 결박하지는 않았다. 군대를 징집하는데 말 그대로 사람을 잡아가는 식이었다. 신혼 방에서 끌려나와 바로 군영에 들어갔다. 가고 또 갔는데 얼마나 오래 걸렸는지도 모른다. 누군가가 신장에 도착했다고 해서 그런 줄 알았다. 신장이 어떤 곳인지도 모른다. 신혼 방에 두고 온 각시 생각만 날 뿐이었다. 얼굴도 아직 제대로 보지 못했다. 하지만 그녀는 분명 그의 아내다. 그래서 죽기내기로 도망을 쳤다. 처음 몇 번은 실패하는 바람에 거의 반죽음이 되도록 맞았다. 다섯 번 만에야 겨우 도망쳐 나왔다. 그래서 돌아올 수 있었다. 돌아오는 길이 얼마나 먼지는 기억조차 없다. 아무튼 낮에도 달리고 밤에도 달리고 깨어서도 달리고 꿈속에서도 달려서 마침내 돌아왔다. 얼마나 걸렸을까? 1개월이나 수개월이 걸렸을 수도 있고 1년이 걸렸을 수도 있다. 그까짓 걸 따져선 뭘 하랴. 돌아와 보니 아내는 이미 개가해 있었다. 형님이 팔아버렸던 것이다. 그가 이미 죽은 줄로 알았단다. 이미 팔았으니 별 수가 없었다. 이미 남의 아내가 되어 있었던 것이다. 되사올 돈도 없었다. 그러니 인정하는 수밖에…… 그녀를 산 사내는 형편이 괜찮았다. 아무튼 그녀가 고생은 면하게 되었으니 다행이었다. 이게 전부이다. 그런데 뭘 자꾸 캐묻는단 말인가? 귀찮게.

왕 의사가 주사기를 꺼내들고 피부 반응 검사를 하려 하자 신장 영감이 얼른 말했다.

"늘 맞는 거니깐 괜찮아. 이 늙은 몸뚱이에 페니실린이 좀 들어간다고 별일 있겠나?"

하지만 왕 의사가 굳이 안 된다고 하자 신장 영감은 할 수 없이 팔을 걷어 올렸다.

"억울하지 않아요? 아내를 들여서 하룻밤밖에 자지 못했으니……"

왕 의사가 말했다.

신장 영감은 멋쩍게 웃으며 속으로 되뇌었다. "젠장, 하루도 못 잤단 말이야. 공교롭게 그날 밤 달거리가 오는 바람에 말야."

"형님을 원망하지는 않아요?"

"이치대로 사는 거지 뭐. 원망하긴 뭘 원망해?"

"왜 다시 결혼하지 않았어요?"

"이치대로 사는 거지 뭐. 뭘 다시 결혼해?"

신장 영감은 실눈을 하고 창밖의 하늘을 바라봤다. 그리고 하늘 밑에 서 있는 나무들을 바라봤다. 단풍이 떨어져서 가을바람에 날리고 있었다. 그의 얼굴은 나무로 만든 조각상을 방불케 했는데 마치 자신과 아무 상관이 없는 이야기를 하는 것만 같았다.

왕 의사는 그의 팔을 살펴보고 나서 허리띠를 끄르라고 했다. 신장 영감은 바지를 내리고 말라서 움푹 들어간 두 쪽의 엉덩이를 드러냈다.

"주삿바늘을 살에 찌르라고. 지난번에는 뼈에다 찌르는 바람에 아파서 며칠이나 고생했다네."

왕 의사가 웃으며 대꾸했다.

"어디 살이 있습니까? 말라서 거죽뿐인데. 영양보충을 좀 하세요.

돈이 생기는 대로 다 남한테 갖다 바치지 마시고. 이미 남의 마누라가 된지 오랜데 자꾸 챙겨서 뭐하게요?”

신장 영감이 대꾸를 하지 않자 왕 의사가 말을 이었다.

“그런 일은 너무 자주 하면 몸을 상해요.”

신장 영감이 눈을 흘겼다.

“왜 또 그러나? 먹물을 먹은 사람이…”

왕 의사는 병에 걸린 닭처럼 푸들거리며 웃었다. 그는 한 손에는 주사기를 들고 다른 손으로는 축 처진 엉덩이 거죽을 들고 주사바늘을 찔러 넣었다. 신장 영감이 말했다.

“조금 따끔한 걸 보니 이번에는 살에다 제대로 박은 것 같구려.”

왕 의사는 웃으면서 수의사가 말의 엉덩이를 두드리는 것처럼 신장 영감의 마른 엉덩이를 찰싹 쳤다.

“이제 그만 일어나세요.”

신장 영감은 아이쿠 하고 비명을 질렀다.

“아프단 말이야.”

왕의사가 대꾸했다.

“아이고, 구리로 된 종도 아닌데 툭 치기만 해도 울리네요.”

집에 들어선 신장 영감은 많이 헐거워진 광주리를 내려놓았다. 속이 좀 쓰렸다. 며칠 동안 헛고생을 한 셈이다. 하지만 그는 머리를 휘저으며 스스로를 위안했다.

순리대로 사는 거지 뭐. 그렇게 따져선 뭘 해!

그의 집은 크지 않았다. 흙으로 만든 구들과 부뚜막, 허술한 나무창문, 서까래는 꺼멓게 그을려 있었다. 벽도 꺼멓게 그을려 있었다. 창호지는 누렇게 변했고 그래서인지 집안은 꽤 어둑어둑 했다. 어스레한 게 오히려 좋았다. 그는 너무 밝은 것은 싫어했다. 어스레하니 오리려 집 같았다. 문을 닫기만 하면 혼자만의 세상이 된다. 문뜩 따스한 뭔가가 마음속에 치미는 것 같은 느낌이 들었다. 집이란 참으로 좋은 것이다. 바람도 막을 수 있고 비도 막을 수 있다. 막돼먹은 질문을 하는 사람도 없다. 그는 사람들이 자꾸 캐묻는 게 싫었다. 이미 수 십 년이 지난 일이다. 잊어버리고도 남을 시간이다. 하지만 질문을 당하면 어쩔 수 없이 기억을 끄집어 올리게 된다. 그러면 또 저도 모르게 마음이 울적해 진다.

신장 영감은 아궁이를 뒤적여놓았다. 그러고는 마를 꺼내 썰기 시작했다. 마는 참 좋은 음식이다. 조금만 익혀도 물렁물렁해진다. 혀로 누르기만 해도 으깨져서 목구멍으로 쑥쑥 넘어간다. 이빨은 벌써 다 빠졌다. 그래서 다른 반찬은 먹기가 힘들다. 억지로 먹어봐야 소화가 안 되었다. 마는 큼직큼직하게 썰어야 젓가락으로 집기가 좋았다. 거기에다 잘 익으니 문제가 없었다. 아직 손이 떨리지는 않지만 예전 같지가 않다.

마 하나를 아직 채 다 썰지 못했는데 도마가 꽉 찼다. 5치밖에 안 되는 둥근 도마는 수 십 년 동안 사용한 것이다. 그래서 익숙했다. 과목으로 만든 도마는 튼튼해서 좋았다. 아무리 칼질을 해도 부스러기가 일지 않았다. 목수로 일하는 진 씨가 도마를 새로 만들어주겠다고 했지만 그는 거부했다. 새로 장만해선 뭘 해? 혼자서 사용하기에 충분한데. 다른 집들에서는 도마를 한 번 또 한 번 교체했지만 그는 원래의 도마를 고집했다. 과목은 정말 튼튼해서 좋았다. 수 십 년이나 사용했지만 조금 얇어졌을 뿐이다. 얇어져도 좋다. 가벼우니깐. 도마는 손바닥만 했지만, 꽤 무게가 나갔었다. 그러나 이제는 늙었으니 가벼운 것이 좋다.

마를 다 썬 그는 아궁이를 살펴보았다. 흙으로 만든 아궁이는 쓰기에 좋았다. 얼마 안 되어 불길이 올라왔다. 서둘러 작은 솥을 올려놓고 식용유 병을 집어 들었다. 젓가락 끝에 헝겊조각을 대어 만든 기름솔을 솥에 대고 몇 번 휘저으니 금세 고소한 기름향기가 피어올랐다. 참기름이었다. 참기름은 고소해서 좋다. 유채 기름보다 훨씬 더 고소하다. 하지만 참기름이 나오기 전에는 유채 기름도 기막히게 고소한 것이었다. 유채 기름이 없을 때도 괜찮았다. 식용유가 없어도 밀가루와 마만 있으면 충분했다. 60년대의 그 몇 해만 빼면 하다못해 마 따위로라도 끼니를 때울 수는 있었다. 1960년, 그 해에는 정말 어려웠었는데 얼마 안 되는 푸성귀로 겨우 연명했었다. 그래도 살아남았으니깐 괜찮은 셈이다. 수많은 사람들이 굶어죽었지만 그는 아득아득 살아남았다. 큰 병에도 안 걸리고 큰 재난도 겪지 않고 살아남았으니 좋은 일이다. 이치대로 사는 거지 뭐!

마가 솥에 들어가는 소리는 정말 듣기가 좋다. 집안은 조용했다. 가끔씩 혼잣말하는 소리를 빼면 다른 소리는 거의 없었다. 마가 솥에 들어가는 소리는 정말 귀맛이 당긴다. 이런 저런 기계에서 나오는 여자들의 목소리보다 더 듣기가 좋다. 물론 그런 여자들의 목소리도 듣기 좋은 건 사실이다. 신장 영감은 친창(秦腔)[2] 듣기를 좋아했다. 목이 갈리는 듯한 소리로 부르는 곡조는 정말 끝내주었다. 라디오가 없어서 요 몇 해 동안은 친창을 듣지 못했다. 하지만 솥에서 나는 치직거리는 소리도 꽤 좋았다. 아쉬운 점이라면 그 소리가 너무 짧다는 것이었다. 치직거리기 시작해서 얼마 뒤 바로 물을 부어야 하기 때문이다.

물은 항아리에다 담아두었다. 이 항아리는 원래 동네의 가게에서 간장을 담던 것이었는데 신장 영감이 달걀 열 개를 주고 바꿔왔다. 이 또한 몇 십 년이나 되었다. 사람으로 친다면 아들이며 손주 따위를 한

2) 친창(秦腔) : 중국 시베이(西北) 지방에 유행하는 지방극. - 역자 주.

무리 거느릴 법도 한 시간이었다. 하지만 이 항아리는 신장 영감과 마찬가지로 몇 십 년이 지나도 그 모양 그대로다. 작은 항아리 하나 더 들이지를 못했다. 항아리의 아가리는 크지 않았는데 기름때가 반질반질했다. 항아리도 별반 크지 않아서 물을 얼마 담지 못했다. 신장 영감이 크지 않은 페인트 통으로 동네 우물가에 세 번만 다녀오면 항아리가 가득 찼다. 그래도 사흘은 사용할 수 있는 양이니 족했다. 사람이 늙으니 쓰는 양도 줄었고 마시는 양도 줄었다. 젊었을 때에는 한 항아리의 물을 이틀밖에 사용하지 못했다. 더 젊었을 때에는 하루면 바닥이 났다. 신장 영감은 물 사용량을 보고 자신이 늙었음을 의식했다. 늙었다, 정말 늙었다. 그의 머릿속에 갑자기 연극에서 나오는 마지막 한 구절이 떠올랐다. "벌써 18년, 늙었구나, 나 왕바오촨(王宝釧)." 늙는다고 대수로울 건 없다. 자기가 살아서 늙은 것이지 도둑맞아서 늙은 건 아니지 않은가. 그러니 남을 탓할 일도 아니다. 다만 일생이 너무 짧다는 생각이 들 뿐이다. 눈 깜짝할 사이에 벌써 늙어버렸으니. 꿈을 꾼 것처럼 뭐가 뭔지 모르겠다. 대수로울 건 없었다. 자기가 살아서 늙은 것이니. 누구나 다 살아서 늙는 것이다.

신장 영감은 양재기로 물을 떴다. 매 끼마다 이렇게 한 양재기씩 뜬다. 이렇게 작은 양재기면 한 사발에 맞먹는 양인데 한 끼 사용량으로 족하다. 자그마한 이 양재기는 하루 종일 항아리 안에서 떠있는데 멋대로 흔들거리니 꽤 안락한 셈이다. 이 양재기 역시 몇 십 년 동안 사용한 것인데 손잡이가 없다. 손잡이가 없어도 괜찮다. 원래는 손잡이가 있었다. 그때는 난로위에 올려놓고 찻물 따위를 끓이는 용도로 사용했었다. 후에 콧등에 하얀 점이 있는 그 고양이가 장난치다 엎지르는 바람에 바닥에 떨어져 손잡이가 부러지고 칠이 벗겨졌다. 그래도 괜찮다. 손잡이가 없으니 항아리에 들어갈 수 있게 되었다. 사발이나 다른 식기들은 항아리에 들어가지 않아서 물을 뜰 수 없었다. 아무튼 손잡이가 떨어진 이 양재기로만 항아리의 물을 뜰 수 있는 셈이다. 세상일이란 참으로 가늠하기가 어렵다. 손잡이가 있어서 좋은 점이 있는가 하면 없어서 좋은 점이 또 따로 있다. 딱히 어느 게 더 좋다고 말하기도 어려운 일이다. 무슨 일이나 다 마찬가지가 아닌가?

신장 영감은 양재기에 비끄러맨 작은 막대기를 잡고 익숙한 솜씨로 물을 떴다. 이 작은 막대기는 어느 학생 녀석이 달아준 것이다. 막대기가 달리기 전에는 양재기 안쪽 면을 잡고 기울여서 물이 차면 조심스레 들어 올리는 방식으로 물을 떴는데 조금은 번거로운 일이었다. 몇 십 년 동안 이렇게 해왔었는데 나중에 그 학생 녀석이 양재기에 작은 구멍을 뚫고 끈을 꿰어서 막대기를 달아준 것이다. 그래서 물을 뜰 때 항아리 속에 손을 집어넣지 않아도 되었다. 그는 개량한 양재기가 아주 마음에 들었다. 하지만 개량하기 전의 양재기도 나쁠 건 없다고 그는 생각했다.

신장 영감은 솥에 물을 붓고 끓게 내버려뒀다. 그리고는 이제 밀가루를 반죽해야겠다고 생각했다. 그는 큰 사발을 하나 꺼냈다. 이미 시중에서는 도태된 지 오랜 청자사발이었는데 두껍고 무겁고 튼튼했다. 튼튼하니 자주 사용하게 되었다. 밥 먹을 때에도 사용하고 밀가루를 반죽할 때에도 사용했다. 그래서 밀가루 반죽용 대야를 따로 살 필요가 없었다. 그는 사발에 밀가루를 담고 물을 조금 부었다. 그리고는 익숙한 솜씨로 손가락 세 개를 펴서 휘젓고 이기더니 잠깐사이에 주먹만 한 반죽덩이를 만들어냈다. 반죽덩이를 도마에 올려놓고 둥글넓적하게 모양을 내고 칼로 한 가닥 한 가닥씩 썰었다. 그 중 한 가닥을 집어 들고 비벼서 가는 면발을 만들었다. 걸쭉하게 먹을 때에는 긴 면발을 그대로 솥에 넣었고 묽게 먹을 때에는 잘게 뜯어서 넣었다.

그렇게 몇 십 년이 흘렀다.

늙기는 늙었나보다. 정말로 늙었다. 걸쭉하게 먹으면 소화가 안 된다. 그래서 묽게 먹었다. 묽게 먹으면 편하다. 편해지는 데는 돈이 들지 않는다. 쪽걸상에 앉아서 밤하늘의 별을 보고 달을 봐도 편하다. 해가 떴다가 지기를 반복하고 나뭇잎은 푸르렀다가 누렇게 되기를 반복한다. 아무도 신장 영감의 편안함을 앗아가지는 못한다.

땅거미가 내리기 시작했다.

그 검은 색채는 시나브(나도 모르는 사이에 조금씩 조금씩 - 저자주)로 다가왔다. 그러는 와중에 신장 영감의 밥이 다 되었다. 그는 사발을 들고 문지방에 걸터앉았다. 우선 젓가락으로 국수며 이것저것 집어서 귀신에게 시주하고는 후룩후룩 소리 내어 먹기 시작했다. 사발에서도 김이 나고 머리에서도 김이 났다. 그의 앞에는 똑같은 음식이 한 사발 놓여있었다. 또 다른 친구를 위해 준비한 것이다. 바로 검둥이였다. 그 시각 검둥이는 마을 동쪽의 여인의 집에서 이쪽으로 느릿느릿 오는 길이었다. 희미한 달빛 아래 매화꽃 모양의 발자국을 새기며 오고 있었다. 사발에 담긴 밥을 소리 없이 비운 검둥이는 묵묵히 그와 대화를 나눴다. 신장 영감에게는 하루 동안 가장 안락한 시각이었다. 이 시각 그는 자기 자신을 잊었다. 검둥이도 잊었고 마을사람들도 잊었다.

『비천(飞天)』에 발표.

아름다운 것

아름다운 것

1.

멍즈(猛子)는 막 결혼식을 올린 아내 웨얼(月儿)이 매독에 걸렸을 줄은 꿈에도 생각지 못했다. 건강에 이상이 있다는 예감이 없지는 않았지만, 그래도 예상 밖의 일이었다. 그래서 그랬는지 그녀는 여태껏 자신에게 몸을 내어주려 하지 않았던 것이다. 그녀는 약간 의아할만한 이유를 댔다. 란저우(蘭州)에 있을 때 남의 대야로 밑을 씻다가 무좀에 걸렸는데 무좀 병균을 옮길까봐 염려스럽다는 것이었다. 결혼 전에도 그랬다. 그가 충동적으로 나오기만 하면 그녀는 이렇게 말했다.

"뭐가 그리 급해? 결혼하고 나면 나는 네 여자인데."

그때까지만 해도 그는 이를 순결의 증거라고 생각했다.

바람기 많은 도시의 여자들을 두루 겪어본 그는 웨얼이 마지막 순결을 고수하는 데 대해 감동하기까지 했다. 몇 해 동안 그는 떠돌이 생활을 하면서 적지 않은 일을 경험했다. 그래서 요즘 같은 시대에 진정한 사랑을 추구하는 것은 사치에 지나지 않음을 알게 되었다. 더러 공순이들이 그와 사귀려고도 했지만, 그는 그녀들의 성적인 경험들을 도저히 용납할 수가 없었다. 친구들이 그를 비웃었다. "착각하지 말게. 요즘 시대에 혼전 순결을 지키는 여자가 어디 있는가?" 그러나 그는 있을 거라고 생각했다. 특히 농촌에는 있을 거라고 했다. 그때 그는 결심을 굳혔다. "도시의 여자들은 이미 다 오염되었으니 고향에 돌아가 사랑을 찾으리라고……" 그런데 금방 결혼한 자기의 아내가 매독에 걸렸을 줄이야……

모든 것이 물거품이 되어버렸다.

의사가 그를 다독였다.

"자넨 그녀에게 감사해야 하네. 그녀도 솜털과 같아서 불이 당기면 바로 붙었을 거란 말일세. 그런데도 끝내 참았으니 결과적으로 자네는 병에 걸리지 않았지 않나?"

멍즈는 쓴웃음일 지었다. 갑자기 그는 두려워지기 시작했다. 두려움 때문에 웨얼에 대한 원망도 적잖이 사그라졌다. 그러나 마음속을 짓누르는 고통만은 여전했다. 그는 생각을 굳혔다. "이혼할 거야." 이는 꽤나 분을 삭이는 결정이었다. 마음을 짓누르던 것이 한결 가벼워진 것 같았다. 그러나 동시에 이런 생각이 꼬리를 물었다. "이혼하면 그녀는 어떻게 살아가지?"

웨얼은 복도 끝의 걸상에 앉아있었다. 고개를 푹 떨어뜨리고 있었는데 죽이든 살리든 처분을 달게 받겠다는 모양을 하고 있었다. 멍즈가 다가갔지만 그녀는 고개를 들지 못했다. 대신 옆으로 조금 옮겨 앉으며 자리를 내줬다. 멍즈는 메마른 음성으로 말했다. "이만 가자." 그리고는 그녀를 기다리지 않고 먼저 밖으로 나갔다.

밖은 눈이 부시게 화창했다. 그의 암울한 기분과는 너무나도 대조되는 날씨였다. 멍즈는 길게 한숨을 내쉬었다. 그는 아버지와 어머니를 떠올렸다. 그들이 며느리를 맞이하기 위해 써버린 거금을 생각하니 또다시 원망이 솟구쳤다. 그는 발걸음을 멈추고 머리를 돌렸다. 홀연 웨얼이 많이 왜소해진 것 같았다. 옷이 많이 헐렁해보였다. 살랑살랑 부는 바람이 그녀의 머리를 흐트러뜨렸다. 머리카락은 창백한 뺨을 타고 어지러이 흩날렸다. 그녀의 왜소한 몸은 무기력함과 애잔함을 토해내고 있었다. 멍즈는 마음이 약해졌다. "웨얼도 결국은 연약한 여자야." 그는 일단 병부터 치료하고 나서 이혼해도 늦지 않겠다고 생각했다. 명의상의 부부라고는 하나 그대로 내버려둘 수는 없는 노릇이었다.

두 사람은 나란히 걸었다. 누구도 입을 열지 않았다. 도시는 더없이 조용했다. 온통 시끌벅적했지만 지금은 그래도 아주 조용한 편이다. 두 사람의 세계는 아무런 생기도 없이 적막하기만 했다. 암담한 느낌만이 마음속에서 발효되고 있었다. 아무 말도 하고 싶지 않았다.

웨얼의 입술이 마른 것을 본 멍즈는 아이스크림을 하나 사서 건네주었다.

"아무 것도 생각하지 마. 일단 병부터 고쳐야지."

웨얼은 목석처럼 우두커니 서 있다가 결국은 울음을 터뜨렸다.

"널 잃을까봐 겁났어. 너무 겁이 났어. 그래서 병이 있는 줄 알면서도 너와 결혼했어. 이번이 아니면 한평생 못할 것 같았어."

웨얼이 입을 열었다. 애초부터 그녀는 기필코 농촌을 벗어나야겠다고 결심했다. 하지만 도시에 들어와서야 알게 되었다. 이 도시는 남들에게만 속하는 도시였다. 그녀는 영원히 떠돌이 신세였다. 의지할 데가 없는 부평초였다. 그녀는 여러 가지 일터를 전전했다. 자기의 순결도 굳게 지켰다. 하지만 그녀는 여전히 의지할 곳이 없는 유령이었다. 나중에 아버지가 마을 옆의 니우로퍼(牛路坡)에 다방을 하나 차렸는데 그녀에게 돌아와서 카운터를 맡으라고 했다. 그래서 돌아왔다. 그녀의 미모는 많은 손님들의 이목을 끌었다. 처음에는 술시중을 들었다. 그러던 어느 날 베이징 사장이 찾아왔다. 베이징 사장은 그녀와 결혼해줄 거라고 했다. 병은 그한테서 옮은 거였다.

웨얼이 계속해서 말했다. 병에 걸리기 전후에 그녀는 많은 것을 겪었다. 그래서 결국 시골의 때 묻지 않은 사랑이야말로 가장 소중한 것임을 깨닫게 되었다. 베이징 사장이라는 작자가 사라진 후로 그녀는 밤낮으로 울었다. 그리고 미친 듯이 멍즈를 그리워하게 되었다. 멍즈가 돌아오자 그녀는 적극적으로 대시했다. 그리고 한편으로는 병 치료를 하면서 한편으로는 결혼을 추진했다. 그녀는 병을 고칠 수 있다고 믿었다. 그녀는 평생을 바쳐서 이 사랑에 보답하겠다고 생각했다.

멍즈는 가만히 듣기만 했다. 마음속이 이상하리만치 평온해졌다. 웨얼이 말한 것들을 그는 이해할 수 있었다. 그 역시 도시에서 외래인의 난처함과 고통을 경험했었다. 어느 날 밤 일자리를 찾지 못한 그는 거리를 헤매고 있었다. 춥고 배고픈 느낌이 지독하게 그를 괴롭혔다. 주위에는 고층빌딩이 즐비했다. 밝은 빛을 발하는 창문들은 커다란 눈동자마냥 그를 주시하고 있는 것만 같았다. 하지만 그에게는 추위를 막아줄만한 모퉁이도 주어지지 않았다. 그는 온갖 색깔이 뒤섞인 거리를 걸을 수밖에 없었다. 블록을 하나 넘으면 또 다른 블록이 나왔다. 발걸음을 세면서 걸었다. 시간을 세면서 걸었다. 그는 하룻밤이 이렇게 긴 줄을 처음 알았다. 외래인이라는 소외감은 줄곧 떨쳐버릴 수가 없었다.

멍즈는 머리를 저으면서 고개를 돌렸다. 웨얼이 묵묵히 그를 바라보고 있었다. 그는 그런 눈빛을 잘 알고 있었다. 전에 불치의 병에 걸렸던 형이 병을 보러 갔을 때 그런 눈빛을 했었다. 가슴속에서 뭔가 뜨거운 것이 치밀어 올랐다. 그는 웨얼의 허리를 힘주어 끌어안았다. 웨얼이 울음을 터트렸다.

량저우(凉州)의 거리는 사람들로 북적였다. 떠들고, 다투고, 불러대는 소리들이 어지럽게 뒤섞여 있었다. 어느 젊은 여자의 눈물을, 어느 젊은 사내의 고통을 아무도 신경 쓰지 않았다. 한 쌍의 여린 영혼이 바로 옆에서 커다란 고통에 시달리고 있음을 아무도 알지 못했다. 알려고 하지도 않았다. 주변에는 사람들이 쉴 새 없이 오갔다. 하지만 멍즈는 그들이 아주 요원하게만 느껴졌다. 그는 웨얼의 허리를 끌어안고 앞으로 걸었다. 웨얼은 여전히 흐느끼고 있었다. 애처롭고 안쓰럽다는 느낌이 쓰나미처럼 멍즈의 마음을 뒤덮고 있었다.

그는 자기의 운명이 이미 이 연약한 여자랑 끈끈하게 이어져있음을 알았다.

멍즈는 기분전환을 하기 위해 웨얼을 데리고 몇 군데 쇼핑을 했다. 두 사람은 서로 흥미진진한 듯한 표정을 지으려고 애를 썼다. 서로 상대에게 좋은 기분을 전염시키려는 것이었다. 하지만 이런 가식적인 것들이 오히려 서로를 더 피곤하게 한다는 것을 금세 깨달았다. 억지웃음을 거둔 웨얼은 눈을 가늘게 뜨고 먼 곳을 응시했다. 가벼운 우수를 머금은 그녀의 얼굴은 유난히 예뻐 보였다. 그 일만 없었더라면 얼마나 좋았을까 하고 멍즈는 생각했다. 그런 생각이 들자 또 마음이 어두워졌다. 자기 마음속에 간직하고 있었던 아름다운 물건이 산산이 부서져버린 느낌이었다. 전에 품팔이생활을 하면서 가장 어려웠던 시기에도 그에게는 사업과 사랑을 향한 꿈과 열정이 있었다. 그런데 지금 그의 아내 ― 그가 무수히도 많이 설계하고 그려왔던 배역 ― 가 이와 같은 떳떳하지 못한 과거가 있었다니. ……그는 웨얼의 병은 용납할 수 있었지만 그녀가 전에 겪었었던 낭만은 용납할 수가 없었다. 생각하기만 하면 구정물을 먹은 것처럼 속이 께름칙했다. 그는 생각하지 않으려고 애를 썼다. 하지만 애를 쓰면 쓸수록 구토를 유발하는 그런 장면들이 지속적으로 머릿속을 헤집고 다녔다. 그럴 때마다 이혼해야겠다는 생각이 총알처럼 날아와 박혔다. 복수해야겠다는 생각은 묘한 쾌감을 몰고 왔다.

"퇴수구(退水沟)가 될 수는 없지."하고 그는 생각했다. 량쩌우(凉州) 사람들의 관념 속에 '퇴수구'가 되는 것은 가장 못난이 같은 일이었다. '퇴수구'는 농민들이 밭에 물을 댈 때, 남은 물을 임시로 저장하는 물웅덩이를 이르는 말이다. 고전소설 『홍루몽』에서 설보채(薛宝钗)의 입궁이 무산된 후, 가보옥(贾宝玉) 의 '퇴수구'가 되었다. 량저우 사람들의 관념에서 '퇴수구'가 되는 것은 정말로 치욕스러운 일이었다.

멍즈는 그녀가 도시사람이 되려다가 실패하자 어쩔 수 없이 한 발 물러서서 자신을 선택한 것이라고 생각했다. 그런데 생각을 바꿔보니 자기도 마찬가지인 것 같았다. 그 역시 한 때는 도시사람이 되려 했었기 때문이었다. 아파트와 그럴듯한 직장을 가지고 다달이 안정적인 수업이 있기를 갈구했었다. 결국에는 실패하게 되어 웨얼과 결혼한 것이 아닌가? 두 사람은 결국 서로가 '퇴수구'가 된 셈이었다. 생각이 여기까지 미치자 억울한 느낌이 많이 사그라졌다.

'이혼' 해야겠다는 생각이 강렬하게 들다가도 웨얼을 마주하고 나면 또 마음이 약해졌다. 그녀의 창백한 얼굴에는 속절없는 절망감이 감돌았다. 멍즈는 또 죽은 형을 떠올렸다. 삶의 거대한 타격을 입어본 사람만이 그런 무가내(無可奈, 굳게 고집을 하여 어찌할 수가 없음 - 역자 주)한 표정을 읽을 수 있었다. 그는 묵묵히 한숨을 내쉬면서 천천히 결정해야겠다고 생각했다. 돌아가는 차안에서 누구도 입을 열지 않았다. 멍즈는 즐거운 화젯거리를 꺼내고 싶었지만 지금 상황에서는 아무 말도 안 하는 게 더 낫다는 걸 알고 있었다. 그는 무형의 씌우개를 뒤집어쓴 것만 같았다. 환락이 넘치는 바깥세상은 남들의 것이고 씌우개 안에는 자기 혼자뿐이었다. 그러고 보니 철이 들기 시작할 때부터 이런 느낌이 있었던 것 같았다. 늘 홀로 유배된 것만 같은 기분. 어디에 있든 그런 기분은 사라지지 않았었다. 학교 다닐 때에도 그랬고, 품팔이할 때에도 그랬고, 운명에 의해 이 '고향'의 한구석에 던져졌을 때에도 역시 그랬었다.

웨얼은 무표정한 얼굴로 창밖에서 스치듯 지나치는 풍경을 물끄러미 바라봤다. 멍즈는 문뜩 세상사 역시 창밖에 스쳐 지나는 풍경 같다는 생각이 들었다. 잠깐 한눈을 팔다 보면 그 사람이 그 사람이 아니고, 그 물건이 그 물건이 아니다. 몇 해 동안 그는 많은 일들을 겪었다. 죽을 사람은 죽고 살 사람은 살았다. 원래는 웃을 거라고 생각했던 사람이 하필이면 울었다. 원래 시골을 벗어날 수 있을 것 같았던 멍즈가 하필이면 자신을 붙잡고 있는 끈을 끊어내지 못했다. 원래는 좋은 곳에 시집갈 것 같았던 웨얼이 하필이면 매독에 걸렸고, 농민의 아내가 되었다. '아내'라는 단어를 떠올리자 마음이 살짝 아파왔다. 그는 자기가 매독에 걸린 여자를 아내로 맞으리라고는 꿈에도 생각지 못했었다.

엄마를 떠올리자 멍즈는 또다시 가슴이 저렸다. 웨얼의 수려한 외모는 적잖이 엄마의 체면을 세워주었다. 엄마는 늘 이렇게 말했다. "온 동네에서 우리 집 며느리가 제일 예쁘단 말이야." 이는 틀린 말이 아니었다. 그런데 웨얼이 하필이면 매독에 걸리다니. 이는 조상님들의 얼굴에까지 먹칠을 하는 일이었다. 엄마가 알게 되면 필시 얼굴도 들지 못할 것이다. 한편으로 웨얼 네 가족들이 감쪽같이 속인 걸 생각하면 속이 부글부글 끓었다.

2.

멍즈의 엄마는 결국 웨얼이 이상하다는 것을 눈치 챘다.

다음날 아침 엄마는 밭에 일하러 나가려다가 멍즈에게 일러둘 게 생각나서 노크도 없이 멍즈 네 부부의 방문을 열었다.(웨얼의 병을 알고 난 후부터 멍즈는 문을 잠그지 않기로 했다. 그는 자기가 충동적으로 일을 저지를까봐 두려웠다.) 공교롭게도 웨얼은 한창 손전등을 켜 들고 밑을 씻고 있었다. 멍즈의 엄마는 한눈에 이상함을 눈치 챘다. 웨얼은 놀라서 일순 멍해졌다가 황급히 종이를 집어 들고 밑을 가렸다.

멍즈의 엄마는 바닥에 널린 약병이며 솜, 휴지들을 일별하더니 얼굴색이 확 바뀌었다. 그는 멍즈를 불러내서 조용히 물었다.

"속이려 하지 마. 웨얼이 양매창(楊梅瘡, 천포창이라도 불리는 매독의 일종 - 역자 주)에 걸린 거 맞지?"

엄마는 대낮에 귀신을 본 것 같은 표정을 하고 있었다. 멍즈는 아무 일도 없는 것처럼 웃으며 대꾸했다.

"엄마, 무슨 허튼소리를 하고 그래요?"

엄마는 눈을 치켜뜨더니 신음하듯 힘겹게 말을 토해냈다.

"맙소사, 내가 무슨 죄를 지었기에?"

엄마는 눈물이 걷잡을 수 없이 솟구쳤다. 엄마는 울음소리를 내지 않으려고 고개를 쳐들고 억지로 참았다. 하지만 온 얼굴이 금세 눈물로 범벅이 되어버렸다.

"엄마가 눈이 침침해져서 그래요."

엄마는 눈물을 훔치면서 말했다.

"엄마는 세상 밥을 몇 십 년을 먹어왔다. 전에 개뼈다귀(贼骨头) 네 둘째누이가 이 병에 걸렸었는데 엄마는 다 봤어. 그 때랑 똑같단 말이다…… 아들아, 웨얼이 너를 망쳤구나."

말이 채 끝나기도 전에 울음소리가 터져 나왔다.

멍즈는 속일 수 없음을 알았다. 엄마는 멍즈도 이미 옮은 줄로 알고 있는 것 같았다. 일단 엄마를 위안해야 했다.

"엄마, 나는 괜찮아요. 나는 아직 웨얼과 같이 자지 않았어요."

엄마는 울음을 그치고 멍즈를 응시했다.

"진짜?"

멍즈는 고개를 끄덕였다. 하지만 엄마는 멍즈를 끌어안더니 더 크게 울음을 터뜨렸다.

멍즈는 머릿속이 윙윙 울리는 것 같았다. 마음속으로 괴로우면서도 한편으로는 홀가분해졌다. 어차피 언젠가는 들통 날 일이니 이렇게 된 바에야 부모님들도 알게 되었으니 나쁘지 않다는 생각까지 들었다.

그렇게 한참을 울고 나서 엄마는 눈물을 훔쳤다.

"아들아, 너는 먹물도 좀 먹었으니 어떻게 할지는 엄마가 뭐라 말하지 않으마. 다만 그 노란 진물은 조금만 묻어도 일생을 다 버리는 셈이니 알고 있거라."

말을 마친 그녀는 또 울음을 터뜨렸다.

“개돼지보다 못한 영감태기 같으니라고. 지 딸네미가 병이 있는 줄 번연히 알면서 우리 아들을 이렇게 망치게 하는 법이 어디 있다냐!”

멍즈는 웨얼이 들으면 괴로워할까봐 엄마를 달랬다.

“엄마, 이러지 마세요. 누구는 걸리고 싶어서 걸렸어요? 일부러 그런 것도 아니고.”

그는 말은 이렇게 하면서도 속으로는 웨얼의 부모님들에 대한 원한이 솟구쳤다.

이때 마당에 막 들어선 아버지는 엄마가 또 누군가랑 입씨름을 하는 줄로만 알고 입을 열었다.

“늙은 여편네가 또 무슨 일이야? 하루 종일 낮도깨비처럼 난리만 치니 말이야.”

엄마는 손으로 콧물을 훔치고는 대뜸 맞받아쳤다.

“당신 그래서 좋은 며느리를 맞으셨소. 양매창이나 집에 들이고.”

적이 놀란 아버지는 대뜸 멍즈를 돌아봤다. 멍즈가 급히 몇 마디 변명을 했다. 그는 아버지가 진노할 줄 알았다. 왜냐하면 애초에 아버지는 웨얼과의 혼사를 달갑게 생각하지 않았기 때문이었다. 그는 밭에 나가 일깨나 할 수 있는 처녀를 며느리로 맞이하고 싶어 했다. 그런데 뜻밖에도 아버지는 굳은 얼굴로 신혼방을 한 번 보고 다시 멍즈를 한 번 돌아보고는 아무 말도 하지 않고 마루에 앉아서 기계적으로 담배만 빨아댔다.

멍즈는 방으로 들어갔다. 웨얼은 목석처럼 구들에 앉아있었다. 멍즈는 웨얼이 엄마처럼 울음이라도 터뜨리길 바랐다. 울음은 마음속의 고통을 어느 정도 해소할 수 있기 때문이다. 하지만 웨얼은 멍하니 앉아있기만 했다. 방안에는 짙은 침묵과 적막감이 방안을 감돌았다. 바닥에 있는 대야의 물이 유난히 눈을 찔러왔다. 누런 물, 휴지덩이들, 넘어진 유리병, 노란색의 가루약 따위가 멍즈의 가슴을 무겁게 짓눌렀다.

웨얼은 조각상처럼 그대로 굳어진 듯 미동도 하지 않았다. 멍즈는 무슨 말을 해야 할지 몰라서 길게 한숨을 내쉴 뿐이었다. 그는 부모님들의 고통을 이해할 수 있었다. 또 웨얼의 절망감도 이해할 수 있었다. 그들은 모두 피해자였다. 하지만 다들 가해자가 어디 있는지를 몰랐다. 운명일까? 운명은 허황한 것이고 헤아릴 수도 없는 것이다. 운명은 누군가의 생활에 직접 간섭한 적도 없다.

멍즈는 웨얼의 어깨를 쓰다듬으면서 위안했다.

"괜찮아. 어차피 언젠가는 알게 될 일이니……"

이 한마디에 웨얼의 눈물샘이 터졌다. 눈물은 걷잡을 수 없이 밖으로 솟아나왔다. 웨얼은 울음소리를 내지 않으려고 애써 참았는데 간간히 터져 나오는 흐느낌소리는 어쩔 수 없었다. 멍즈는 약병 뚜껑을 닫고 휴지뭉치를 주웠다. 그리고는 대야를 걸상 밑에 놓았다. 그는 깨끗하지 못한 대야의 물을 내다 버릴 수가 없었다. 이 시각 조금만 소홀히 해도 엄마의 마음을 다치게 할 수 있었기 때문이었다. 엄마는 한평생 멍즈를 애지중지했다. 여태 애지중지 키운 것이 '양매창 물' 이나 버리라고 키운 것은 절대 아니었다.

웨얼은 눈물을 훔치면서 말했다.

"우리 엄마 아빠를 탓하지 마. 그들이 동의하지 않았지만 내가 억지로 밀어붙인 거야. 더 미루면 다른 여자가 너를 빼어갔을 테니깐…… 이 병이 이렇게 고약할 줄은 몰랐어."

"그렇게 말하지 마, 난 널 원망하지 않아."

멍즈는 웨얼의 어깨를 감싸 안고 문을 나섰다. 햇빛 찬란한 마당에는 닭 몇 마리가 한가로이 모이를 쪼고 있었다. 아버지는 담뱃대를 든 채 반나절이나 움직이지 않았다.

엄마는 보이지 않았다. 웨얼 네 집에 찾아갔을지도 모른다는 생각이 문뜩 들었다. 불길한 예감이 든 멍즈는 급히 웨얼 네 집을 향해 달려갔다.

3.

엄마는 정말로 웨얼 네 집에 가고 있었다. 그녀는 욕을 하면서 가고 있었다. "늙다리 화근아, 늙다리 화근 같으니라고!" 그녀의 가슴속에는 울분이 들끓고 있었다. 걷잡을 수 없는 울분이 분출구를 찾고 있었다. 한창 농번기여서 길에는 인적이 뜸했다. 몇몇 어린애들이 멍즈 엄마의 기세등등한 모습을 보고는 볼거리가 생겼다고 여기고 저마다 익살맞은 표정을 지으며 살그머니 뒤를 따랐다. 녀석들은 멍즈 엄마의 모양을 흉내 내면서 혀를 홀랑 내밀었다.

'늙다리 화근' 이라고 욕한 상대는 다름 아닌 웨얼의 엄마였다. 웨얼의 아버지도 당연히 이 일에 가담했을 테지만, 멍즈의 엄마는 여하를 불문하고 '늙다리 화근' 의 수작이라고 단정 지었다. '양매창' 을 숫처녀로 속여먹은 것은 가짜 약을 판 것보다 더 가증스러운 일이었다. 납채로 보낸 돈은 둘째치고라도 만에 하나 아들이 병을 옮기라도 했다면 이건 정말 살인이나 다름없는 짓이었다. 늙다리 화근, 늙다리 짐승, 잡늙은이! 그녀는 화를 분출시킬만한 단어들을 하나하나 다 뱉어냈다. 하지만 치미는 적개심을 가라앉히기에는 역부족이었다.

흙길에는 먼지가 많아 바짓가랑이가 어느새 뿌옇게 되었다. 하지만 화가 천둥같이 난 그녀는 길을 골라서 걸을 겨를이 없었다. 몇몇 행인들이 왜 그러냐고 물었지만 그녀는 아예 본체도 하지 않고 곧장 걸었다. 몇몇은 서로 눈길을 마주치더니 슬그머니 뒤를 따랐다. 요즘은 옛날과 달라서 떠들썩한 구경거리가 많지 않았기에 아무도 이 구경거리를 놓치려 하지 않았다. 얼마 안 되어 멍즈 엄마의 뒤에는 기다란 꼬리가 붙었다.

웨얼 네 집의 대문에는 빗장이 걸려있지 않았다. 멍즈 엄마는 있는 힘껏 대문을 걷어찼다. 한평생 그녀는 이처럼 위풍당당해본 적이 없었다. 대문을 걷어차는 소리에 웨얼 엄마는 깜짝 놀랐다. 멍즈 엄마가 기세등등해서 찾아온 것을 본 그녀는 불길함을 예감했지만 억지로 웃음을 지었다.

"사돈 오셨군요."

멍즈 엄마는 거칠게 욕을 내뱉었다.

"늙다리 화근아! 네가 어떤 짓을 했는가를 봐라!"

그녀는 욕을 하는 한편 신발을 벗어들고 달려들었다. 웨얼 엄마는 반응할 새도 없이 신발바닥으로 귀뺨을 여러 번 얻어맞았다.

"사람을 엿 먹어? 이 양매창아!"

멍즈 엄마는 욕을 하면서 신발을 휘둘러댔다. 웨얼 엄마는 처음에는 이리저리 피했지만 '양매창' 이라는 말을 듣고는 그 자리에 풀썩 주저앉았다. 신발바닥이 연이어 얼굴을 때렸지만 그녀는 피하지 않았다. 얼굴은 처음에는 잿빛으로 되었다가 뒤이어 신발자국이 가득 찍혔고 나중에는 퍼렇게 멍이 들었다. 입 꼬리에서는 피가 흘렀다.

상대방이 반항했더라면 멍즈 엄마는 싸울수록 더 용맹해졌을 것이다. 하지만 사돈이 무기를 내려놓고 때리는 대로 얼굴을 들이대고 있는 게 아닌가! 멍즈 엄마는 더 때리면 사람들이 자기를 비웃을 거란 생각이 문뜩 들었다. 그녀는 벗어들었던 신발을 발에 꿰고는 돌멩이 하나를 찾아들고 집안으로 돌진했다.

"이 놈의 양매창을 다 부숴버릴 거야!"

집안에서는 금세 유리가 깨지는 소리가 들리기 시작했다. 뒤이어 나무가구가 부러지는 소리와 온갖 잡소리가 다 들려왔다. 그리고 맨 나중에는 여인의 울부짖는 소리 들려왔다.

"늙다리 화근아! 어디서 양매창으로 사람을 속여먹어?"

그녀는 울면서도 욕을 멈추지 않았다.

웨얼 엄마는 얼굴이며 옷이며 온통 먼지투성이가 되어 문어귀에 묵묵히 앉아있었다. 그녀의 두 눈에는 생기가 하나도 없었는데 마치 메말라버린 두 개의 우물 같았다. 그녀는 한평생 강인한 모습을 보였었다. 마을사람들은 지금처럼 초라한 그녀의 모습을 종래 본적이 없었다. 예전 같았으면 욕을 하든 싸움을 하든 전혀 멍즈 엄마에게 뒤질 여자가 아니었다. 싸움은 강대강으로 맞붙어야 볼거리가 있는 법이다. 사람들은 볼거리는 건지지 못했지만 꽤 흥미 있는 소식을 하나 들었다. 누군가가 물었다. "양매창이 대체 뭐지?" 곧바로 누군가가 해석했다. 서로 묻고 추측하는 말결에 사람들은 점차 뭔가를 알게 되었다.

멍즈는 엄마가 슬그머니 찾아가서 추궁하는 줄로만 알았지 이렇게까지 크게 일을 벌일 줄은 몰랐다. 황급히 웨얼 네 집으로 달려간 멍즈는 대문 앞에 새까맣게 모여선 사람들을 보고 저도 모르게 멈칫했다. 엄마가 너무 미웠다. 이렇게 말썽을 일으키면 웨얼의 명성은 곤두박질치게 된다. 웨얼이 앞으로 어떻게 얼굴을 들고 다닌단 말인가? 그는 멈칫했다가 바로 사람들을 헤집고 안으로 들어갔다. 웨얼의 엄마가 퀭한 눈길로 앉아 있었는데 너무 불쌍해보였다. 멍즈는 얼른 앞으로 나가 부축하면서 말했다.

"어머니, 일어나세요. 무슨 일이 있더라도 안으로 들어가서 얘기합

시다."

그런데 멍하니 앉아있기만 하던 그녀는 멍즈가 부축하자 갑자기 대성통곡하기 시작했다. 통곡하면서 땅에다 머리를 쪼았는데 그 바람에 이마까지 시퍼렇게 멍이 들었다.

"그렇게들 보고만 있을 겁니까?"

멍즈는 문밖에 둘러선 사람들을 노려보며 소리를 질렀다. 그러자 그 중 두 명이 나와서 웨얼 엄마의 팔을 붙잡았다.

멍즈가 집안으로 들어가 보니 바닥에는 깨어진 거울조각들이 어지러이 널려져있었고, 탁자에도 몇 군데 구멍이 뚫려있었다. 이 모든 게 엄마의 걸작이라고 생각하니 저도 몰래 긴 한숨이 터져 나왔다.

엄마는 구들에 걸터앉아서 곡을 하고 있었는데 그 와중에도 간헐적으로 '양매창'이라고 욕을 하는 걸 잊지 않았다. 그녀는 붉은 실크 이불을 끄집어내어 엉덩이에 깔고 앉았는데 이불은 이미 먼지와 온갖 더러운 것들로 범벅이 되어버렸다. 멍즈는 머리가 멍해졌다. 엄마가 어찌 이럴 수 있단 말인가? 비록 마을의 여인네들이 가끔씩 이런 촌극을 벌이기는 하지만 엄마는 거의 이런 적이 없었다. 멍즈의 기억 속에 엄마는 오래전에 딱 한 번 이런 소란을 부렸었다. 멍즈가 떠터우(大头)한테 맞아서 코피가 터진 적이 있었는데, 그때 엄마는 다짜고짜 멍즈를 끌고 따터우를 찾아가서 흠씬 두들겨 팼다. 그 후로 마을 사람들은 아무도 멍즈를 건드리지 않았다. 엄마는 아무래도 홧김에 머리가 이상해진 것 같았다.

"엄마, 창피하게 이러지 좀 마세요."

멍즈는 화가 나서 눈물을 흘렸다.

"뭐가 창피해? 내가 뭘 창피할 게 있냐? 내가 양매창을 가져다가 숫처녀라고 속였냐?"

엄마는 악을 쓰며 말했다.

멍즈가 애원했다.

"제발 소리 지르지 마세요. 웨얼의 체면이 뭐가 돼요?"

"걔는 네 체면을 생각했냐? 돈을 한가득 가져가 양매창이나 사오다니. 아이고!"

멍즈는 또다시 길게 한숨을 내쉬었다. 엄마가 원망스러웠다.

"이 아들의 체면을 생각해야 하지 않나요? 웨얼이 누군데? 바로 당신 며느리라고요. 이렇게 하면 누구 체면이 깎이는지 몰라요?"

하지만 엄마는 이런 걸 생각하지 못했다. 엄마의 막무가내에 대해 그는 정말로 속수무책이었다. 웨얼이 이 때문에 받을 상처를 생각하니 초조하기만 했다. 마을 사람들이 뱉은 침에 빠져죽을 수도 있는 일이었다.

두 노인네는 질세라 서로 곡을 뽑아냈는데 하나는 갈린 소리였고, 다른 하나는 비장한 소리였다. 한쪽이 조용할라치면 다른 한쪽에서 터져 나오는 통곡소리는 더 많은 사람들을 불러왔다. 수군대는 소리도 점점 더 많아졌다. 원래는 공개되면 안 되는 비밀이었는데 이제는 백일하에 드러났다. 멍즈는 오히려 마음이 평온해지는 것 같았다. 그래봐야 별 거 아니라고 생각했다. 전보다 훨씬 홀가분해지는 느낌이었다.

4.

마을사람들은 웨얼의 일을 알게 되었다. 다들 웨얼 네 가족을 욕했고 다들 멍즈를 위해 분개해했다. 멍즈의 엄마는 처음에는 분풀이삼아 적극적으로 그런 분위기에 호응했지만 점차 자기가 잘못했음을 깨달았다. 하지만 체면 때문에 자기의 잘못을 인정할 수는 없었다. 웨얼네 집에서 웨얼의 병 치료에 쓰라고 5천 위안을 가져왔다.

멍즈의 엄마는 이게 난동을 부려 얻어낸 대가라는 걸 알았다. 하지만 그 대가로 웨얼에게 지울 수 없는 상처를 줬다. 사람들은 한담할 때면 으레 이 일을 떠올렸다. 그리고 이 일을 얘기할 때마다 웨얼 네 집 쪽을 향해서 침을 뱉었다. 심지어 어떤 이는 웨얼을 끌어내어 집안 사당(祠堂) 마당에서 비판투쟁을 해야 한다고 했다. 웨얼이 문중을 더럽혔기 때문이라는 것이었다. 하지만 말만 할뿐 누구도 감히 나서지는 못했다. 다들 웨얼의 오빠 바이꺼우(白狗)를 두려워했다.

마을사람들의 인상 속에 양매창으로 소란을 피운 이는 개뼈다귀(贼骨头)의 둘째누이밖에 없었다. 해방 전에 그녀는 량저우(凉州)성의 허시여관(河西大旅社)에서 웃음을 팔았었는데 그 업보로 양매창에 걸려서 아주 비참하게 죽었다. 그 밖에는 어느 누가 그런 짓을 했다는 말을 들은 적이 없었다. 근년에 객지로 품팔이를 나간 처녀애들이 많았지만 아무도 모르는 객지에서는 가짜이름을 사용하기가 쉬운 일이었다. 송금영수증이 날아올 때마다 더러 의혹을 가지기는 했어도 아무런 증거가 없으니 그러려니 했다.

하지만 웨얼의 일은 이미 백일하에 드러난 셈이다. 매독은 이미 그녀를 치욕의 십자가에 꼼짝없이 매달았다. 마을사람들은 멍즈도 이미 옮았을 거라고 추측했다. 불을 만난 솜이 타지 않을 도리가 없지 않는가? 멍즈가 그렇게 어여쁘고 싱싱한 여체를 갖고서 순결을 지켰을 리가 없다고 여겼다. 그 바람에 마을 여인네들은 멍즈를 만나면 바로 피해버렸다. 마치 멍즈가 억지로 그녀들한테 양매창을 옮기려 한다는 듯이 말이다. 심지어는 구역질나게 추하고 꾀죄죄한 몇몇 아낙네들도 예외는 아니었다.

멍즈의 엄마는 자기의 행위가 아들의 결백에도 손상을 줬다는 것을 마침내 알게 되었다. 이런 마당에 멍즈가 이혼을 한다고 쳐도 아무도 그에게 딸을 시집보내려 하지 않을 것이다. 그래서 그녀는 '이혼' 이라는 두 글자를 억지로 마음속에 집어넣고 일단 치료부터 하자고 했다. 그녀는 웨얼 네가 보내온 5천원이면 그따위 부스럼은 능히 치료할 수 있을 거라 여겼다.

멍즈의 엄마는 표면적으로는 잘못을 시인하지 않았지만 실제 행동으로 아들과 며느리와 화해하려는 모습을 보여줬다. 그녀는 남편을 설득해서 8백 원을 내어 중고 오토바이 하나를 구입했다. 그리고 멍즈에게 웨얼을 태우고 량저우성에 가서 정기검진을 받게 했다. 그런데 웨얼은 항생제 알레르기가 있어서 매독에 많이 쓰는 특효약들을 쓸 수가 없었다. 멍즈와 결혼하기 전에 그녀는 입원치료도 받았었는데 많이 호전되었지만 병을 근본적으로 치료하지는 못했다. 다행히 량저우성에 가전비방(家傳祕方)으로 매독을 치료하는 노인이 있는데 아주 용하다고 했다. 웨얼도 그 곳에서 몇 번 치료를 받았는데 조금은 호전을 보였었다.

누구보다도 노부부가 바쁘게 움직였다. 양매창은 머리 위에 떠있는 검과 같아서 언제 아들의 머리에 떨어질지 모르는 일이었기 때문이었다. 그들은 멍즈가 웨얼을 건드리지 않았다는 걸 믿었다. 하지만 전에 건드리지 않았다고 해서 나중에도 건드리지 않는다는 법은 없지 않은가? 게다가 멍즈는 한창 혈기왕성한 나이다. 어느 날 갑자기 충동적으로 일을 치르지 않는다고 누가 장담할 수 있겠는가?

노부부는 이 때문에 늘 조마조마한 심정이었는데 매번 동요하지 말고 진지를 굳게 사수하라고 아들에게 당부하곤 했다. 그리고 아들 내외가 저녁에 잘 때는 방문을 잠그지 못한다는 규정까지 하나 만들었다. 멍즈의 엄마는 또 남편과 상의하여 저녁에 돌아가면서 보초를 서기로 했다. 저녁이 되어 신혼방의 불이 꺼지면 맨발로 살그머니 다가가서 문 앞에서 동정을 엿들으면서, 일을 저지를 기미가 보이면 바로 인기척을 내여 경고한다는 것이었다. 멍즈의 아버지는 처음에는 말도 안 되는 짓이라고 동의하지 않았다. 하지만 늙은 여편네가 매일 밤을 꼬박 새면서 보초를 서는 것이 안쓰러워 할 수 없이 허락했다. 결국 멍즈의 엄마가 자정까지 보초를 서고 자정 후부터는 멍즈의 아버지가 보초를 서게 되었다.

멍즈는 자기의 일거일동이 부모의 감독을 받고 있다는 것을 전혀 모르고 있었다.

어느 날 밤 웨얼이 예전대로 밑을 씻고 약을 바르고는 구들에 올라가 누웠다. 병은 더 이상 악화되지는 않았지만 특별히 나아지는 기미도 보이지 않았다. 두 사람은 란쩌우(兰州)에 병을 보이러 갈 일을 상의하고 있었다. 그런데 란쩌우에서 사용하는 약도 량저우에서 사용하는 약과 별반 차이가 없다는 소문을 들었던 터라 웨얼은 주저하지 않을 수 없었다. 잘못하면 헛돈을 쓰게 될지도 모르는 일이었다. 두 사람은 또 학교 때의 이야기에로 화제를 돌렸다. 웨얼은 즐거운 학창시절로 돌아가기라도 한 듯 기분이 꽤 좋아보였다. 그녀는 조금 여위기는 했어도 타고난 어여쁨은 여전했다. 게다가 연민의 마음까지 합쳐져서 멍즈의 눈에는 더 예뻐 보였다. 멍즈는 손을 뻗어 다른 이불 속에 있는 웨얼의 손을 잡았다. 꽃처럼 어여쁜 아내를 보기만 할 뿐 건드리지 못한다는 생각에 멍즈는 저도 몰래 한숨이 나왔다.

웨얼이 말했다.

"그렇게 한숨 쉬지 마, 병을 치료하고 나면 네가 하고 싶은 대로 뭐든 다 해. 그런데 나중에 네가 마음만 앞서고 힘을 못 쓰면 어쩌지?"

멍즈가 대꾸했다.

"나중에 네가 살려달라고 빌지만 않으면 돼! 웨얼이 키들키들 웃었다."

두 사람은 네 한마디 내 한마디 주고받으며 장난을 쳤다. 어느 순간 멍즈는 웨얼의 손이 땀으로 촉촉해졌음을 느꼈다. 그 촉촉한 느낌은 그야말로 유혹적이었다. 그는 그녀의 작은 손을 잡고 오므렸다 폈다 하기를 반복했다. 그 미끈거리는 감촉은 어느새 멍즈를 환상에 빠뜨렸다. 그는 저도 모르게 머리를 뻗어 웨얼의 입술에 키스를 했다. 그런데 두 입술이 맞붙게 되자 떨어질 줄을 몰랐다. 입술이 입술을 감아 빨고 혀가 한데 엉겨서 쪽쪽 소리를 냈다. 한창 밖에서 보초를 서던 멍즈의 아버지는 화들짝 놀라서 부랴부랴 마누라를 부르러 서재로 달려갔다. 그는 황급히 마누라를 흔들어 깨우며 말했다.

"동정이 있어."

멍즈의 엄마는 바로 저고리를 걸치고 문을 나서며 고함치듯 멍즈를 불렀다.

"멍즈야—"

멍즈가 대꾸하자 엄마가 말했다.

"어서 진통제를 좀 찾아주렴. 네 아빠가 머리가 아프다는 구나."

이 말에 바로 서재로 나온 멍즈는 손전등을 켜고 종이봉투에서 두통약을 찾아내서는 물에 타서 아버지에게 드렸다. 문을 나설 때 엄마가 당부했다.

"너희들, 가까이 하지 마라. 그 물은 한 번 묻으면 바로 병에 걸리니깐."

"알았어요. 알았어!"

멍즈가 대꾸하자 아버지가 한시름 놓는 듯 했다. 그러나 멍즈의 엄마는 못내 걱정이 되어 옷을 껴입고 보초를 서러 갔다.

신을 신고 발바닥 긁는 것이나 다름없었던 그 때의 접촉은 두 사람에게 있어서 너무나도 큰 자극이었다. 단순히 키스하는 것에 그쳤지만 두 사람은 즐겁기 그지없었다. 서로 떨어져있을 때에는 너는 너고 나는 나였지만, 서로 끌어안고 보니 네 안에 내가 있고 내 안에 네가 있는 것처럼 느껴졌다. 그런 거대한 행복감은 불쾌한 일들을 잠시나마 떨쳐버릴 수 있게 했다. 두 사람 모두 의외의 사고에 대비하여 바지를 벗지 않고 있었다. 처음에는 두 사람 다 내복까지 입었지만 점차 거추장스럽게 느껴져서 아예 내복은 벗어버렸다. 결국에는 윗몸은 모두 벗어버리고 잠자리에 들게 되었다.

그렇게 멍즈와 웨얼은 이상야릇한 신혼의 행복감에 빠져들게 되었다. 멍즈는 스스로 점점 아래로 미끄러져 내려감을 느꼈다. 처음에 두 사람은 서로 손만 잡고 있었지만 점차 키스하고 껴안게 되었다. 신체접촉이 잦아들게 되면서 더 많은 쾌락을 느꼈고 유혹도 점점 더 커지게 되었다.

그러한 거동들은 매번 멍즈의 엄마를 혼비백산하게 했다. 조금이라도 그런 기미가 있으면 그녀는 지체 없이 멍즈를 불러서 약을 꺼내오라고 했다. 하지만 멍즈는 부모님들의 감시를 받고 있음을 전혀 눈치채지 못하고 있었다. 그는 자기의 그런 조그마한 쾌락들이 부모님들을 얼마나 질겁하게 하는지를 알지 못했다.

유혹이 나날이 커져가면서 멍즈는 점차 고통을 느꼈다. 웨얼의 싱싱한 몸뚱이가 오래 묵혀둔 많은 감각들을 일깨웠다. 몸은 시나브로 이성의 지배에서 벗어나려 했다. 언제 불길이 솟구칠지 모르는 일이었다. 키스와 포옹은 유혹의 불길에 기름을 끼얹는 일이었다. 게다가 웨얼은 한없이 부드러운 여자였다. 매번 껴안을 때마다 그녀는 고혹적인 신음을 쏟아냈다. 흥분하여 자연스럽게 터져 나오는 소리인지 아니면 멍즈를 기쁘게 하려고 일부러 흘리는 신음인지 알 수는 없었지만, 어쨌든 멍즈에게 있어서 이는 즐거움이면서도 고통이었다.

동시에 이는 보초를 서는 멍즈의 아버지에게 있어서는 무서운 고통이었다. "음탕한 년! 음탕한 년!" 그는 끊임없이 입속으로 되뇌었다. 그는 그 소리를 두려워하면서도 한편으로는 또 기대하기도 했었는데 이 때문에 매번 머리는 땀으로 흠뻑 젖어버렸다.

끊임없는 스킨십 속에서 멍즈와 웨얼의 감정은 점점 더 깊어갔다. 두 사람은 공동으로 병마에 맞서야 했고 누구도 서로를 떠날 수 없게 되었다. 웨얼은 멍즈와 껴안고 키스할 때에만 여인으로서의 행복감을 느낄 수 있었다. 이는 직접적인 성관계와는 다른 느낌이었다. 성관계는 정점을 찍고 나면 흔히 욕망이 없어지지만 키스하고 껴안는 것은 끝날 줄 모르는 격정이었다. 게다가 '넘어서는 안 되는 선'의 강렬한 유혹은 두 사람 사이의 접착력을 더 끈끈하게 했다.

어느 날 밤 두 사람은 늘 그랬듯이 서로 스킨십을 하면서 즐기기 시작했다. 처음에는 키스만 했다. 그런데 커튼을 뚫고 들어온 달빛이 방 안에 은은한 분위기를 심어주고 있었다. 멍즈는 홀연 웨얼이 그 어떤 단어로도 형용할 수 없을 만큼 매력적으로 느껴졌다. 그녀의 몸에서는 부드러움의 극치를 이루는 어떠한 기운을 뿜어내고 있었다. 멍즈는 혼신이 불타오르는 것만 같았다. 웨얼은 그윽한 눈길로 하염없이 멍즈를 응시했다. 그녀는 점점 세차게 들먹이는 가슴을 애써 진정하고 손가락으로 멍즈의 몸을 더듬었다. 멍즈는 그녀의 싱싱한 가슴을 빨고 있었다. 동글하고 부드러운 가슴은 멍즈를 정신 못 차리게 했다. 처음에는 그래도 냉정하려고 애썼다. 그러나 얼마 못가서 멍즈는 어떤 거대한 조수에 휩쓸렸다. 그는 웨얼의 몸을 덮쳐누르고 미친 듯이 키스했다. 웨얼과 한 몸이 될 수만 있다면 죽어도 여한이 없을 것 같았다. 웨얼은 처음에는 억지로 밀어내려 했지만 점차 그녀 역시 열화와 같은 불길에 휩싸였다. 멍즈는 미리 준비해뒀던 콘돔을 꺼내들고 거칠게 숨을 고르며 말했다.

"이걸 끼고 딱 한 번만 하자."

웨얼이 황망히 고개를 흔들어댔다.

"안… 안돼…"

그러나 얼마 안 되어 그녀도 얌전해졌다. 멍즈는 허겁지겁 콘돔을 뜯었다. 뒤이어 말랑말랑한 물건이 튀어나왔다. 거대한 행복감이 엄습해오고 있었다.

바로 그 시각, 엄마의 날카로운 목소리가 고막을 할퀴었다.

"멍즈야— 마당에 도둑이 들었다!"

웨얼은 모든 것을 깨달았다. 시부모들이 여태 감시해오고 있었던 것이다. 그녀는 불에 덴 어린애처럼 자지러진 울음을 터뜨렸다. 멍즈도 울었다. 두 사람은 서로 부둥켜안고 옆에 아무도 없다는 듯 울어댔는데 동이 터서야 겨우 울음을 그쳤다.

5.

멍즈와 웨얼은 계속해서 병을 치료하러 현성에 다녔다. 한편 멍즈의 엄마는 민간비방을 찾아다녔다. 많은 사람들이 양매창에 대해서 들어보았지만 아무도 그것이 붉은 것인지 검은 것인지, 둥근 것인지 네모난 것인지에 대해 자세하게 아는 사람이 없었다. 멍즈의 엄마도 며느리가 몹쓸 병에 걸린 것을 아무한테나 말할 수는 없었다. 친한 사람들한테만 문의할 뿐이었다. 그런데 그 친한 사람은 또 다른 친한 사람이 있게 마련이다. 결국은 한 입 두 입 건너면서 웨얼이 '잡년' 이라는 것을 모든 사람들이 알게 되었다. 이는 객관적으로는 웨얼의 명성을 더럽히는 일이었지만 긍정적인 역할도 없지 않았다. 어느 날 개뼈다귀(贼骨头)가 슬그머니 멍즈 엄마한테 찾아와 소똥을 태워서 훈증(薰蒸, 연기에 쐬는 것 - 역자 주)하라고 일러주었다. 그는 이렇게 말했다. "그때 병에 걸린 지 얼마 안 되는 사람들 가운데 소똥을 태워 그 연기를 쐬어 나은 사람도 있었지요."

소똥에는 온갖 풀들의 정기가 농축되어 있기에 능히 병을 고칠 수 있는 거라고 그는 말했다.

멍즈의 엄마는 소똥에 무슨 정기가 있겠냐고 반신반의했지만, 결국에는 마른 소똥을 가득 주워 와서는 세숫대야에 쌓아놓고 웨얼한테 훈증을 시켜주려 했다. 웨얼은 처음에는 응하지 않았다. 그녀는 소똥이 약보다 더 효과가 좋을 거라고 믿지도 않았다. 하지만 시어머니의 열정에 못 이겨 할 수 없이 수락했다. 그녀는 일단 멍즈를 방에서 쫓아냈다. 지저분한 밑을 죽어도 멍즈에게 보여줄 수가 없었다.

멍즈가 나가자 웨얼이 바지를 내리고 환부를 드러냈다. 멍즈의 엄마는 크게 놀랐다. 이미 여러 곳이 곪아있었는데 종기에서는 누런 고름이 흘러내리고 있었다. 그녀는 궁금한 것들이 많았지만 웨얼이 난처해할까 봐 묻지 않았다. 웨얼이 전에 실수한 것에 대해 증오하기는 했지만 그래도 마음 한 편으로는 연민의 정을 가지고 있었다. 그녀는 소똥을 태우기 시작했다. 조그만 불꽃이 피어올라 전체로 퍼지기 시작했다. 그것은 희망의 불꽃이었다. 불꽃이 퍼지면서 흰 연기가 모락모락 피어올랐다. 멍즈의 엄마는 웨얼에게 그 연기를 쬐게 했다. 처음에는 별다른 느낌이 없었다. 그런데 불길이 세지고 연기가 많아지면서 점차 종기에서 누런 고름이 새어나와 방울을 이루었고 한 방울 한

방울씩 불에 떨어져서는 치지직 치지직 신음을 해댔다.

웨얼은 조금이라도 연기를 더 많이 쬐려는 듯 의식적으로 몸을 낮추었다. 고름이 타들어가는 소리를 듣고 있노라니 유난히 속이 시원해났다. 그것은 세상에서 가장 악랄한 악마였다. 이미 수많은 사람들을 해쳤고 지금은 또 그녀를 해치러 왔다. 웨얼은 흉악한 몰골을 한 그 악마가 불에 타면서 내지르는 아우성소리를 듣는 것만 같았다. 그녀는 이름 모를 쾌감까지 느꼈다. 처음에는 뜨거운 연기가 종기를 쬐는 느낌이 꽤 시원했는데 점차 통증이 오기 시작했다. 그런데 그 통증은 일반 통증이 아니었다. 그것은 이름 모를 시원함을 동반한 통증이었다. 차라리 불속에 뛰어들어 파란 불꽃이 되고 싶다는 생각이 문뜩 들었다. 그녀는 마음속으로 악마에게 말했다.

"썩 꺼져! 안 꺼지면 같이 죽어버릴 거야!"

엉덩이가 점차 아래로 내려가면서 고름이 점점 더 많이 떨어졌다. 고약한 악취가 방안에 퍼지기 시작했다. 웨얼은 타들어가는 것 같은 통증까지 느꼈다. 연기를 쬐는 것이 아니라 아예 불에 그을린다는 것이 더 어울릴 법 했다. 웨얼은 성미가 급했다. 그녀는 한두 번에 그 악마를 깡그리 때워버리고 싶었다. 그 원수덩어리를 골탕 먹이고 싶었다. 매번 멍즈가 애타하는 모습을 볼 때마다 웨얼은 몹시도 가슴이 아팠다. 그녀는 멍즈가 자기의 아들 같다는 느낌이 들었다. 특히 그가 자기의 가슴을 빨고 있을 때면 더욱 그랬다.

웨얼의 환부가 거의 불에 데일 듯 가까워지자 엄마는 웨얼의 오금에 수건을 끼워주면서 엉덩이를 좀 쳐들라고 일러주었다. 그녀는 연기를 쬐는 것이지 불에 굽는 것이 아니라고 했다. 잘못해서 화상이라도 입으면 더 안 좋을 수도 있다고 했다.

한동안 연기를 쬐고 나서 엄마는 불을 내어갔다. 웨얼은 환부에 종이를 받치고 바지를 입은 뒤 침대에 누웠다. 피곤이 확 몰려왔다. 불에 쬔 곳이 은은하게 아파왔지만 그녀는 기쁘기만 했다. 어쨌든 방법을 하나 찾은 셈이다. 게다가 돈이 하나도 들지 않는 방법이다. 그녀의 눈에는 한 가지 방법은 곧 한 갈래의 길을 의미했다. 그녀는 가끔씩 자기의 길이 끊어졌다는 느낌이 들었다. 막다른 골목에 다다른 그런 느낌이었다. 이러한 느낌은 그녀에게 절망감만 안겨주었다. 애초에 그녀는 이 병이 악랄하기는 해도 발달한 현대의학으로 능히 치료할 수 있다고 믿었다. 그래서 치료를 하는 한편 멍즈와의 결혼을 추진했던 것이다. 약혼해서부터 결혼하기 전까지 시간이면 충분히 치료할 수 있을 거라고 예상했다. 그러면 아무 문제도 없게 되는 것이다. 그런데 이 병이 이처럼 고약할 줄이야! 종기가 생긴 곳에서는 혀가 돋아나기라도 하듯 주변의 건강한 살들을 야금야금 핥아서 못쓰게 만들어버렸다. 이럴 줄 알았더라면 그녀는 다른 선택을 했을 것이다.

웨얼은 침대에 누워서 천장을 물끄러미 쳐다봤다. 그대로 붙어있는 웨딩 가랜드(화환)는 아직 신혼임을 알려주고 있었다. 그녀는 밤에 있었던 멍즈와의 키스를 떠올렸다. 모든 것들이 결국은 마음의 작용이라는 생각이 문뜩 들었다. 멍즈를 사랑하기에 평범한 키스여도 그와 같은 행복감을 느낄 수 있는 것이다. 그녀는 병을 치료하고 나서 두 사람이 어떻게 행복하게 살아갈지에 대해 생각할 수조차 없었다. 그러나 그것은 필시 거대한 행복의 소용돌이가 되어서 그 악랄한 원수를 삼켜버릴 것이라고 생각하자 웨얼은 배시시 미소를 지었다.

6.

웨얼은 집을 나서 사막을 바라보며 걸었다.

그녀는 이미 친정집으로 돌아와 있었다. 시부모들에게 더 이상 폐를 끼쳐드리고 싶지 않았기 때문이었다. 시부모들은 낮에는 밭에 나가 일하고, 밤이면 보초를 서는 것이 여간 힘들지 않게 보였기 때문이었다. 그것은 정말 고통스러운 나날이었다. 강한 적을 맞이하기라도 하듯 시시각각 긴장의 끈을 놓을 수가 없었다. 정신이 극도로 긴장되어 이대로 나가다가는 정신병에라도 걸릴 것 같았다. 그런 것은 차치하고라도, 혹시라도 두 사람이 잠결에 충동적으로 그 일을 저지르기라도 하면 만회할 수 없는 결과를 초래하게 된다. 그래서 노부부는 일단 웨얼을 친정집에 보내 병을 치료하게 하고 다 나은 뒤에 다시 합치도록 하기로 했다. 멍즈에게는 서둘러 일자리를 찾아주기로 했다. 할 일 없이 한가하게 보내다가는 잡생각을 하고 말썽을 일으키게 될지도 모르기 때문이었다. 마침 현성의 공자사당에서 사람을 보내와 멍즈를 찾았다. 시샤(西夏)의 자료를 번역 정리하는 일을 맡아달라는 것이었다. 깜빡 졸다가 베개를 얻은 셈이었다. 멍즈가 아직 결정을 내리지 못하고 망설이고 있는데 부모님들은 바로 승낙해버렸다. 노부부는 비로소 숨통이 좀 트이게 되었다. 결국 멍즈는 그 오토바이를 타고 현성에 출근했는데 이틀에 한 번 꼴로 집에 돌아왔다.

웨얼은 점점 멍즈를 떨어질 수 없음을 느꼈다. 그녀 역시 건강을 갈구하였지만 이는 이미 부차적인 문제였다. 그녀는 멍즈를 만날 수 있기를 갈구했다. 시시각각 멍즈를 그렸는데 하루가 1년처럼 느껴졌다. 집안의 분위기는 아주 무거웠다. 마을사람들도 거의 마실을 오지 않았다. 아무래도 몹쓸 병에 옮지나 않을까 걱정하는 것 같았다. 다들 매화창 얘기가 나오면 얼굴색부터 변했다. 그녀는 매일 소똥 연기를 쬐었다. 효과가 좋았다. 어떤 곳에는 이미 딱지가 앉기 시작했다. 매주마다 한 번씩 현성에 치료하러 다니는 외에 그녀는 열심히 소똥 연기를 쬐었다. 그리고 날마다 약을 한 움큼씩 입안에 털어 넣었다. 덕분에 병마가 만연하는 걸 억제할 수 있었다. 희망의 불꽃이 점점 더 세차게 타올랐다.

매 번 대문을 나설 때마다 웨얼은 당연하다는 듯 멀찌감치 피해버리는 사람들을 보곤 했다. 주로 여인네들이었는데 마치도 그녀와 철천지원수라도 되는 것 같았다. 그들은 틀림없이 이 '음탕한 년' 이 자기의 남편을 꼬드기고 간접적으로 자기들한테 몹쓸 병을 옮길까봐 걱정하고 있으리라. 웨얼은 가소로운 느낌마저 들었다. 가끔 남정네들을 만나기도 했는데 문중 사람들은 멀찌감치 피해버렸다. 그녀가 문중을 더럽혔다고들 여겼기에 가까이하려 하지 않았다. 그럴 법도 했다. 그들은 다른 성씨의 사람들과 싸울 때에 혹시라도 상대가 '양매창' 이라고 한 마디라도 욕하면 대뜸 풀이 죽었다. 성씨가 다른 남정네들은 피하지 않았다. 오히려 다가와서 그녀의 얼굴을 자세히 들여다보기도 했다. 그녀의 얼굴에서 '음탕함' 을 읽어내려는 것인지 아니면 '양매창' 의 흔적을 발견해내려는 것인지는 모를 일이었다. 웨얼은 그들이 멋대로 쳐다보도록 내버려뒀다. 필요하면 예의 있게 머리를 끄덕여주기도 했다. 그녀는 애초에 마을 사람들이 알게 될까봐 몹시 두려웠었다. 그런데 모든 사람들이 알아버린 지금에 와서는 별일 아니라는 생각이 들었다.

지금 그녀는 멍즈를 잃을까봐 두려워하고 있었다. 멍즈는 이미 그녀의 종교가 되었다. 그녀는 전에 기대하는 것들이 많았었다. 그러나 그러한 기대들이 하나 둘 물거품이 되어버리고 나중에는 사랑만 남았다. 만약 죽음의 위협이 없었더라면 사랑에 대한 욕구가 지금처럼 강렬하지는 않았을 것이다. 사신(死神, 죽음의 신)을 옆에 달고 사는 입장이 되고 보니 사랑의 느낌은 세찬 파도처럼 맹렬하게 솟구쳤다. 그리고 그 세찬 사랑의 파도는 사신에 대한 공포감을 씻어냈다. 어쩌면 사신을 침몰시켰을지도 모르는 일이다. 정말이지 멍즈에 대한 그리움은 질병의 느낌을 완전히 침몰시켰다.

매번 멍즈가 마을로 돌아오는 날이면 그녀는 새벽같이 일어나 꼼꼼히 치장하고는 일찌감치 마을 어귀의 길목에 가서 기다렸다. 마을 어귀에는 보리수나무 한 그루가 있었는데 그녀는 그 나무에 기대어 구불구불한 산길의 먼 끝을 응시했다. 환각 속에 멍즈가 그 귀여운 중고 오토바이를 타고서 먼 길 끝에서 흔들거리며 오고 있는 모습이 보였다. 늘 환각에 불과했지만 그런 환각을 천여 번 정도 하고 나면 정말로 멍즈의 모습이 나타나곤 했다. 멍즈가 멀리 시야에 들어오기만 하면 웨얼은 가슴이 세차게 들먹였고 거대한 행복감이 쓰나미처럼 몰려왔다. 그녀는 멀리서부터 멍즈를 바라보고 달렸다. 달리고 달려서 마침내 눈앞에 이르면 그의 품속에 뛰어들어 키스를 했다. 가끔 너무 세게 덮치는 바람에 멍즈가 오토바이와 함께 넘어지기도 했다. 두 사람은 아랑곳하지 않고 모래웅덩이에 뒹굴어댔는데 휘발유가 뚜껑을 타고 흘러내리는 걸 발견해서야 비로소 장난질을 멈추었다. 오토바이를 일으켜 세우고 멍즈가 먼저 올라타면 웨얼도 얼른 뒤에 타서 멍즈의 허리를 꼭 끌어안았다. 그렇게 두 사람은 덜컹거리는 시골길을 천천히 달려 마을로 돌아오곤 했다.

이는 그녀에게 있어서 가장 행복한 시간이었다. 이때는 대개 황혼녘이어서 태양은 어느새 모래 산 꼭대기에 걸렸고 마을에서는 군데군데 밥 짓는 연기가 피어올랐다. 니우루퍼(牛路坡) 쪽에서도 여러 개의 연기뭉치가 하늘로 피어올랐다. 바람이 없을 때에는 연기가 흩어지지 않고 곧장 솟구쳤는데 그러다 어떤 높이에 이르면 더 이상 올라가지 않고 흩어져 내려와서는 마을을 뒤덮었다. 그럴 때면 웨얼은 마치 동화 속을 여행하는 듯한 느낌이었는데 통통거리는 오토바이 엔진소리만 부드럽게 그녀의 마음을 어루만져 주고 있었다. 어떤 때에는 목장에 나갔다가 돌아오는 양떼를 만나기도 했다. 양들은 대개 느물거리며 길을 막아서서 쉽사리 비키려 하지 않았는데 이럴 때면 멍즈는 고함을 지르고 경적을 울렸다. 그러면 양들은 어리숙하게 머리를 돌려 웨얼을 바라보곤 했는데 눈에는 선망의 빛이 어려 있었다. 오토바이가 자기들을 깔아뭉개고 지나가든 말든 상관하지 않는다는 표정이었다. 웨얼은 이런 상황이 재미있어서 양들을 향해 얼굴을 찡그리거나 '매매' 하고 울음소리를 흉내 내곤했다. 그녀의 흉내는 꽤 그럴듯해서 한 번 흉내 내면 많은 양들이 따라서 '매매' 하고 울어댔다. 그럴 때면 멍즈는 우스개소리를 했다.

"아무래도 넌 전생에 틀림없이 양이었어."

멍즈가 현성에 가 있을 때면 웨얼은 이 장면을 떠올리면서 얼굴이 붉어지면서 달콤한 미소를 짓곤 했다.

매번 니우루퍼(牛路坡)에 이르면 노다지를 캐는 싸와[3]들이 소리를 질러댔다. 목소리를 길게 빼서 "우— 우—" 하고 소리를 질렀는데 악의는 없고 단지 호감을 표하는 소리였다. 멍즈가 웨얼을 태우고 집에 돌아갈 때면 그들은 더 이상 소리를 지르지 않았다. 그냥 목을 빼고 조용히 지켜볼 뿐이었다.

아쉬운 점이라면 그 하루가 너무 지루하다는 것이었다. 웨얼은 아침에 해가 솟아오를 때부터 거기에 가서 기다렸는데 멍즈는 해질녘이 다 되어서야 돌아올 수 있었다. 그래서 웨얼은 늘 찐빵과 물과 약을 갖고 갔다. 문을 나설 때 그렇게 일찍 갈 필요가 있냐고 엄마가 물었지만 그녀는 대꾸하지 않았다. 집안에 있으면 갑갑하기만 한데 거기

---

3) 싸와(沙娃) : 타향에서 노다지를 캐는 사람

서 기다리면 기대하는 바가 있어서 좋았기 때문이었다. 구불구불한 그 길의 끄트머리에서 까만 점이 나타나기만 하면 그녀는 가슴이 뛰었다. 하염없이 까만 점을 바라보다보면 처음에는 멍즈로 보였다가 또 다른 얼굴로 바뀌기도 했다. 남자였다가 불쑥 여자로 바뀌기도 했다. 그래도 웨얼은 짜증을 내지 않았다. 다만 마른 침을 꼴깍 삼키고 다시 그 길의 끄트머리를 바라볼 뿐이었다.

이번에 문을 나설 때는 바람이 심상치 않았다. 엄마는 나가지 말라고 만류했다. 요즘은 황사바람이 자주 불어서 멍즈가 돌아오지 않을 거라고 했다. 그러나 웨얼은 듣지 않았다. 그녀는 두건으로 머리를 꽁꽁 싸매고 나갔다. 정오쯤 되자 정말로 황사바람이 불기 시작했다. 누런 모래폭풍이 끊임없이 밀려왔다. 바람에 휘말린 모래알들이 채찍처럼 그녀를 후려쳤다. 그녀는 처음에는 보리수나무에 의지해 서 있었는데 바람은 더 이상 서있는 걸 용납하지 않았다. 그녀는 할 수 없이 몸을 웅크리고 앉아서 수건으로 얼굴을 가린 채 눈을 가늘게 뜨고 그 길을 응시했다. 바람이 세게 불 때면 그 길은 눈앞에서 사라져버렸다. 하늘과 땅이 하나가 되어 바람과 모래 외에는 아무 것도 없었다. 태양도 사라져버렸다. 웨얼은 입속으로 "제발 오지 마. 바람이 이렇게 세찬데 오면 안 돼." 하고 중얼거렸다. 그러나 마음속으로는 그가 빨리 돌아오기를 바랐다. 그녀는 한 편으로는 멍즈의 안전이 걱정되면서도 한 편으로는 또 그가 정말로 오지 않을까봐 걱정하고 있었다. 그녀는 어느 순간 멍즈가 오지 않기를 바라다가 또 어느 순간에는 멍즈가 빨리 돌아오기를 바랐는데 그 때문에 모래바람이 부는 것조차 잊어버렸다.

현성에 갔던 몇몇 마을사람들이 돌아왔는데 바람 속에 웅크리고 있는 형체를 보고는 대뜸 웨얼임을 알아차렸다. 웨얼이 하루건너 이곳에 와서 멍즈를 기다린다는 걸 안 후부터 마을사람들의 비난이 뜸해졌다. 더러 마음이 약한 사람들은 웨얼이 애타게 기다리는 것을 보면 그러지 말고 집에 들어가라고 권했다. 멍즈가 돌아오면 알아서 찾아갈 게 아니냐고 했다. 그럼에도 웨얼은 한사코 멍즈를 기다렸다.

바람이 가장 세차게 휘몰아칠 때에는 하늘이 사라져버렸다. 마구 휘날리는 모래바람만 있을 뿐이다. 길도 사라졌다. 모래바람이 만들어낸 누런 장막만 있을 뿐이다. 그 장막은 또 그녀의 머리속에 남겨져 있는 전설에 나오는 그런 지옥을 만들어내기도 했다. 이곳에서 나서 자랐지만 웨얼은 모래바람이 이처럼 큰 위력을 갖고 있는지를 몰랐었다. 모래바람은 전에도 심심찮게 불었지만 그럴 때면 사람들은 대개 집안에 있었다. 그래서 모래바람은 소리로만 기억되고 있었다. 그럴 때의 바람은 창호지나 나뭇가지, 혹은 다른 뭔가를 휩쓸며 윙윙거리거나 쏴쏴 몰아치는 소리를 내었는데, 가끔은 뭔가를 말해주기라도 하듯 괴이쩍은 소리를 내기도 했다. 그러나 이 시각, 그런 온갖 잡다한 소리들이 모두 하나로 엉켜버렸다. 두건으로 머리를 꽁꽁 싸맸는데도 모래알들이 틈서리를 파고들어 얼굴을 때렸는데 너무 아파서 참기 어려웠다.

현성으로 통하는 그 길은 모래바람 속에서 나타났다 사라지기를 반복했는데, 공중에 걸려 서천(西天)으로 통하는 길이라도 되는 것처럼 흐릿하기는 해도 뭔가 강력한 메시지를 전해주고 있었다. 몇몇 삭사울(梭梭)나무[4]들이 뽑혀나가기라도 하려는 듯 매섭게 몰아치는 바람 속에서 몸부림을 치고 있었다. 삭사울나무들은 바람이 부는 대로 몸을 내맡기면서도 그 뿌리는 필사적으로 대지를 부여잡고 놓으려 하지

4) 삭사울나무 : 학명은 할록실론 암모덴드론(*Haloxylon ammodendron*)으로 비름과의 떨기나무이다. 아시아가 원산지로 몽골, 내몽골, 중국 서북지역, 카자흐스탄, 이란 등에 분포한다. 고비사막의 대표적인 자생종이다. 크게는 3m 높이까지 자란다.

않았다. 두건 틈새로 삭사울나무를 물끄러미 응시하던 웨얼은 저도 몰래 삭사울나무에 감동하고 말았다. 그녀는 삭사울나무처럼 살아야겠다고 생각했다.

몇몇 검은 점들이 모래바람을 뚫고 조금씩 다가오고 있었다. 웨얼은 흥분하여 가슴이 두근거리기 시작했다. 그녀는 속으로 생각했다. 이번에는 필시 그가 있을 거야! 이미 여러 번 실망을 경험했으면서도 웨얼은 희망에 넘쳐, 눈에 들어오는 모든 이들을 멍즈일 거라고 생각했다. 그녀는 바람직한 생각이라고 느껴졌다. 왜냐하면 모래바람 속에 내비치는 것들은 다 희망이 되었으니까 ……

검은 점들이 점점 가까워졌다. 더 가까워졌다. 두 사람이다. 남자가 자전거를 끌고 여자가 뒤에서 밀고 있었다. 자전거에는 꼬마가 타고 있었다. 그들의 옷자락은 바람에 사정없이 펄럭거렸다. 펄럭거리는 옷자락에 맞추듯 자전거도 따라서 비틀거렸는데 가까스로 지탱하면서 길 아래로 미끄러지지는 않았다. 더 가까이 다가와서야 웨얼은 같은 동네 사람들임을 알아보고는 큰소리로 물었다.

"아주머니, 멍즈를 보지 못했어요?"

그러나 말은 입을 벗어나기 무섭게 바람에 묻혀버렸다. 고함치듯 여러 번 반복해서 물어서야 상대방이 겨우 알아듣고 대꾸했다.

"못 봤어. 길에 귀신 그림자도 없었어. 얼른 집으로 돌아가. 이 와중에 오기 어려울 거야."

웨얼은 맥이 빠졌지만 스스로를 위안했다. "안 와도 좋아. 이 난리통에 오다가 일이라도 생기면 더 안 좋거든."

그들이 마을 쪽으로 멀리 가기를 기다려 웨얼은 다시 보리수나무 아래로 숨어들었다. 그녀는 나무에 기대어 반복적으로 등을 옹송그렸

5) 옹송그리다 : 춥거나 무서움에 몸을 웅크리는 것.

다[5]. 등을 웅송그릴 때마다 몸도 따라서 흔들거렸는데 어떤 따스한 느낌이 몸 전체를 감싸는 것 같았다. 이 시각 그 느낌이야말로 스스로에게 호의를 표하는 유일한 생물이었다. 그러한 기운은 부드럽고 강력했으며 친근감이 넘쳐났는데 마치 "돌아가, 얼른 돌아가. 바람이 너무 세게 분단 말이야." 라고 말하는 것만 같았다. 홀연 뜨거운 것이 치밀어 올랐다. 코끝이 시큰해나면서 눈물이 시야를 가렸다.

하지만 웨얼은 집으로 돌아가려 하지 않았다. 요즘 들어 집에는 따사로움이 전혀 없고 음울한 기분만 감돌뿐이다. 하지만 이 길목에는 행복과 기대감이 있었다. 심지어 어떤 따사로움마저 느낄 수 있었다. 바람이 휘몰아치고 모래가 날려도, 그래서 길이 어렴풋하게 보여도, 그 길의 끝자락에는 그녀가 갈망하는 모습이 있었다. "그래 기다려보는 거야. 기다려서 결과가 있든 없든 그건 중요치 않다. 기다리는 과정이야말로 마음을 따스하게 하는 것이지."

흐릿한 태양이 시나브하게 이동하더니 산 아래로 내려가기 시작했다. 바람이 느슨해지면서 모래알들은 새로 자리 잡은 곳에 온순하게 내려앉았다. 웨얼은 멍즈가 오지 못할 거라는 생각이 들었다. "바람이 이렇게 세니 오지 않아도 원망하지 않아." 그렇게 생각하면서도 두 눈은 그 길의 끝자락을 응시하고 있었다. 마침내 시큰한 눈동자에 검은 점 하나가 들어왔다. 그 점이 조금씩 커지면서 웨얼은 익숙한 기운을 느꼈다. 그녀는 뛸 듯이 기뻐하며 뛰쳐나갔다.

이번에는 멍즈였다.

멍즈의 품에 파고들며 그녀는 행복에 겨운 울음을 터뜨렸다. 멍즈 역시 그녀를 으스러지게 끌어안았다. 두 사람의 눈물이 한데 섞여 얼굴의 먼지를 씻어냈다. 두 사람 모두 서로 떨어질 수 없음을 알고 있었다.

오토바이에 타고 마을로 돌아올 때 싸와(沙娃)들은 자기들도 하루 종일 기다렸다는 듯이 홍이 나서 환성을 질러댔다. 웨얼은 두 눈을 꼭 감고 멍즈의 등에 기대어 행복에 겨운 눈물을 흘렸다.

7.

딱히 언제부터인지 모르지만 웨얼은 증상이 더 심해졌음을 자각했다. 딱지가 앉았던 곳이 다시 짓무르기 시작했고 통증도 더해졌다. 다리 쪽에는 이미 헐어서 구멍이 생겼다. 현성에서 받아온 약은 이제 별반 효과를 발휘하지 못했고, 소똥 연기를 쬐어봐야 아무 소용이 없었다. 커다란 그늘이 웨얼의 마음속에 드리워졌다.

멍즈의 엄마가 또 비방 하나를 얻어왔다. 소주로 좌욕을 한다는 거였다. 상처에 소주가 조금만 닿아도 미칠 듯이 아팠다. 통증은 신경을 타고 온 몸에 퍼졌지만, 웨얼은 소주를 담은 대야에 앉아서 이를 악물고 버텼다. 통증 때문에 잠깐 사이에 온 몸이 땀범벅이 되었지만 그녀는 억지로 버티면서 속으로 외웠다. "술에 빠져 죽어버려, 술에 취해 죽어버려!" 그녀는 병마가 술에 빠져 아우성치는 소리를 듣는 듯한 착각에 빠졌는데, 그러한 착각은 묘한 쾌감을 불러왔다.

하지만 소주로 좌욕을 하는 건 소똥 연기에 쬐는 것만도 효과가 못했다. 통증만 클 뿐 상처는 아물지 않았다. 아무리 독한 알코올이라 해도 표면의 바이러스만 죽일 수 있을 뿐이었다. 더 많은 바이러스들이 이미 혈액을 타고 온 몸에 침투해버렸다. 웨얼 역시 이를 알고 있었다.

다급해난 아버지도 여기저기서 적지 않은 돈을 구해 그녀를 란저우(兰州)병원에 입원시켰다. 알레르기를 일으키는 약물을 제외한 여러 가지 약물들이 부단히 그녀의 몸속으로 흘러들어갔지만 병세는 조금도 호전을 보이지 않았다. 웨얼은 저승사자가 자신을 훔쳐보면서 시도 때도 없이 괴이하게 웃고 있음을 느꼈다.

'죽음' 이라는 글자가 마음에 내려앉고 나서는 눈앞의 모든 것들이 시체를 감싸는 천처럼 희뿌옇게 보였다. 전에는 '죽음' 이라는 것이 자신과는 관계없는 요원한 것이라고 느꼈었다. 하지만 지금 그것이 갑작스레 다가와 날카로운 이빨을 드러내고 있다. 웨얼은 속수무책으로 스스로를 방치하고만 있었다. 머릿속이 텅 비어버린 듯한 느낌이 오래 지속되었다. 희뿌연 공백 말고는 아무 것도 없는 그런 느낌이었다. 그러한 공백은 그녀를 이 세상과 단절시켰다. 눈앞의 모든 것들이 마음 밖으로 벗어나 요원하게만 느껴졌다. 늘 꿈을 꾸고 있는 것만 같은 느낌이 들었다. 신체의 통증이 파도처럼 지속적으로 덮쳐왔지만 꿈을 꾸는 듯한 느낌은 더욱 짙어만 갔다. 이 모든 게 꿈이었으면 얼마나 좋을까 하고 그녀는 생각했다. 그러나 그런 생각을 하니 꿈을 꾸는 듯한 느낌이 대번에 사라졌다. '죽음' 이라는 글자가 가져다주는 아픔이 또다시 마음을 할퀴었다.

정말 죽는 것일까? 그녀는 때때로 스스로에게 질문했다. 아직 제대로 살아보지도 못했다는 생각만 들었다. 여태까지 살아온 세월들이 몇몇 순간에 지나지 않는다는 느낌이 들었다. 그 밖에는 온통 몽롱하기만 할 뿐이었다. 지나온 삶의 경력은 모래바람에 뒤덮인 그 오솔길과도 같이 흐릿하게 나타났다 사라지기를 반복했다. 다만 그 몇몇 순간만은 아주 또렷했다. 학교 다닐 때 친구들과 장난치던 일, 멍즈와 포옹하고 키스하던 일…… 고작 이 몇 가지뿐이었다. 그렇다면 삶의 가치란 결국 이런 것들뿐일까? 20여 년의 인생 경력이 결국은 하나의 거대한 허무일까?

웨얼은 멍즈가 자주 언급하던 심오하기 그지없는 문제들을 생각하기 시작했다. 전에는 멍즈가 그런 화제를 꺼내기만 하면 진저리를 쳤었다. 이제 그런 문제가 실제로 눈앞에 박두했으니 회피할 수도 없는 일이었다. 이를테면 죽음이란 무엇이며, 육신이 사라지면 웨얼이라고 불리는 여자는 대체 어디로 갈 것이냐는 등등이었다. 그녀는 답안을 찾을 수가 없었다. 나중에 멍즈한테 물었지만 멍즈는 '죽음' 이라는 단어 자체를 극력 회피하려 했다. 그녀가 괴로워할까봐 회피한다는 걸 웨얼도 스스로 알고 있었다. 그런데 이런 문제들은 잠깐 잠깐씩 뇌리를 스쳐지나갈 뿐이었다. 어떤 비애와 절망의 감정이 그것들을 뒤덮어버렸기 때문이었다.

가끔씩 병마에게 고맙다는 생각이 들었다. 병마가 행패를 부리는 부위가 옷으로 능히 가릴 수 있는 부위에 한정되었기 때문이다. 적어도 아직까지는 얼굴은 말끔했다. 거울 속에 비치는 얼굴은 여전히 아름다웠다. 그나마 위안이 되면서도 한편으로는 슬픈 일이었다. 이렇게 아름다운 얼굴이 결국 스러져갈 것이기 때문이다.

그녀는 좀 더 오래 살고 싶었다. 곰곰이 생각해보면 별반 살아보지도 못했다. 어렸을 때는 유치해서 아무 것도 몰랐다. 조금 커서는 학교 다니고 숙제 하는데 태반의 시간을 할애했다. 진정으로 스스로를 위해 살아온 시간은 열여덟 살 이후의 몇 해뿐이었다. 거기서 잠자는 시간과 생계를 위해 동분서주하는 시간을 빼고, 더러 떠올릴 가치가 없는 장면들을 빼면 나머지 시간은 얼마 안 되었다. 진정으로 가치가 있게 느껴지는 것은 멍즈와 함께 한 얼마 안 되는 나날들뿐이었다. 하지만 이는 병마와 함께 한 나날이기도 했다. 정말 제대로 살아보지 못했다. "이대로 죽는다면 아예 살아보지 못한 거랑 다를 게 뭐람?" 하고 생각할 뿐이었다.

그녀의 얼굴은 자주 눈물범벅이 되곤 했다.

가끔씩 그녀는 좀 더 일찍 멍즈와 연애하지 못한 걸 후회하기도 했다. 고등학교를 갓 졸업했던 그 몇 년간은 그래도 깨끗한 몸이었다. 그때 적극적으로 멍즈에게 대시했더라면 멍즈는 벌써 그녀의 것이 되었을지도 모른다. 두 사람이 일찍부터 서로 사랑하고 키스하고 심지어 섹스(이 단어를 떠올리기만 하면 그녀는 가슴이 떨렸다)까지 했더라면, 그것이야말로 더할 나위 없는 삶의 즐거움이었으리라. 정말 그렇게 되었더라면 몹쓸 병에 걸리지 않았을지도 모른다. 아니, 결단코 걸리지 않았을 것이다. 떠올리기조차 싫은 그 나날에, 그녀는 남에게 속임을 당했다기보다는 스스로의 공허함 때문에 신세를 망쳤다고 하는 게 더 마땅할 것 같았다. 그때에도 삶에 희망은 있었지만 아주 요원한 것이었다. 너무 요원해서 마치 꿈속에 떠도는 비누거품과도 같은 것이었다. 몇 차례의 실망을 경험한 뒤부터 마음이 공허해지기 시작하고 타락하고 싶다는 충동에 휘말렸다. 그때 그 사람이 웨얼을 유혹하지 않았어도 그녀는 필시 다른 사람의 유혹에 넘어갔을 것이다. 마음이 공허한 그녀는 그러한 유혹을 이겨낼 수 없었던 것이다…… 하지만 멍즈가 좀 더 일찍 그녀의 생활 속으로 들어왔더라면, 그러면 결과는 완전히 달라졌을 것이다. 매 번 그런 생각을 할 때마다 그녀는 끝없는 후회 속으로 빠져들었다. 뒤늦은 후회가 아무런 소용이 없다는 걸 알았지만 지금의 그녀에게 있어서 그런 후회조차도 일종의 향수였다. 후회 속에 빠져들면 '죽음' 이라는 단어가 잠시나마 마음속에서 밀려났다. 그러한 정서는 모든 것들을 밀어냈다. 아픔이나 절망 같은 것들도 모두 밀려났다.

가끔씩 그녀는 아버지를 원망하기도 했다. 아버지가 다방을 차리지 않았더라면, 아버지가 다방 일을 시키지 않았더라면, 그랬더라면 오늘의 이런 결과도 없었을 것이다. 하지만 아버지는 그녀에게 매음을 하라고는 하지 않았다. 단지 그녀에게 카운터를 맡겼을 뿐이었다. 물론 매음을 하는 다방의 분위기에 젖어 마음속 방어선이 무너진 것은 사실이었다. 아버지도 책임이 없는 것은 아니었지만 웨얼은 아버지를 용서했다. 베이징 사장이라는 작자와 어울릴 때 아버지는 지속적으로 경고하고 화까지 냈었다. 하지만 그때는 귀신에게 홀리기라도 한 것처럼 아무런 충고도 귀에 들어오지 않았다. 그때 아버지의 경고가 아직도 마음속에 남아있으니 더 이상 아버지를 원망할 수 없는 일이었다.

그렇다면 운명을 탓해야 할까? 어렸을 때 그녀는 몇 번 점을 본 일이 있었는데 모두 좋은 운을 타고났다고 했다. 황후처럼 귀하게 될 거라고들 했다. 그런데 그 때문에 아직 여린 그녀의 심령에는 수많은 환상이 생겨났던 것이다. 그녀는 백마 탄 왕자가 눈앞에 나타나기를 고대했다. 이는 그녀가 멍즈에게 적극적으로 대시하지 않은 이유이기도 했다. 그녀는 도처를 헤매며 찾았지만 결국은 왕자를 찾지 못하고 양매창만 얻었다. 그녀는 도저히 이해할 수가 없었다. 그렇게 좋은 운을 타고났는데(무당들은 이구동성으로 그렇게 이야기했었다) 왜 이 지경에 이르게 된 걸까? 그녀 스스로가 운을 망친 것일까? 아니면 어떤 거대한 외부의 힘이 간섭한 것일까? 하지만 답을 해줄 수 있는 사람은 아무도 없었다.

매 번 '운'을 이야기할라치면 멍즈는 늘 "운은 마음에 따르는 것"이라고 했다. 마음이 선량하면 좋은 운이 오게 되고 마음이 악하면 나쁜 운을 부르게 된다는 것이었다. 그는 이를 뒷받침할 여러 가지 예까지 들었다. 그래서 얼핏 보면 꽤 일리가 있는 것처럼 여겨졌다. 하지만 자기의 처지를 대입해보면 전혀 맞지 않는 이론이었다. 그녀는 스스로를 아주 선량하다고 생각하고 있었다. 그녀는 종래 남을 해치려는 생각을 품은 적이 없었다.(물론 멍즈가 지향하는 중생들을 이롭게 한다는 것과는 거리가 멀었다) 적어도 악한 마음을 먹지는 않았었다. 그런데 왜 이다지도 기구한 운명일까? 웨얼은 필시 알 수 없는 뭔가가 자기의 운명에 관여했을 거라고 생각했다. 하지만 아무리 생각해봐도 명확한 실마리는 잡히지 않았다.

아무튼 어떻게든 살아야 한다는 생각만은 아주 명확했다. 그러한 생각은 들끓는 격랑처럼 아주 강력했다. 특히 멍즈를 떠올릴 때면 더 그랬다. 멍즈는 해괴하기 그지없는 시샤(西夏)의 책을 번역하느라 바쁘게 보냈기에 휴가를 낼 수가 없었다. 그래서 란쩌우에 와서 그녀를 간호할 수도 없었다. 채 며칠이 안 되었는데도 웨얼은 지탱하기 힘들었다. 처음에는 살고 싶다는 욕구가 아주 강렬했다. 하지만 점차 그리움이 고개를 쳐들더니 치고 올라왔다. 그리움이 가장 강렬할 때에는 당장이라도 손등의 주삿바늘을 뽑아버리고 서쪽으로 가는 버스에 뛰어올라 량쩌우로 가고 싶다는 충동을 느꼈다. 당장이라도 량쩌우에 달려가서 멍즈를 끌어안고 미친 듯이 옷을 물어뜯고 싶었다.(더 이상 키스를 할 수가 없었다. 타액으로도 전염이 될 수 있다고 란쩌우의 의사가 말했기 때문이다. 그녀는 이미 멍즈에게 전화를 해서 페니실린 주사를 며칠 맞으라고 일러주었다.) 그냥 손을 잡고 바라만 봐도, 아니 멀리서 뒷모습을 바라볼 수만 있어도 좋을 것 같았다. 적어도 시체를 감싸는 헝겊처럼 창백하기만 한 병실에 있기보다는 수백 배 더 나은 일이었다. 가끔은 끓어 오르는 그리움 때문에 죽음에 대한 공포를 덮어버렸다. 멍즈의 손을 잡고 그의 선량한 눈동자를 바라볼 수만 있다면 당장 지옥에 떨어진대도 여한이 없을 것 같았다. 그래서 그녀는 빨리 퇴원하게 해달라고 아버지를 졸랐다.

돈도 쓸 만큼 썼다. 약물도 주사할 만큼 주사했다. 하지만 항생제들은 이미 바이러스가 창궐하면서 공격해 오는 힘을 막아내지 못했다. 게다가 이제는 간과 신장, 심장에까지 문제가 생겼다. 의사는 이러한 상황을 웨얼의 아버지에게 귀띔해주었다. 아버지는 몰래 숨어서 눈물을 훔쳤다. 웨얼은 이내 심상치 않음을 눈치 챘다. 다리에는 이미 시커먼 구멍이 여럿 생겼는데 냄새가 코를 찔렀다. 저승사자가 때때로 머리를 내밀고 그녀를 향해 괴상한 표정을 지었다. 웨얼은 저승사자가 두건을 쓰고 뾰족한 부리를 드러낸 암탉 같다고 생각했다. 다리의 구멍이 바로 그 뾰족한 부리로 쪼은 거라고 생각했다. 흐리멍덩한 가운데 웨얼은 가만히 그것을 응시했다. 그녀는 극력 맑은 정신을 유지하려 했지만 흐리멍덩한 증상은 점점 더 잦아지고 심해졌다. 웨얼은 저승사자의 그물이 이미 자신을 뒤덮었음을 알았다. 그녀는 그물에 든 솔개와도 같아서, 아직 날개를 퍼덕거릴 수는 있어도 벗어날 희망이라고는 전혀 없었다.

그녀는 이미 자신을 향해 다가오는 커다란 아가리를 보았다. 애니메이션에서 자주 보던 화면이 지금 그녀의 눈앞에 나타난 것이다. 환각 속에서 그녀는 계속해서 도망쳤다. 하지만 파리하게 여윈 다리로는 아무리해도 짙은 어둠처럼 내리 덮치는 음영을 떨쳐버릴 수는 없었다. 꿈 역시 환각이랑 별반 다르지 않았다. 꿈속에서 그녀는 계속해서 도망을 쳤고 집채 같은 괴물이 끈질기게 뒤를 따랐다. 끝이 보이지 않는 거대한 음영이 물처럼 흘러와서 그녀의 그림자를 물고는 그 커다란 아가리로 조금씩 끌어당겼다. 그럴 때면 그녀는 "멍즈야, 구해줘!" 라고 소리를 질렀다. 그런데 그렇게 내지르는 소리는 신비한 주문과도 같이 대뜸 효력을 발휘했다. 신기하게도 멍즈의 이름을 부르기만 하면 바로 그런 무기력한 상태에서 깨어날 수 있었다. 뒤이어 사람을 취하게 하는 그리움이 밀물처럼 몰려와서 그녀를 감쌌다.

그녀는 날짜를 일일이 세어가며 견디고 있었다. 그녀는 천천히 흘러가는 초침소리를 가려들을 수가 있었다. 째깍거리는 그 소리는 무딘 칼처럼 자꾸만 마음에 생채기를 더하고 있었다. 육신의 통증은 시간의 흐름을 더디게 했고, 빛이 없는 어둠처럼 조그마한 희망까지 모두 앗아갔다. 고향에 있을 때에는 그래도 동구 밖에 나가서 그 오솔길의 먼 끝자락에 나타나는 검은 점들을 기다릴 수 있었다. 그 점이 멍즈가 아니더라도 적어도 희망은 있었다. 그러나 지금은 끝없는 육신의 통증과 저승사자의 음영, 그리고 아버지의 고뇌에 찬 얼굴만 있을 뿐이었다. 조금이라도 마음에 위안이 될 만한 것은 하나도 없었다.

그녀는 곧 죽게 된다는 걸 잘 알고 있었다.

그런데 이상하게도 죽음에 대한 공포가 많이 사라졌다. 그녀는 죽은 뒤에 영혼이 있다고 믿고 있었다. 그래서 단지 죽은 후의 외로움이 두려울 뿐이었다. 가끔 그녀는 멍즈도 자기와 함께 죽었으면 좋겠다는 이기적인 생각을 했다. 사랑하는 사람과 함께 죽을 수 있다는 것은 얼마나 큰 행복인가. 통증이 약간 가라앉을 때면 그녀는 그러한 맥락을 따라 상상의 나래를 펼쳐갔다. 그녀는 연상의 끈을 결혼 전으로 이어갔다. 가장 아름다운 장면은 멍즈와 포옹하고 키스하고 섹스하는 것이었다. 그 뒤에 두 사람은 정결하고 하얀 침대에 나란히 눕는다. 두 사람 다 병에 걸렸지만 누구도 개의치 않는다. 오히려 더 격렬하게 서로를 탐한다.(물론 가장 많은 것은 섹스하는 장면이다.) 그리고 어느 날, 두 사람이 함께 죽음을 맞이한다. 죽음의 형식은, 아름다움을 그대로 간직한 두 구의 시체 위에 더욱 아름다운 그림자가 나비처럼 춤을 추며 떠도는 것이다. 그들은 세상의 온갖 아름다운 곳을 유람한다. 그들이 이르는 곳마다 꽃이 있고 풀이 있고 맑은 물이 있다. 웨얼은 이런 것들 외에 다른 아름다움은 상상해낼 수 없었다. 아름다운 곳들을 많이 돌아다니고 싶었지만 미처 그럴 여유가 없었다.…… 가끔 그녀는 애초에 멍즈와 섹스하지 않은 걸 후회하기도 했지만 그런 후회는 잠깐에 불과했다. 그런 생각이 얼마나 황당한지를 육신의 통증이 시시각각 일깨워주고 있기 때문이다. 그녀는 결코 멍즈가 자기와 같은 고통을 받는 것을 원치 않았다.

죽은 후의 외로움 말고도 그녀가 두려워하는 것이 하나 더 있었다. 바로 멍즈가 다른 여자랑 결혼하는 것이었다. 이는 죽음보다도 더 용납하기 힘든 일이었다. 또 다른 결혼식에서 멍즈의 신부가 자기가 아닌 다른 여자라는 생각을 하면 숨이 턱턱 막혀왔다. 이런 생각을 할 때면 죽음에 대한 두려움이 강렬하게 몰려왔다. 죽음으로 인한 가장 큰 두려움은 멍즈를 빼앗긴다는 것이었다. 죽음은 그녀의 품속에서 멍즈를 빼앗아가 다른 여인의 품속에 집어넣는 것이다. 그리고 그녀의 영혼은 무기력하게 그런 상황을 바라보며 눈물만 흘릴 것이다. 그녀는 심지어 그림자와도 같은 자기의 영혼이 눈물을 흘리는 모양을 상상해낼 수 있었다. 그녀는 엄마를 잃은 아이처럼 신혼방의 구석에 쪼그리고 앉아서 멍즈가 다른 여자랑 희희낙락하는 꼴을 지켜보게 될 것이다. 이는 그녀가 도저히 용납할 수 없는 장면이었다. 하지만 그런 고통스러운 상상은 그녀의 뇌리에 붙어서 떨어지려 하지 않았다. 그녀는 커다란 손 하나가 자기의 목통을 움켜쥐는 듯한 느낌을 받았다. 숨이 턱턱 막혀왔지만 아이러니하게도 그 때문에 통증이 많이 사라졌다. "난 죽고 싶지 않아!" 그녀는 신음처럼 이 한마디를 내뱉었다.

미래의 장면에 대한 이런 상상은 멍즈에 대한 원망을 불러왔다. 이런 원망이 어처구니없다는 것을 잘 알면서도 그녀는 스스로를 설득시키지 못했다. 심지어 그녀는 몇몇 이유까지 찾아내서 그러한 원망을 정당화시켰다. 멍즈가 시샤(西夏)의 문서들을 번역하느라 시간을 낼 틈이 없다는 걸 알면서도 그녀는 그가 자기를 피하고 심지어는 버리려 하는 것이라고 단정해버렸다. 그리고 이러한 생각을 합리화하기 위해 그녀는 많은 증거들을 찾아냈다. 마을에는 여인의 시체가 아직 채 식지도 않았는데 남자가 다른 애인을 찾는 따위의 비슷한 사례들이 더러 있었다. 이를 근거로 그녀는 자기가 죽고 나면 멍즈 역시 매정한 남자가 될 거라고 단정했다. 여기까지 생각이 미치니 그 동안의 온갖 기대와 의지하던 것들 모래성처럼 무너져버렸다. 모든 것들이 허위인 것 같았고 아무런 의의도 없어보였다. 사랑은 육신의 소실과 더불어 소실될 것이다. 결국은 돈이나 집, 부모, 형제, 자기의 청춘, 아름다움 등등 모든 것들이 아무런 의의도 없는 것이다. 삶의 모든 것들이 결국은 하나의 거대한 속임수였다. 죽음은 이제 그러한 속임수들이 본모습을 드러내게 했다.

가짜야, 모든 것이 가짜야. 그녀는 신음소리를 내뱉었다.

눈물 한 방울이 흘러내렸다. 설움에 북받쳐 저도 몰래 흐느낌 소리를 냈다. 아버지가 다가와 왜 그러냐고 했지만 그녀는 고개를 돌려버렸다. 아무 것도 말하고 싶지 않았고 누구도 만나고 싶지 않았다. 희뿌연 안개 같은 것이 마음을 온통 덮어버렸다. 그녀는 모든 것들이 이제 본모습을 드러낸 것이라고 생각했다.

8.

웨얼이 퇴원했다. 약물은 이제 아무런 효과도 없었다. 오히려 간과 신장에 무리를 주어 합병증까지 생겼다. 한 달도 채 안 되는 사이에 친정과 시집에서 힘겹게 마련한 만여 위안(元)의 돈이 다 없어졌다.

결과는 뻔했다. 병원에 더 있어봐야 돈 낭비밖에 되지 않았다. 아버지가 돈을 더 빌려오려 했지만 웨얼이 만류했다.

"이제 퇴원할래요. 여기에 하루도 더 있고 싶지 않아요. 죽더라도 편하게 가고 싶어요."

집으로 돌아오니 마을 사람들이 모두 병문안을 왔다. 그녀가 동구 밖에서 멍즈를 기다린 것은 많은 사람들을 감동시켰다. 이제 더 이상 그녀를 욕하는 사람이 없었다. 오히려 그녀를 위해 동정의 눈물을 흘릴 뿐이었다. 웨얼이 훌륭한 처녀였다는 것을 다들 기억하고 있었다. 어렸을 때부터 얼굴도 예쁘고 마음씨도 착했다. 몹쓸 병에 걸리기는 했지만 죽은 사람과 부처님을 빼면 잘못을 범하지 않는 사람이 어디 있는가? 그래서 다들 이 꽃 같은 여인을 동정했다. 멍즈의 엄마는 더 조급해졌다. 도처를 찾아다니며 민간비방을 구했는데 조금이라도 소득이 있으면 지체 없이 가져왔다.

웨얼은 마침내 멍즈를 볼 수 있었다. 한동안 온갖 이유를 들어 멍즈를 원망했음에도, 그가 눈앞에 나타나자 언제 그랬냐는 듯 가슴이 세차게 뛰기 시작했다. 그가 페니실린 주사를 며칠 동안 맞았다는 말을 들은 웨얼은 그제야 안심했다. 전에 키스할 때 전염되었을지도 모르는 바이러스가 이제 멍즈를 해칠 수 없기 때문이다. 그녀는 예전처럼 멍즈를 포옹하고 키스하고 싶은 마음이 간절했다. 그녀는 한 쌍의 혀가 입속에서 만나서 뱀처럼 한데 엉키는 느낌을 좋아했다. 그런 느낌은 아주 강렬한 유혹이었다. 하지만 웨얼은 자기의 타액에도 바이러스가 있다는 것을 알고 있었다. 두 사람은 서로 손을 맞잡고 바라보고 있을 수밖에 없었다. 서로 눈물 짓고 마주보다가 또 서로 웃으며 마주보기도 했다. 그래도 좋았다. 란쩌우 병원의 차가운 침대 위의 외로움에 비하면 지금이야말로 천당에 있는 것이나 다름없었다.

멍즈를 만나니 살고 싶다는 욕구가 거대하게 팽창했다. 멍즈가 출근하면 웨얼은 온갖 민간비방의 실험장이 되었다. 여러 가지 약들을 한 움큼씩 입에 털어 넣는 건 기본이었다. 소똥은 이미 여러 곳의 살가죽을 태웠고, 매일 장시간 동안 소주로 좌욕을 하는 바람에 어떤 곳은 살이 흐무러지기도 했다. 이 밖에도 그녀는 가냘픈 몸을 이끌고 야외에 나가서 해독작용이 있다는 약초들을 채집했다. 채집한 약초들은 시냇물에 휘저어 씻어서는 한 움큼씩 입안에 밀어 넣었다. 그러나 아무리 고통에 부대끼더라도 마을 사람들의 눈에 띄는 웨얼은 여전히 아름다운 여인이었다. 매 번 문을 나설 때면 그녀는 의식적으로 치장을 했는데 상처 부위가 드러날 까봐 반바지나 티셔츠 따위는 일절 입지 않았다. 그녀는 통증을 참아가며 메이크업을 했다. 핏기가 없이 누렇게 뜬 얼굴에는 옅은 연지를 발라서 혈색이 돌아보이게 했고, 립스틱은 늘 지참하고 다녔는데 주위에 사람이 없을 때면 어김없이 작은 거울을 꺼내 확인하고 립스틱을 다시 바르곤 했다. 그녀는 사람들에게 늘 가장 아름다운 모습만을 보여주었기에 부모 말고는 누구도 그녀의 병세가 어느 정도로 진행이 되었는지를 몰랐다.

그녀는 이렇게 생각했다. 멍즈의 여인이 되었으니 어쩔 수 없는 일이야. 이는 그녀가 치장을 하는 이유의 하나이기도 했다.

그녀는 매일 멍즈의 엄마가 구해온 민간비방을 시험했다. 딱 한 가지, 두꺼비를 삶아서 먹는 것을 빼고는 모든 걸 시험했다. 시어머니의 말에 따르면 이는 신방(神方)이라고 했다. 그녀는 몸에 두드러기 같은 것이 난 것을 가장 두려워했지만 용기를 내어 몇 마리 잡았다. 그런데 두꺼비들이 죽어라고 울어댔다. 문뜩 두꺼비도 살아있는 생명이라는 생각이 들었다. 그녀는 두꺼비 역시 가족이 있을 거라 생각했다. "내가 두꺼비를 먹으면 두꺼비의 가족들이 고통스러워할 게 아닌가? 어찌 자기의 목숨을 부지해보겠다고 남을 해하는 일을 한단 말인가?"
결국 웨얼은 두꺼비들을 다시 늪으로 돌려보냈다. 그런데 그 중 한 마리가 고개를 돌리고 가벼운 울음소리를 냈다. 마치도 고맙다고 말하는 것 같았다. 웨얼의 얼굴은 금세 눈물범벅이 되어버렸다. 그녀는 두꺼비가 자기의 마음을 알아주는 것만 같았다. 그녀는 동정으로 그득했던 두꺼비의 눈을 영원히 잊을 수 없었다.

동네에서 눈치가 가장 무딘 사람도 웨얼의 생존욕망을 읽어냈다. 그녀의 외롭고 가냘픈 등을 바라보면서 적지 않은 사람들이 눈물을 흘렸다.

가끔 그녀는 금강해모동(金刚亥母洞)에 들어가기도 했다. 금강해모(金刚亥母)와 호법신 아갑(护法神阿甲)과 그녀가 알고 있는 다른 모든 신령들에게 병마를 물리치고 좀 더 살 수 있게 해달라고 기도를 드렸다. 단 1년이라도 진정으로 멍즈의 아내가 될 수 있다면 칼산에 오르고 불바다에도 뛰어들 수 있다고 그녀는 생각했다. 하지만 기도와는 상관없이 병마는 갈수록 기승을 부렸다. 이제는 상체가 짓무르기 시작했다. 더 퍼지면 옷으로도 가릴 수 없게 된다.

옆에 다른 사람이 없을 때면 그녀와 멍즈는 서로 부둥켜안고 통곡했다. 란저우에 있을 때 잠시 멍즈를 원망하기도 했지만 그러한 원망은 기실 더 깊은 차원의 사랑이었다. 생명이 시나브로 막바지에 다다르면서 두 사람의 사랑은 더욱 애틋해졌다. 멍즈는 집에 돌아와 있는 모든 시간들을 웨얼과 함께 보내는 데 할애했다. 그럼에도 두 사람은 대부분의 시간 동안 서로 손을 맞잡고 묵묵히 바라볼 수밖에 없었다. 결과는 이미 정해졌기에 어떠한 위안의 말도 결국에는 가식에 불과했다.

붉지도 밝지도 않은 태양이 모래언덕에 걸려서 창백한 빛을 발하는 어느 황혼 무렵, 웨얼은 사막으로 가고 싶어 했다. 멍즈는 그녀를 오토바이에 태우고 사막을 향해 달렸다. 통통거리는 오토바이 엔진소리는 지나치게 단조롭게 무가내한 느낌이었는데 마치 어떤 노쇠한 늙은이의 탄식소리 같았다. 노란 가방을 어깨에 멘 웨얼은 두 다리를 모으고 오토바이에 탔다. 통증 때문에 전처럼 다리를 벌리고 탈 수 없었던 것이다. 그녀는 꼼꼼하게 메이크업을 하고 두 손에는 하얀 장갑을 꼈는데 얼굴에는 어딘가 성결한 빛이 어렸다. 얼마 안 되는 여정이었는데 멍즈는 일부러 마을을 한 바퀴 돌아서 갔다. 일종의 짙은 비애가 그의 마음을 짓누르고 있었다.

사막바람이 가볍게 옷자락을 스칠 즈음에 멍즈는 오토바이를 세우고 웨얼과 함께 모래언덕으로 향했다. 요즘 세월에는 사람들 사이의 관계가 많이 소원해진 반면 사막은 흡사 마을과 더 친근해진 것 같았다. 많은 땅들이 사라졌다. 니우루퍼(牛路坡)에서 노다지를 캐는 사람들이 울타리를 만드느라 많은 보리수나무들을 채벌했기 때문이다. 모래언덕은 이미 민머리를 드러냈다. 멍즈는 이 모래언덕들도 웨얼의 병마와 마찬가지로 건강한 피부를 잠식하고 있다고 생각했다. 이렇게 가면 얼마 안 되어 마을 전체가 잠식당하고 말 것이다.

훔쳐보는 사막 쥐를 쫓아버리고 나서 멍즈는 모래비탈에 앉았다. 웨얼은 멍즈에게 기대어 앉았다. 태양이 따사롭게 몸을 비추어 살아있다는 느낌이 들게 했다. 니우루퍼 쪽에서 소란스러운 소리들이 은은하게 들려왔다. 그 것은 도시에만 있는 소리였다. 그러한 소리들은 모래언덕과 마찬가지로 조금씩 마을을 잠식하고 있었다. 하지만 멍즈는 니우루퍼 역시 결국은 황사에 잠식당할 것이라고 생각했다. 그대로 그냥 삼켜지거나 혹은 오랜 세월이 흐른 뒤 우주가 명을 다 할 때 흩어지는 연기로 변해버릴 거라고 생각했다.

모든 것이 환각처럼 공허하고 몽롱하게만 여겨졌다. 현실감이라고는 조금도 찾아볼 수 없었다. 다만 이 시각의 포옹만이 실감 있게 안겨왔다. 멍즈는 따스한 태양 아래 부드러운 웨얼을 끌어안고 모래언덕에 누워서 살아있다는 느낌을 만끽했다. 살아있다는 느낌은 아주 허무맹랑한 것이어서 금방 느끼기 시작했는데 벌써 썰물처럼 멀어져갔다. 멍즈는 멀어져가는 느낌을 잘 알았다. 그러한 느낌은 시시각각 변화를 거듭했지만 또 영원 속에 잠겨있는 것 같기도 했다. 어쩌면 지금 두 사람이 함께 하는 시간은 어떠한 방식으로 굳어질지도 모른다. 정말 그렇게 된다면, 마음속에 굳어졌으면 좋겠다고 멍즈는 생각했다.

두 사람은 거의 말을 하지 않았다. 말해봐야 아무 소용이 없다는 걸 알고들 있었다. 사고해봐야 아무 소용이 없는 것처럼 말이다. 지금 함께 하는 시간을 즐기기만 하면 된다. 허무맹랑한 미래 따위를 생각할 필요는 없다. 그걸 생각한다는 자체가 현실에 상처를 주는 일이다. 과거를 추억할 필요도 없다. 되돌릴 수 없는 과거를 생각하는 것 역시 현실에 상처를 주는 일이다. 그냥 포옹만으로 족하다. 그렇게 서로 침묵으로 교류하고 침묵으로 심령의 비밀을 호소하면 되는 것이다. 주위가 점점 시끌벅적해질 때 고즈넉함을 유지하는 것이야말로 가장 큰 즐거움이라는 걸 두 사람은 알고 있었다. 어쩌면 얼마 지나지 않아서 이 세상 전체가 온통 시끌벅적한 도가니에 빠질지도 모르는 일이다. 그때가 되면 세상에는 더 이상 '고즈넉하다'는 단어가 존재하지 않을 것이다.

될수록 그 병을 떠올리지 않는 것이 좋다. 병마가 지속적으로 몸을 침식하고 있지만 그래도 생각하지 않는 것이 좋다. 냉철하게 생각해보면 진짜로 건강한 사람은 아무도 없다. 태어나는 그 시각부터 저승사자는 이미 야금야금 생명을 잠식하고 있다. 그 잔혹한 정도는 전혀 매독에 뒤지지 않는다. 다만 사람들이 감지하지 못하고 있을 뿐이다. 그렇게 모르는 가운데 아기는 커서 소년이 되고 중년이 되고 노인이 되어 한 발 한 발 무덤 속으로 향한다. 이런 것들 역시 생각하지 않는 것이 좋다. 아무 것도 생각하지 말자. 쉬이 얻기 힘든 이 고즈넉함 속에 살아있는 느낌을 즐기기만 하면 되는 것이다.

마음을 편히 먹고 아득히 먼 곳을 응시했다. 꼬리를 문 모래파도가 어디에서 왔는지, 어디까지 갈지도 모른다. 아무튼 그 속에는 온갖 생령들이 있었을 것이다. 그리고 그것들도 자기와 마찬가지로 고통과 초조함과 어떤 기대감 따위를 경험했을 것이고, 종당에는 그 모든 것들이 연기처럼 흩어져버렸을 것이다. 아무런 흔적도 남기지 않았을 것이다. 오랜 세월이 흐른 뒤, 이곳에는 여전히 수천수만의 사람들이 있을 것이고, 이미 스러져간 사람들의 전철을 밟을 것이다. 고통을 겪을 것이고, 영혼을 수련할 것이고, 미래를 동경하게 될 것이다. 하지만 오래 전에 멍즈라고 하는 남자와 웨얼이라고 하는 여자가 있었다는 것을 그들이 알 수 있을까? 어쩌면 스스로의 존재 자체가 아주 사소한 허무에 지나지 않을지도 모른다.

멍즈는 웨얼을 끌어안았다. 그 야들야들한 감촉은 아주 뚜렷했다. 그녀의 가벼운 숨소리가 귓전을 스치고 건강한 심장의 고동이 느껴진다. 그 심장은 매독이 자기한테로 향하고 있음을 모르는 것처럼 안정적이고 자신 있게 뛰고 있다. 그리고 소녀 특유의 탱탱함과 부드러움 역시 분명히 느낄 수 있었다. 하지만 허황한 느낌만은 종내 떨쳐버리지 못했다. 분명 그는 어떤 무상함을 느꼈다. 환각이 썰물처럼 멀어져가는 장면이 늘 마음속에 어른거렸다. 그는 웨얼의 고통을 이해하고 있었다. 하지만 이 고통은 얼마 못가서 사라져버릴 거라는 것도 알고 있었다. 그 속도는 육체가 갑작스레 나타났다가 홀연 사라지는 것보다도 수백 배는 더 빠를 것이다.

멍즈는 웨얼한테 미안한 생각이 들었다. 자기도 웨얼과 마찬가지로 죽기보다 더한 고통을 똑같이 느껴야 한다고 생각했다. 하지만 방법이 없었다. 그 역시 시시때때 고통에 시달렸지만, 그건 어디까지나 잠깐잠깐에 지나지 않았다. 이내 어떤 환상이 그것을 눌러버렸기 때문이었다. 그가 유일하게 할 수 있는 것은 성심성의껏 웨얼을 대하는 것뿐이었다.

웨얼은 눈을 가늘게 뜨고 기복을 이루고 있는 모래언덕들을 응시했다. 파리한 햇빛이 몸 뒤쪽으로 쏟아져서 그녀의 얼굴에 난 솜털들에 얼기설기 몽롱한 무늬를 만들었다. 웨얼은 천천히 몸을 돌려 멍즈를 바라보며 낮은 소리로 물었다.

"나 이뻐?"

멍저는 그녀의 손을 꼭 틀어쥐고 아무 말도 하지 않았다.

웨얼은 슬픈 미소를 지었다. 그녀는 가방 속에서 단향(檀香)을 하나 꺼내 불을 붙이고 모래 속에 꽂았다. 그리고는 멍즈를 그 앞에 꿇어앉게 했다. 멍즈는 그녀가 또 신령에게 기도를 드리려는 줄 알았다. 웨얼이 말했다.

"약속해줘. 다음 생에도 나와 부부가 되겠다고."

뜨거운 것이 치밀어 눈앞이 몽롱해졌다.

그는 기계적으로 대꾸했다.

"다음 생에도 너랑 부부가 될 거야."

"안 돼, 그 다음, 다음의 다음 생에까지."

"그래, 다음의 다음 생까지도."

"아냐, 영원히."

"그래, 영원히."

웨얼은 사랑스런 눈길로 멍즈를 바라보았다. 그녀는 손으로 가볍게 그의 머리를 빗질하고 옷자락을 여며주었다. 또 그의 어깨에 묻은 몇 알의 모래를 털어주고는 두 손으로 그의 얼굴을 받쳐 들고 천천히 말했다.

"오늘 한 약속을 잊지 마."

말을 마친 그녀는 모래언덕에 물어 뜯겨 반쪽이 되어버린 태양을 응시했다. 얼굴에는 온통 홍조로 가득했다.

9.

웨얼이 갔다. 그녀가 어느 날 갔는지는 아무도 모른다. 그녀가 어떤 방식으로 갔는지도 모른다.

병마는 이미 그녀의 목에까지 퍼졌다. 그녀는 이제 가지 않으면 아름다운 웨얼도 더 이상 있을 수 없음을 알았다. 그녀는 이미 몰래 멍즈의 오토바이에서 휘발유 두 병을 받아서 노란 가방에 담아두었다. 그녀는 편지봉투 하나와 자기가 직접 만든 깔창을 엄마의 이불 밑에 넣어놓았다. 멍즈에게 주는 것들이다. 편지봉투에는 편지 말고도 멍즈의 엄마가 얼마 전에 가져온 삼천 위안이 들어있었다. 그녀는 더 이상 쓸 데가 없었다. 그녀는 편지에 시어머니에 대한 감격하는 마음을 적었다. 멍즈의 엄마가 얻어온 수많은 민간비방들의 가장 큰 역할은 자신에게 또 다른 엄마를 선물해준 것이라고 했다.

그녀는 전처럼 꼼꼼하게 메이크업을 했다. 가장 예쁜 옷을 골라 입고 귀걸이와 목걸이를 했다. 그리고는 니우루퍼의 사진관을 찾아가서 사진 몇 장을 찍고는 멍즈에게 전해달라고 부탁했다. 나중에 사진사는 자기가 여태까지 찍은 것 가운데 가장 예쁜 사진이라고 했다. 그래서 진열장에 전시하고 싶다고 했지만 멍즈는 거절했다.

웨얼은 멍즈의 오토바이를 타고 갔던 그날의 길을 따라 걸었다. 자세하게 음미하면서 걸었다. 몽롱한 가운데 그녀는 자기가 전설 속에 나오는 전생의 발자국을 줍는 유령이라고 생각했다. 그녀는 며칠 전의 정경을 떠올리며 때때로 달콤한 미소를 지었다. 마을 사람들은 다들 멀찍이서 그녀를 바라볼 뿐 아무도 방해하지 않았다. 그녀는 사람들의 눈길에서 따스한 관심과 배려를 읽었다. 따스한 느낌이 마음속에서 용솟음쳤다.

그녀는 마을을 벗어나 사막으로 향했다.

집을 나설 때 그녀는 이미 자기가 사용했던 물건들을 모두 불살라 버렸다. 그녀는 그 물건들에 악마의 타액이 묻어있음을 알고 있었다. 병에 걸린 것을 알고 나서부터 그녀는 줄곧 이렇게 해왔다. 엄마는 니우루퍼에 있는 백구(白狗)의 싸와(沙娃)들에게 밥 해주러 갔기에 아무도 방해할 사람이 없었다. 그녀는 아주 꼼꼼하게 마무리를 했다.

모래파도는 예전과 마찬가지로 정처 없이 미지의 곳으로 흘러갔다. 웨얼은 자기의 영혼도 그렇게 흘러갈 거라고 단정했다. 병이 골수에 이른 육신을 떠나게 되면 어디로 흘러갈지 알 수 없는 일이다. 그것은 그녀가 마음대로 좌우할 수 있는 게 아니었다. 그녀가 유일하게 마음대로 할 수 있는 것이라면, 이 속세에 자기의 마지막 아름다움을 남겨두는 것이다. 생명은 더 이상 만회할 수 없는 것이니 아름다움이라도 남겨둬야 했다. 모든 아름다움을 그대로 고정하고 유지하는 가장 좋은 방법은 죽음이었다. 만에 하나 목숨을 구할 방법이 있다 하더라도, 그 대가로 아름다움을 포기해야 한다면 그녀는 단연코 거절할 것이다. 병원에서 그녀는 3기 매독환자의 사진을 본 적이 있었다. 그 때부터 그녀는 이미 오늘을 준비해왔다.

그녀의 마음속에 아름다움보다 더 소중한 것은 없었다. 특히 사랑하는 이의 마음속에 남겨질 아름다움이 그랬다. 그래서 떠나야 했다. 낯선 곳으로 떠나버려야 했다. 그래서 아름다움을 영원토록 남기리라.

다만 마음속의 아쉬움만은 여전히 그녀를 붙잡았다. "여태 제대로 살아보지도 못했다. 내키지 않았다. 정말 내키지 않았다. 그러나 다음 생이 있다. 그녀는 외롭고 쓸쓸한 또 다른 공간에서 멍즈를 기다릴 것이다. 그러니 괜찮다. 아무리 오랜 희망이라도 희망은 희망이다. 이번 생은 아무리 아쉽더라도 더 이상 생각하지 말아야지……"

사막바람이 가볍게 그녀를 어루만졌다. 이는 영원으로 향하는 길목에서 유일하게 그녀에게 친근함을 표시한 것이다. 아니, 추억이 또 있다. 하지만 이 시각의 추억들은 장난꾸러기 원숭이와도 같아서 도저히 한 곳에 머무르려 하지 않았다. 그러니 내버려둘 수밖에 없는 일이다. 추억은 고정할 수 없는 것이다. 고정할 수 있는 것은 죽음뿐이다.

그날 약속했던 장소가 시야에 안겨왔다. 모래바람은 이미 그날의 흔적을 깨끗이 지워버렸지만 그 따스함만은 여전히 남아있었다. 바람은 아직도 그날의 약속을 중얼거리고 있었다. 그것은 거대한 행복의 원천이었다. 그녀는 이곳에서 묵묵히 약속했던 다음 생이 도래하기를 기다릴 것이다.

"멍즈야, 너 나중에 아니라고 우기면 안 돼!"

웨얼은 달콤하게 웃었다. 이미 정오가 되었지만 구름이 있어서 별로 덥지는 않았다. 따스한 모래판에 주저앉으니 마치 멍즈의 품속에 안겨있는 듯한 느낌이었다. 그녀는 거울을 꺼내들고 이리저리 비춰봤지만 병마가 할퀸 흔적은 보이지 않았다. 그녀는 귀엽게 혀를 내밀었다.

웨얼은 그 병을 꺼냈다. 병 속에는 멍즈의 오토바이에서 받아둔 휘발유가 담겨있었다. 그녀는 속으로 생각했다. "네가 내 임종을 지키는 것이라고 해두자. 괜찮지?" 그녀는 마지막으로 멍즈를 생각하고 싶었지만 멍즈는 어디로 새어버렸는지 찾을 길이 없었다. 요 며칠 동안 늘 그랬다.

"할 수 없지 뭐. 다음 생에 가서 너한테 따질 거야!"

그녀는 병마개를 열었다. 휘발유 냄새가 코를 찌르는 바람에 저도 몰래 미간을 찌푸렸다. 그녀는 휘발유 냄새를 싫어했다. 알코올을 구해올 걸 그랬다는 생각이 들었다. 하지만 이 휘발유가 멍즈의 것이라고 생각하니 그렇게 역하지는 않았다.

홀연 뭔가를 해야 하겠다는 생각이 들었다. 생각하고 생각한 끝에 노래 한 곡 불러야지 했다. '화얼(花兒)'[6]이라는 노래였다. 전에는 남들에게만 불러줬을 뿐 종래 자기 자신을 위해 불러본 적이 없었다. "인생에 단 한 번은 스스로를 위해 노래를 불러보는 것도 괜찮지 않은가!" 하고 생각하며 그녀는 입술을 오므리고 낮은 소리로 노래를 불렀다.

우렛소리 세 번에 땅이 진동하고
태세신[7]들이 불안에 떠네.
옥황상제의 강산이 무너질지라도
우리 둘의 길만은 끊기지 말아야 하리……

---

6) 화얼(花兒) : 중국 서북지역에서 광범위하게 유전되어온 민요.
7) 태세신(太歲神) : 음양가에서, 길흉의 방위를 맡아보는 여덟 신의 하나

한밤중의 누에콩(蠶豆) 먹는 소리

한밤중의 누에콩(蠶豆)[8] 먹는 소리

1.

갓 라오산(老山)을 벗어났는데 어떤 창상(滄桑)이 허위얼(何羽儿)을 덮쳤다. 창상은 볶음국수 같은 모습을 하고 있었는데 바람이 불 때마다 흐릿하게 얼굴을 덮쳐왔다.

그녀는 라오산 밖의 변화가 아주 크다는 것을 발견했다. 산골짜기에는 도처에 해골이 널려져 있는데 험상궂은 얼굴들을 하고 있었다. 이리 떼들이 한창 피와 살이 붙어있는 뼈다귀를 뜯고 있었다. 이리 떼

8) 누에콩 : 북아프리카와 남서아시아가 원산지로 마마콩(蠶豆)이라고도 하며, 고대 이집트부터 먹었던 기록이 있다. 다 자라면 꼬투리가 크고 두꺼우며, 콩은 갈색이나 검은색이 된다. 가을에 파종하여 늦은 봄부터 수확하며, 통째로 삶아 먹거나 고기와 함께 조리하여 먹는다. 치질, 축농증, 중이염, 위염 등 염증완화에 도움을 주고 혈중 콜레스테롤을 감소시키는 효능이 있다.

는 그녀가 오는 것을 보면서도 도망가지 않고 오히려 그녀를 향해 날카로운 이빨을 드러냈다. 허위얼은 로프(绳镖)를 꺼냈다. 두 장[9]길이의 나일론 로프의 끝에는 두 근 짜리 표창이 달려있었다. 이는 그녀가 마을사람들이 개를 쫓을 때 사용하던 타구봉(打狗棒)에서 힌트를 얻아 만든 것으로 이리를 대처하기 위한 것이었다. 이리는 산신할아버지의 개여서 로프를 두려워한다. 그녀의 손에 있는 로프를 보자 이리들은 대뜸 꼬리를 내리고 미소를 지었다.

허위얼은 무슨 냄새가 남을 느꼈다. 그것은 엄마가 늘 말하던 '차가운 부뚜막(冷灰死灶)' 냄새였다. 눈앞에 보이는 모든 것들이 활력을 잃었고 생기라고는 조금도 없었다. 심지어 태양어르신도 창백한 얼굴을 하고 있었다. 붉은 빛깔도 없고, 밝은 빛깔도 없었다. 후둑후둑 뛰는 그런 냄새가 없었다. 다만 억지로 이야기를 꾸며내고 있을 뿐이었다.

대충 헤아려 보면 그녀가 산으로 들어온 지 얼마 안 되는 것 같지만 다시 생각해보면 꽤 오래 되었음을 알 수 있다. 동굴에서 갓 일곱 날을 보냈는데 세상에는 이미 천년이 흐른(洞中方七日, 世上已千年) 셈이다.

라오산을 갓 나섰으니 아직도 꽤 먼 길을 가야 진강(金刚)의 집에 도착할 수 있었다. 그런데 연도에 있는 촌락들은 인적이 전혀 없이 황량하기만 했다. 도처에서 이리들이 볼품없이 되어버린 시체를 뜯고 있었다. 악취가 코를 찌르고 음침한 바람이 맴도는 산간에는 원혼과 망령들만 도처에 떠돌고 있었다. 그들은 무당이 초혼하듯 울부짖고 있었는데 온 천지간이 밥 달라는 그들의 아우성으로 가득 차 있었다. 허위얼은 인연이 닿는 대로 주문을 외워 제도(濟度)[10]했다. 하지만

9) 장(丈) : 10척(尺, 자)이나 미터법의 3.03m에 해당하는 길이단위.
10) 제도(濟度) : 고해에서 모든 중생을 구제하여 열반의 언덕으로 건너게 하는 것.

원혼들은 황량한 들에 나뒹구는 시체에만 집착하고 있었다. 하늘이 내리는 비가 아무리 좋다고 한들 뿌리 없는 풀에는 미치지 못하듯이, 허위얼이 아무리 대단하다고 해도 인연이 닿지 못하는 사람을 제도할 수는 없는 일이다. 그녀는 속으로 생각했다. 어쩔 수 없어. 저들이 시체만 붙잡고 있는 망령이 되기를 원하니 그대로 둘 수밖에.

사람 한 명이 눈에 들어왔다. 그는 한창 느릅나무의 얇은 껍질을 발라내고 있었다. 그 나무의 큰 줄기의 껍질은 이미 말끔히 벗겨진지 오래고, 가지에 더러 얇은 껍질이 남아있을 뿐이었다. 그 사람은 접시를 들고 조심스레 발라내고 있었는데 얼굴색이 창백한 게 굶어죽은 귀신 같았다. 조금만 움직여도 휘청거리는 양이 아무래도 얼마 지탱하지 못할 것처럼 보였다. 허위얼은 이리 고기를 베어내어 건네주었다. 그 사람은 고기를 보자 눈에서 광채가 돌면서 바로 낚아채서 마구 물어뜯기 시작했다. 그의 머리가 멋대로 흔들거리는 양이 마치도 소의 힘줄을 뜯는 들개를 방불케 했다.

허위얼이 물었다.

"왜 이 모양이 되었어요?"

몇 번이나 곱씹어 물었지만 그 사람은 대꾸하지 않고 고기를 뜯는 데만 열중했다. 그 사람은 고깃점을 몇 조각 목구멍으로 넘기고 나서야 대답했다.

"죽었어, 죽었지. 거의 다 죽어버렸어."

허위얼이 물었다.

"징강의 집은 어떻게 되었어요?"

"몰라. 다들 진강의 집이 좋다고 하는데 들어가는 사람만 있을 뿐 나오는 사람은 없어. 누가 그러는데 거기 들어오는 족족 다 삶아서 먹어버렸대."

허위얼은 더 이상 묻고 싶지 않았다. 다만 한마디 반박을 했다.

“허튼소리 집어치우세요. 진강 네가 사람을 잡아먹는 야만인도 아닌데……”

허위얼은 길게 한숨을 내쉬었다. 그녀는 온통 이렇게 참담하기만 하니 진강 네 집도 별반 나을 바 없을 거라고 생각했다.

정오쯤 되어 그녀는 마침내 진강 네 집이 있는 산 어귀에 당도했다. 그런데 몇몇 민병들이 한창 어떤 사람을 패고 있었다. 그 사람은 울부짖으면서 밖에 나가서 목숨이라도 부지하면 안 되냐고 애원했다. 민병 하나가 소리쳤다.

“못 가! 우린 죽어도 같이 죽어야 해.”

민병들은 그 사람을 끌고 마을로 들어갔다.

허위얼은 옆길로 에돌아서 자오삐산(照壁山)에 올랐다. 마을을 내려다보니 역시 적막만 맴돌 뿐이었다. 산골짜기에는 시체들이 한가득 널려서 악취가 코를 찔렀다. 응달진 골짜기에는 검은깨를 뿌려놓은 것처럼 수많은 검은 점들이 꿈지럭거리고 있었는데 이리인지 들개인지 분간이 되지 않았다.

그녀는 산허리를 타고 마을로 접근했다. 외삼촌 네 집은 커다란 산자락에 자리하고 있었다. 외삼촌은 사팔뜨기였는데 가끔씩 배를 곯을 때면 허위얼 네 집으로 찾아왔다. 외삼촌은 식초 소스에 버무린 참마국수(醋卤拌山药面)를 무척 좋아했다. 엄마가 국수를 찬물에 헹궈서 식초소스를 부어서 주면 외삼촌은 얼른 넘겨받아서는 후루룩거리며 온 집안이 떠나갈 듯 요란스레 먹어대곤 했다. 하지만 외삼촌은 주는 걸 잘 받아먹으면서도 먹고 나면 엄마를 욕했다. 마을사람들 앞에서도 스스럼없이 엄마를 욕했다. 엄마가 가문을 어지럽혔다는 것이다. 하지만 엄마는 그런 외삼촌을 늘 감싸고돌았다. 외삼촌은 엄마의 유일한 친정식구였기 때문이다. 뼈가 부러져도 힘줄은 이어져있다 했던가. 허위얼이 외삼촌을 욕할라치면 엄마는 늘 그랬다.

“외삼촌은 뼈대야, 뼈대가 없으면 네가 태어날 수 있겠냐?”

다행이 외삼촌은 허위얼을 잘 챙겼다. 허위얼이 하늘의 별을 따달라고 해도 방법을 대어 따주었을 것이다.

악취가 점점 더 진해졌다. 그건 정말이지 고약한 냄새였다. 허위얼은 숨을 참으며 걸었다. 그녀는 마을사람들의 여러 가지 잘못들을 떠올렸다. 그녀는 애초에 그들과 왕래하는 걸 시답지 않게 생각했다. 심지어 그들에 관한 일들을 떠올리는 것조차 싫어했다. 지우할아버지(久爷爷)는 늘 그녀가 보리심(菩提心)[11]이 부족하다고 지적하면서 보리심을 많이 키우라고 했다. 매일 관수(观修)할 때마다 그녀는 중생들을 위해 업보를 지우는 기도를 했다. 하지만 그녀의 중생에는 마을사람들이 포함되지 않았다. 전에 엄마를 괴롭혔던 사람들을 생각하면 마음속으로 화가 치밀어 올랐다. 지우할아버지가 그랬다. 네게 가장 필요한 것은 화를 다스리는 것이니라. 화(火)는 공덕림(功德林)을 태워버린다는 것을 잊지 말아라.

외삼촌 네 대문은 굳게 닫혀져 있었다. 허위얼은 문을 두드릴 필요가 없었다. 문짝 하나를 밀면서 다른 한 짝을 엇갈리게 잡아당기니 자물쇠 고리가 쉽게 벗겨졌다. 마당에 누워서 해바라기[12]를 하고 있던 싼잔얼(三转儿)은 허위얼을 보고는 얼굴에 엷은 미소를 띠었다. 그의 오장육부는 버팀대를 잃어버리기라도 한 것처럼 모두 아랫배에 쏠려 있었다. 하지만 싼잔얼의 미소만은 아주 찬란했다. 그는 신이 나서 소

---

11) 보리심(菩提心) : 불교에서 깨달음의 마음. 깨달음을 향한, 혹은 이미 깨달은 마음을 말한다. 여러 가지 명칭이 있으나 그것은 오직 한 마음이라는 뜻이다. 보리심이 일어났을 때 땅이 진동하며 부처님의 법좌까지도 진동한다고 한다. 불교에서는 모든 생명의 공통된 업으로 우주가 생긴 것이라고 말한다.

12) 해바라기를 하다 : 추운 날에 양지바른 곳에서 햇볕을 쬐는 것.

리쳤다.

"엄마, 누나가 왔어."

한참 지나서 외숙모가 얼굴을 내밀었다. 그녀는 얼굴이 퉁퉁 부어서 두 눈은 틈새처럼 보였다. 외숙모는 인사치레로 한마디 응대하고는 허위얼에게 안으로 들어오라고 했다. 집안에는 먼지가 잔득 깔려있었다. 오랫동안 닦지 않은 게 분명했다. 구들에 누워있던 외삼촌은 허위얼이 온 것을 보고는 힘겹게 몸을 일으켰다. 그는 아무 것도 묻지 않았다. 하지만 허위얼은 그가 많은 말들을 한 것처럼 느껴졌다. 그녀는 자기가 지난번에 일을 저지르는 바람에 외삼촌이 덤터기를 썼을지도 모른다는 생각이 들었다. 외삼촌은 글자를 몇 자 알지만 너무 가난한데다 외숙모가 워낙 바람기가 심해 마을사람들은 다들 그를 업신여겼다. 소문에 의하면 외숙모는 마을의 아무 사내에게나 다 바지를 내려준다고 한다. 한가할 때면 사내들은 마을의 담장귀퉁이에 모여 외숙모의 배에 올라탔던 느낌을 가지고 떠들어댔다. 또 소문에 의하면 외숙모는 늘 외삼촌을 팬다고 했다. 그녀는 툭하면 함지박만한 엉덩이로 왜소한 외삼촌을 깔고 앉아서 외삼촌이 엉엉 울게 만든다고 한다. 하지만 외숙모에게도 장점은 있었다. 그녀는 누구보다도 일을 열심히 잘했다. 매 번 추수 때가 되면 대장은 잘 여문 밀밭을 가리키며 1묘(畝)[13]를 수확하면 노동점수(工分) 3점을 기입해준다고 했다. 즉 1묘의 밀을 베면 일당을 사흘 치로 계산해준다는 것이다. 외숙모는 오후에 일을 시작하면 밤을 새가면서 이튿날 오전까지 밀을 베었는데, 그렇게 하면 1묘 5푼의 밀을 벨 수 있었다. 즉 하루 동안에 나흘 반의 일당을 벌게 되는 셈이다. 외숙모는 마을에서 노동점수를 가장 많이 버는 사람이었다. 외숙모가 일을 잘했기에 해마다 연말 결산에서

13) 1묘(畝) : 30평(坪), 1경(頃)은 백 묘이다

외삼촌은 반년 이상 먹을 수 있는 식량을 탈 수 있었다.

외삼촌은 몸을 일으켰지만 아무 것도 묻지 않았다. 허위얼이 이리 고기를 꺼내놓자 세 명의 아이들이 득달같이 달려들었다. 그러나 이내 외숙모에게 싸대기를 얻어맞고는 나가 떨어져서 엉엉 울었다. 그런데 아이들은 운다기보다는 입김을 불어대는 것처럼 보였다. 울음소리가 거의 들리지 않았다. 허위얼은 아이들이 너무 굶어서 소리 내어 울 힘조차 없는 거라고 생각했다. 그녀는 칼을 꺼내 이리 고기를 몇 점 잘라서 아이들에게 나눠주었다. 싼잔얼은 자기 몫을 받아서 냉큼 삼켜버리고는 형의 몫까지 낚아채서는 바람같이 뛰어나갔다. 둘째는 대뜸 울음을 터뜨렸다. 허위얼은 할 수 없이 다시 한 점 잘라서 둘째에게 주었다.

꼬락서니들 하고는! 외숙모가 탄식했다.

허위얼은 아무 말도 하지 않았다. 그녀는 외숙모를 싫어했다. 외숙모는 외삼촌이 외출하기만 하면 어김없이 외간사내를 집안으로 끌어들였다. 그래서 허위얼은 그녀를 혐오했다. 어느 해 설에 엄마가 허위얼을 외삼촌 댁에 보냈다. 문을 열고 들어서니 구들에 몇몇 사내들이 누워있었는데 외숙모는 사내들과 희희낙락거리며 허위얼을 본체만체했다. 그 후로 허위얼은 외삼촌 집에 거의 가지를 않았다.

허위얼이 외삼촌에게 물었다.

“마을사람들이 왜 그리 많이 죽었어요? 창고에 식량이 있잖아요?”

“그건 전쟁비축식량이야.”

외삼촌이 말을 이었다.

“민병들을 시켜서 지킨단 말이야. 마을에 안 죽은 집이 거의 없어. 온 가족이 다 죽은 집도 더러 있지. 이렇게 나가다간 온 마을이 몰살당할 판이야.”

외숙모가 말을 받았다.

"죽을 바엔 모조리 싹 죽는 게 낫지."

그녀의 눈에서는 증오의 빛이 번뜩였다. 허위얼은 아무 말도 하지 않았다. 어딘가 이상했다. 그녀는 숙모가 변했다고 느꼈다. 예전의 숙모는 바람기가 있었지만 지금처럼 음탕하지는 않았다. 증오는 사람을 사악하게 만든다고 허위얼은 생각했다.

허위얼이 외삼촌의 입에 이리 고기 한 점을 넣어주자 외삼촌은 이내 입을 우물거렸다. 그는 두 눈이 퀭하고 눈알에는 광채가 없었다. 그는 한참이나 입을 우물거리다가 말했다. 살아날 방법이 없어. 겨울까지 버티지 못할 거야.

허위얼이 말했다.

"밀이 덜 익어도 먹을 수는 있으니 좀 훔쳐오면 안 돼요?"

외숙모가 듣더니 황망히 주위를 둘러보고 나서 말했다.

"제발 그런 소리 하지 마라. 네가 몰라서 그러는데 누구든 밀에 손을 대기만 하면 그냥 때려죽이거든. 산골짜기의 시체들을 봤지? 굶어 죽은 사람도 있지만 맞아죽은 사람도 적지 않아."

외삼촌이 말했다.

"물을 떠다가 고기를 좀 삶으렴. 도저히 씹을 수가 없단 말이야."

허위얼은 얼른 밖에 나가 밀짚을 들여왔다. 그런데 가마뚜껑을 열어보니 가마 안에는 이미 푸른곰팡이가 가득 끼었는데 익숙한 악취가 확 피어올랐다. 머리를 돌려보니 외숙모의 음탕한 눈길이 시야에 들어왔다. 허위얼은 얼른 국자를 찾아서 푸른곰팡이를 떠냈다. 그러고 보니 악취를 풍기는 것은 고깃덩어리였다. 뭔가 이상했다.

"그들이 어디서 고기를 구했답니까?"

외삼촌은 얼른 스님이 가져다준 양고기라고 둘러댔다. 허위얼은 구역질을 참으면서 악취를 풍기는 고깃덩이를 낡은 세숫대야에 담았다. 그런데 고깃덩이에서 손가락 하나가 불쑥 튀어나왔다. 반질반질한 손톱이 그녀를 향해 웃고 있었다.

외숙모가 겸연쩍어하며 말했다.

"살자니 별 수 있니?"

허위얼은 애써 구역질을 참으며 가마를 깨끗이 가시고 고기를 삶았다. 그녀는 외숙모의 눈길이 계속해서 자기의 몸을 훑고 있다는 느낌을 받았다. 하지만 감히 머리를 돌리지 못했다. 왜냐하면 굶어죽은 귀신이 만두를 노려보는 듯한 그런 기운을 느꼈기 때문이었다. 불쾌지수가 확 올라가는 것 같아서 그녀는 밀짚 몇 줌을 아궁이에 쑤셔 넣고는 밖으로 나왔다. 세 아이는 멀찍이 서서 가마를 응시하고 있었다. 아이들은 역시 아이들이라고 그녀는 생각했다. 배가 부르기만 하면 금세 신나하니 말이다. 갑자기 싼잔얼이 자기를 훔쳐보고 있음을 발견했다. 그런데 그 눈빛이 외숙모랑 같을 줄이야! 허위얼은 저도 몰래 몸서리를 쳤다.

굴뚝의 연기는 곧추 하늘로 솟아올랐는데 아득하게 올라갔다가 다시 내려와서 마을을 뒤덮었다. 마당에도 몽롱한 기운이 어렸다. 허위얼은 연기까지 그들과 공모한다는 느낌을 받았다. 그것들은 은연중에 허위얼을 둘러싸고 있었다. 몽환적인 느낌이 더욱 짙어졌다.

허위얼은 밀짚을 한 아름 안아들고 집안으로 들어갔다. 외삼촌이 물었다.

"그녀는 잘 있겠지?"

외삼촌은 늘 '그녀(她)' 라는 말로 '누나' 를 대신했다. 허위얼은

"그래요"

하고 가볍게 응대했다. 아궁이에 밀짚을 몇 줌 더 집어넣으니 가마

에서 연기가 올라와 방안으로 퍼지기 시작했다. 아궁이에서는 불빛이 새어나왔다. 그 불빛을 보노라니 허위얼은 어딘가 자신이 우습다는 느낌이 들었다. 아무래도 자기가 신경과민이 온 것 같았다. 과연 그렇게 생각을 하고 외숙모를 다시 보니, 그녀의 눈에는 고마워하는 눈빛만 있는 것 같았다. 하지만 외숙모는 아무 말도 하지 않았다. 외숙모는 자존심이 강한 여자였다. 아무래도 그녀는 허위얼에게 궁색한 집안 꼴을 보여주기 싫었을 것이다. 허위얼은 요즘은 다들 이렇다고 말해주고 싶었다. 하지만 그렇게 말하면 외숙모는 더 괴로워할 것이 분명했다. 그래서 아무 말도 하지 말아야지 하고 생각했다.

한동안 끓이다가 허위얼이 젓가락으로 고기를 찔러보니 많이 삶아져 있었다. 그녀는 고기 한 덩이를 건져내어 가늘게 찢어서 사발에 담고는 국물을 부었다. 그리고는 소금이 어디 있냐고 물었다. 외숙모는 벌써 반 년 째 소금 맛을 보지 못했다고 했다. 허위얼은 고깃국이 든 사발을 들고 외삼촌에게 먹여줬다. 외삼촌은 먼저 국물을 몇 모금 마셨다. 문득 허위얼은 외삼촌이 가엽다는 생각이 들었다. 외삼촌의 얼굴에서 엄마의 모습을 발견했기 때문이다. 마음속으로부터 무언가 뜨거운 것이 치밀어 올랐다. 그녀는 이리고기를 집어서 삼촌의 입에 넣어줬다. 그때 귓전에서 후루룩거리는 소리가 들려왔다. 머리를 돌려보니 외숙모가 국자로 국을 떠서 마시고 있었다. 덮쳐들 듯 아이들이 몰려왔다. 그러나 외숙모가 밀쳐내는 바람에 다들 문밖으로 넘어졌다. 하지만 아무도 울지 않았다. 다들 자리를 털고 일어나서 엄마아빠의 입만 응시하고 있었다. 허위얼은 코가 시큰해졌다.

외삼촌이 반쯤 먹은 뒤 허위얼이 갑자기 많이 먹으면 탈이 날지도 모르니 그만 드시라고 했다. 그리고는 고기사발을 들고 아이들을 불렀다. 아이들은 신이 나서 몰려왔다. 허위얼은 한 명씩 번갈아가며 입

속에 고기를 넣어줬다. 고기를 좀 더 가져왔을 걸 하고 그녀는 생각했다.

외숙모가 말했다.

“야 이 계집애야, 오늘은 돌아가지 말거라. 저녁에 할 얘기가 좀 있으니까.”

허위얼은 먼지가 뽀얗게 덮인 구들을 돌아보며 미간을 찌푸렸다. 허위얼은 엄마가 기다리고 있어서 안 된다고 둘러댔다. 사실 오기 전에 엄마는 늦어지면 절대로 밤길을 걷지 말고 내일 돌아오라고 했었다. 허위얼 역시 밤길을 걷고 싶지는 않았다. 길에 널린 시체들을 생각하면 지금도 모골이 송연해지는 것 같았다. 하지만 그만큼 외삼촌댁의 구들도 싫었다.

외삼촌이 말했다.

“자고 가라. 저녁에 네 엄마에 대한 이야기를 들려줄게. 내가 언제 저 세상으로 갈지도 모르는 일이고…….”

허위얼이 생각했다. 그래, “대충 하룻밤 자지 뭐.”

2.

희멀건 달빛이 창호지를 뚫고 들어와 구들에 있는 사람들의 머리를 비추었다.

외숙모는 싼잔얼을 데리고 안방으로 들어갔다. 안방의 구들에는 밀짚을 깔았는데 외숙모가 싼잔얼이랑 거기서 잔다고 생각하니 어딘가 미안쩍은 생각이 들었다.

외삼촌이 웅얼웅얼 말하는 양이 마치도 잠꼬대를 하는 것만 같았다. 외삼촌은 엄마에 대한 이야기를 하고 있었다. 어떤 내용은 허위얼도 알고 있는 것이었다. 이를테면, 엄마는 홍군(红军)들에게 끌려갔었다. 엄마에 따르면 사람들이 셀 수 없이 많이 죽었는데 사람의 머리가 돌멩이처럼 굴러다녔다고 한다. 엄마가 말했었다. "마가(马家)기병들은 사람의 머리를 자르는 걸 좋아했지. 그들이 말을 몰아 정말 무섭게 달려왔어. 정신없이 도망을 갔는데 꼭 가위 눌린 느낌이었어. 바로 뒤에서 어지럽게 울리는 말발굽소리는 거대한 바위처럼 온 신경을 짓눌러왔단다. 사람의 머리가 하나 둘 날아나기 시작했어. 잘려나간 머리들은 대경실색한 소리를 내지르며 공중에서 빙글빙글 돌았지. 머리들은 칼을 든 자들을 깨물려고 저마다 입을 크게 벌렸지만 결국은 모래만 한가득 베어 물었어. 나중에 잘려나간 수급들은 말 궁둥이에 가득 매달려서 마가군(马家军) 장병들의 공적으로 기록 되었단다"

외삼촌이 말했다.

"네 엄마는 아무리 달리고 달려도 그 가위눌림을 떨쳐버릴 수 없었지. 칼날이 번쩍이면서 주변에 있던 남정네들의 머리가 모두 떨어지고 여인네들은 모두 어떤 커다란 정원에 끌려가 갇혔어. 흉악한 웃음을 짓던 그 남자들 가운데 하나가 나중에 네 엄마의 남편이 되었어. 당시에 그는 기병 대대장이었는데 몇 년 뒤 기병연대장으로 승진했어. 그는 자기의 부대를 이끌고 당시 군의(軍醫)가 된 네 엄마와 함께 왜놈들의 머리를 베었지. 그들은 동양인(东洋人, 동쪽 바다 건너 섬나라에 사는 사람이라는 뜻으로 일본인을 이름 - 역자 주)들의 머리를 많이 베었지만, 또 동양인들에게 머리를 많이 잘리기도 했지. 나중에는 말이야."

외삼촌은 가볍게 한숨을 쉬었다.

"네 엄마도 포로가 되었지."

엄마는 그 후의 일에 대해서는 말해준 적이 없었다.

엄마의 나중의 일들을 마을사람들은 다 알고 있었다. 하지만 허위얼만은 몰랐다.

허위얼은 엄마가 아픈 상처를 끄집어내기 싫어한다는 걸 알고 있었다.

삼촌이 말했다.

"이만 하자."

방안에는 적막이 감돌았다. 희멀건 달빛이 들어와 구들에 있는 사람들의 머리를 비추었다.

허위얼은 꿈을 꾸고 있는 것 같은 느낌이 들었다.

3.

안방에서 잠두를 까먹는 소리가 들려왔는데, 어두운 밤공기를 타고 귓전을 때려서 오싹 소름이 돋았다. 허위얼은 잠이 싹 달아났다. 외삼촌의 웅얼웅얼하는 소리가 아직도 마음속을 맴돌고 있었다. 달빛이 외삼촌의 얼굴을 비추었다. 외삼촌은 한창 말다툼을 하고 있었다. 그는 달빛을 먹고 있었는데 유난히도 맛이 좋은 것 같았다. 외삼촌은 온 얼굴에 행복한 미소를 짓고 있었다. 다만 말다툼하는 소리가 아주 또렷하게 들려와서 이상야릇한 기분을 자아낼 뿐이었다. 애들은 다들 잠이 들었다. 하지만 허위얼은 그들이 눈을 게슴츠레 뜨고 자기를 훔쳐보고 있다는 느낌이 들었다. 멀리서 이리와 들개들이 물고 뜯는 소리가 떠들썩하게 들려왔다.

외숙모는 여전히 아작아작 잠두를 까먹고 있었다. 그녀가 어디에서 잠두를 얻어왔는지 정말 모를 일이다. 잠두를 먹어본 지가 아득하다. 오래 전에 허위얼은 늘 총(琮)을 이끌고 생산대의 잠두 종자를 훔쳤다. 그들은 밀짚을 가져오고 철사를 구해다 잠두를 하나하나 꿰었다. 땅에서 오랫동안 잠자던 잠두여서 찐빵처럼 눅눅했는데 철사에 꽂으면 쑥쑥 들어갔다. 그들은 잠두꼬치를 불에 드리워 구웠는데 얼마 안 가서 고소한 냄새가 확 올라왔다. 총의 군침도 따라서 흘러내렸다. 허위얼은 한 알 한 알씩 나눴다. 너 한 알, 나 한 알. 맨 마지막에 한 알이 남으면 입으로 반을 쪼개서 나눠가졌다. 생산대에서 배당을 할 때에만 허위얼은 바삭하게 볶은 잠두를 맛볼 수 있었다. 그건 정말 고소하기 그지없었다. 지금 외숙모가 잠두를 까먹는 소리를 들으니 저도 몰래 군침이 돌았다.

허위얼은 속으로 생각했다. "외숙모는 정말 욕심스러워. 외삼촌도 주지 않고 혼자서 먹다니."

갑자기 외숙모가 부르는 소리가 들려왔다.

"허위얼— 허위얼—"

허위얼은 자기가 엿듣는 걸 알면 외숙모가 무안해 할까봐 일부러 대꾸하지 않았다.

안방에서 바스락거리는 소리가 들리더니 나지막한 발걸음소리가 들려왔다. 의아해진 허위얼은 실눈을 뜨고 곁눈질했다. 달빛을 빌려 보니 외숙모가 입에 밀어 넣는 것이 손가락 모양을 하고 있었다. 허위얼은 일순 긴장해지기 시작했다. 외숙모는 조심스레 아이들에게 다가가서 입을 벌리고 아이들 얼굴에 입김을 불었다. 그녀는 길게 숨을 들이마시고 천천히 내뱉었다. 허위얼은 외숙모가 아이들한테 정기를 불어넣어준다는 걸 알았다. 마을에서 아이들이 큰 병에 걸려 밥을 먹지 못하게 되면 엄마들은 아이가 깊이 잠들었을 때 아이에게 입김을 불어넣어준다. 그렇게 하면 엄마의 정기가 아이에게 전달이 된다고 한다. 가끔 사람들이 사막에서 길을 잃어 고립되었을 때에도 두 사람이 서로 입을 맞대고 숨을 불어주는데, 그렇게 서로가 서로의 정기를 들이마시면 오래도록 목숨을 유지할 수 있다고들 한다. 허위얼은 외숙모 역시 "정의(情意)는 있는 사람이구나" 하고 생각했다.

외숙모는 한참 입김을 불다가 다시 안방으로 들어가더니 바로 나왔다. 달빛이 그녀의 얼굴을 비추고 있었는데 희멀건 게 어딘가 음침한 기운을 내뿜고 있었다. 외숙모는 얼굴의 붓기가 싹 빠져있었는데 꽤 예쁘장했다. 허위얼이 생각했다. "이렇게 미인이니깐 마을 남정네들이 외숙모에게 달라붙었었구나!"

그런데 외숙모는 음침한 얼굴로 허위얼을 내려다보고 있었다. 허위얼은 깜짝 놀랐다. 그때서야 외숙모가 손에 절굿공이(姜锤石头)를 들고 있음을 눈치 챘다. 그 뾰족은 돌덩이는 푸른빛을 은은하게 내뿜고 있었는데 한창 타오르고 있는 도깨비불을 방불케 했다. 허위얼은 도깨비불을 본 적이 있었다. 은은하게 타오르는 푸른 불길이 허공을 날름거리고 있는 양이 마치도 바람 속에 춤추는 낙타털 같았다. 외숙모는 마치 그림자같이 아무 소리도 내지 않고 천천히 다가왔다. 외삼촌의 말다툼소리가 뚝 멎었다. 아무래도 외삼촌은 이미 달빛을 배불리 포식했나보다. 달빛은 여전히 멋대로 창을 뚫고 들어와서 뭔가 음산한 소식을 전해주고 있었다. 외숙모의 눈에서도 시퍼런 빛이 꿈틀댔다. 허위얼은 외숙모를 두려워하지 않았지만 그 시퍼런 빛은 두려워했다. 그녀는 억지로 숨을 죽이고 겁내지 말라고 극력 자신을 달랬다. 그녀는 또 가만히 손가락을 놀려보았는데, 마음대로 놀릴 수 있다는 걸 알고는 마음을 놓았다.

외숙모의 몸집은 아주 거대해보였다. 하지만 허위얼은 자기가 누워있기 때문에 그렇게 보인다는 걸 알고 있었다. 자기가 일어서서 있으면 외숙모도 보통의 체구에 불과할 것이다. 근데 외숙모는 왜 이렇게 하려는 걸까? 하지만 답은 뻔했다. 외숙모의 얼굴에는 망설임이 어렸다. 외숙모 역시 마음속으로 망설이고 있음이 분명했다. 그녀는 외숙모가 자기를 좋아하지 않는다는 걸 알고 있었다. 하지만 외숙모는 외숙모다. 더구나 허위얼은 그들에게 이리고기를 가져오지 않았는가? 외삼촌이 돌아눕는 소리가 들렸다. 그녀는 외삼촌이 깨어있음을 알았다. 외삼촌이 낮은 소리로 말하는 소리가 들렸다.

"당신 정말 함부로 행동 하지마?"

외숙모는 대꾸하지 않았다. 외삼촌도 더 말하지 않았다. 허위얼이 생각했다. 만약 외삼촌이 깨어나지 않았다면 얼마나 좋았을까! 그가 깨어나지 않았으면 허위얼에게는 여전히 외삼촌이 존재한다. 하지만 기왕 그가 깨어났으니 이제 더 이상 외삼촌은 없는 셈이다. 외삼촌이 나지막이 말하는 소리가 또 들렸다.

"이 계집애를 오래 아프게 하지는 마."

허위얼이 생각했다. 그래도 내가 생질녀인 줄은 아는 모양이네. 그런데 이 작자들이 내가 깨어있을지도 모른다는 생각은 왜 안 할까? 홀연 허위얼은 자기의 목에 밧줄이 하나 걸려있음을 느꼈다. 밧줄의 한쪽 끝은 외삼촌이 잡고 있었고 다른 한쪽 끝은 세 아이가 잡고 있었다. 그들은 숨을 죽이고 준비태세를 취하고들 있었다. 만약 허위얼이 깨어난걸 알게 되면 그들은 바로 손에 힘을 줄 것이다. 허위얼은 세 아이조차 구할 길이 없다고 생각했다. 그러고 보니 아까 외숙모가 아이들에게 숨을 불어준 것은 단지 그들을 잠에서 깨우기 위함에서였던 것이다.

외숙모는 절굿공이를 높이 쳐들었다. 그러고는 숨을 참고 있었는데 그렇게 하면 더 큰 힘으로 내리칠 수 있었다. 외숙모는 두 눈을 크게 부릅떴다. 아까 낮에만 해도 외숙모의 두 눈은 퉁퉁 부은 얼굴 사이로 틈새처럼 가느다랬다. 이제 보니 모든 것이 허위얼을 미혹시키기 위한 것이었다. 어두운 밤하늘에 갑자기 몇몇 낯선 사내들의 얼굴들이 나타나서 그녀를 향해 웃고 있었다. 허위얼은 그들이 필시 외숙모의 절긋공이에 맞아죽었을 거라고 생각했다. 그러니깐 다른 집들에서는 무더기로 죽어나갔는데 외삼촌 네는 여태까지 달랑 아이 하나만 죽었다. 죽은 남정네들은 틀림없이 외숙모의 외간사내들이리라. 그들은 외숙모의 꼬임에 넘어가서 침대에 오른 뒤 절긋공이가 바람을 가르는 소리와 함께 저승 구경을 한 것이다. 그들은 다들 풍류귀신(风流鬼)이 되었다. 그들은 한창 음탕한 눈길로 허위얼을 바라보고 있었다. 그들은 혹자는 환생하기 위해 허위얼의 육신을 차지하려고 했고, 혹자는 허위얼이 자기들의 세계에 오기를 기다려서 겁간(劫姦)하려고 했다. 그러는 사이에 방안에는 사람들이 점점 더 많아졌다. 그들은 모두 절긋공이를 쳐들고 있었다. 허위얼은 자기가 포위에 빠졌음을 발견했다.

절긋공이가 바람을 가르며 천천히 내려왔다. 원래는 아주 빠른 속도였는데 허위얼의 눈에는 슬로 모션처럼 아주 느리게 보였다. 원래는 아주 가벼운 바람소리지만 그녀의 귀에는 노호하는 파돗소리처럼 들렸다. 사내들은 모두 파이팅을 외치고 있었다. 그들은 싯누런 이빨을 드러내서 악취를 풍기고 있었다. 그들은 피고름이 흐르는 눈을 부릅뜨고 있었다. 그들은 허위얼이 깨어있다는 걸 알고 있었다. 그래서 그 사실을 외숙모에게 일깨워주려고 끊임없이 눈짓을 해댔다. 하지만 외숙모는 얼굴색 하나 변하지 않고 절긋공이를 내리찍었다. 허위얼은 손을 뻗어 외숙모의 손목을 틀어쥐고 비틀어서 부러뜨릴 수 있었다. 그러면 외숙모의 손목은 장작이 부러지듯이 바스러지는 소리를 내고 까마귀 울음소리 같은 비명이 온 방안에 넘쳐흐르리라. 허위얼의 목에 걸린 밧줄은 힘을 한껏 비축해서 조이기만을 기다리고 있었는데 마치 내력(內力)을 가득 키운 비단뱀처럼 흔들리고 있었다. 밧줄을 잡고 있는 자들의 흥분과 긴장감이 밧줄을 타고 고스란히 허위얼에게 전해졌다. 그들은 틀림없이 숫처녀 허위얼의 야들야들한 고기를 먹어 보려고 침을 흘리고 있을 것이다. 그들은 이미 늙은 사내들의 두꺼운 거죽과 질긴 고기에 질려있었다. 그녀의 봉긋한 젖가슴은 육봉(肉峯)처럼 연하리라. 그녀의 손과 발은 곰발바닥(熊掌)처럼 쫄깃쫄깃하리라. 그녀의 지방은 버터처럼 고소하리라. 그녀의 혀는 우설처럼 감미로우리라. 만약 십삼향(十三香) 따위의 조미료로 간을 한다면 그 맛은 더욱 좋을 것이다. 허위얼은 심지어 그들이 기름물이 흐르는 입으로 자기의 고기를 씹고 있는 듯한 느낌까지 들었다. 그리고 손가락은 외숙모가 잠두를 까먹듯이 아작아작 씹어 먹고 있는 듯한 느낌이었다. 외숙모의 얼굴은 눈부시게 아름다웠다. 그녀의 육감적인 입술은 우아하게 벌어져있었는데 그 때문에 풍류귀신들은 침을 마구 흘려댔다. 그들은 경쾌한 노래에 맞춰 너울너울 춤을 췄다. 천리 하늘에 뻗어나가 영혼을 위해 춤을 춰댔다.

절굿공이는 여전히 천천히 내려왔다. 바람을 가르는 소리가 하늘 공중에까지 울려 퍼졌다. 은은하게 번지는 푸른 빛깔이 사방으로 마구 뛰어다녔는데 온 산천에 가득 널린 쥐들이 이빨을 갈고 있는 것 같았다. 외삼촌의 가슴은 당장 튀어나올 듯 세차게 뛰었다. 절굿공이가 막 허위얼의 이마에 입맞춤을 하려는 찰나에 외숙모의 입에서 숨죽인 포효가 터져 나왔다.

"죽어랏!"

외숙모는 절굿공이가 무거운 소리를 내주기를 기대했다. 전에도 절굿공이는 둔탁하고 크고 높은 소리를 내는가 하면 쟁쟁하고 작고 낮은 소리를 내기도 했었는데, 이는 절굿공이가 떨어지는 곳의 범위나 뚱뚱하고 여윈 정도에 따라 결정되었다. 만약 철벅 하는 소리를 낸다면 그 음식물이 뚱뚱할 가능성이 높았다. 그게 아니라면 코를 정통으로 맞은 것이다. 가끔 생강을 빻는데 길들여졌던 그 절굿공이가 사방으로 콧물을 튀게도 했는데 이는 물론 구역질이 나는 일이다. 만약 절굿공이가 쟁쟁하고 맑은 소리를 낸다면 음식물이 말라깽이거나 혹은 이마를 정통으로 맞은 것이다. 또 가끔 힘을 너무 과도하게 써서 앞이마가 부서지면 뇌수가 사방으로 튀기도 했는데 그건 정말 잔인한 일이었다. 뇌수는 사람의 몸에서 가장 영양가 있는 것이다. 싼잔얼은 눈알과 뇌수를 즐겨 먹었다. 매번 가마에서 뜨거운 김이 번질 때면 그는 득달같이 달려들어 엄지와 검지, 중지로 눈알과 그 주위에 붙은 큼직한 고깃덩이를 함께 파냈다. 눈알은 검은 색이었지만 눈알을 감싼 고기는 희멀건 색깔이었는데 씹으면 고소하기 그지없었다. 다만 눈알을 씹을 때면 쓴 맛이 살짝 올라왔는데, 이 역시 고소한 맛에 묻혀서 거의 느껴지지 않았다. 이를테면 태양이 종내는 먹구름을 몰아내는 것과 같은 셈이었다. 외숙모는 이번에는 날카로운 소리가 나기를 바랐다. 남편이 이 계집애를 오래 아프게 하지 말라고 했기 때문이다. 그녀는 선량한 여인이었다. 그녀는 생질녀의 고통이 오래 지속되기를 원치 않았다. 그래서 절굿공이가 면바로 양미간이나 태양혈을 명중하기를 바랐다. 그런 부위를 맞으면 바로 기절하거나 죽어버리기 때문이다. 그녀는 인체를 해부하는 사람처럼 모든 인체의 여러 기관들을 잘 숙지하고 있었다. 그랬기에 이번에는 날카로운 소리가 나기를 바란 것이다.

하지만 예상 외로 그 소리는 뱃가죽에 떨어진 것처럼 물렁했다. 그녀는 깜짝 놀랐다. 다만 그녀의 경악에 찬 표정은 어스레한 달밤에 묻혀버렸기에 허위얼이 똑똑히 볼 수 없었다.

외숙모는 허위얼이 자신을 쳐다보고 있음을 발견하고는 또 한 번 깜짝 놀랐다. 그녀는 절굿공이가 어디에 떨어졌는지 알지 못했다. 손의 느낌으로 봐서는 베개에 떨어진 것 같았다. 하지만 지금 그 베개는 분명 허위얼의 머리 밑에 있다.

외숙모는 마침내 맥이 풀렸다.

그녀는 절굿공이를 내버리고 주방으로 달려갔다. 곧바로 그녀는 식칼을 휘두르며 뛰어나와서 소리를 질렀다.

“뭣들 하고 있어? 얘를 이대로 보내면 니들이 살 수 있니?”

어투로 보아 그녀는 먹는 것보다 허위얼의 입을 막는 것이 더 급했다.

식칼이 바람을 가르는 소리는 아주 맵짰다. 낮에는 그렇듯 연약해 보이던 외숙모가 이처럼 현란한 칼솜씨를 뽐낼 줄은 정말 뜻밖이었다. 아무래도 만두 속을 만드는데 쓰는 고기를 다지면서 연마한 솜씨이리라. 하지만 이상하게도 식칼이 자른 것은 여전히 베개였다. 베개가 터지면서 베갯속으로 넣은 메밀껍질들이 쏟아져 나와 잠자리처럼 집안을 날아다녔다.

“어서 줄을 조여!”

외숙모가 고함을 질렀다.

허위얼은 목에 걸린 밧줄이 팽팽해짐을 느꼈다. 그녀는 더 꾸물거리면 또 다른 계략에 빠질까봐 재빨리 밧줄을 잡아당기며 마당으로 나섰다. 허위얼의 행동은 바람처럼 빨랐기에, 그녀가 이미 마당에 나섰는데도 외숙모는 여전히 베개를 내리찍고 있었다.

외삼촌과 아이들은 손을 놓지 않았기에 모두 마당으로 딸려 나왔다. 허위얼은 그런 그들이 가증스러웠다. 그녀가 술수를 부리자 손에 잡은 밧줄이 대뜸 유성추(流星锤)로 변했다. 유성추가 아주 가볍다는 느낌이 들었다. "애들이 아무래도 배가 너무 고파서 제정신이 아니구나." 하고 허위얼은 생각했다.

외숙모는 식칼을 버리고 통곡을 했다.

"이 계집애야, 우리도 살아가려니 어쩔 수가 없어!"

그녀가 통곡을 하는 바람에 외삼촌과 아이들은 모두 손을 놓았다. 그들은 검은 새처럼 사방으로 흩어졌다.

아이들도 일제히 울어댔다.

시커먼 그림자 하나가 데굴데굴 굴러 와서 허위얼 앞에 꿇어앉았다. 외삼촌이었다.

외삼촌은 꺼이꺼이 울었다.

사투(死鬪)

사투(死鬪)

1.

언제부턴지 모래언덕 위에는 희미한 검은 점들이 많아졌다. 어떤 점들은 죽은 낙타한테로 달려가고 어떤 점들은 그냥 모래언덕에 말라붙어 있었다. 잉즈(英子)는 그것이 승냥이(豺狗子)들이라는 것을 알았다. 그녀는 놀라서 혓바닥이 바짝 말라들었다. 그녀는 구원을 청하듯 난얼(兰儿)을 바라보았다. 난얼은 총을 들고 잠간 바라보더니 말했다.

"괜찮아, 저놈들은 먹이를 바라고 온 것이니깐. 저렇게 큰 죽은 낙타는 녀석들이 배를 불릴 만하지. 그러니 모험을 하며 사람을 공격하진 않을 거야."

잉즈는 그녀가 자기를 위안해주는 것임을 알았다. 그녀는 이렇게 말하고 싶었다. 저놈들이 노리는 건 바로 우리일지도 몰라. 갑자기 온몸에서 맥이 풀리더니 그녀는 그만 다리 힘이 쪽 빠져버렸다.

낙타들은 먼 모래언덕을 바라보면서 대적이라도 만난 듯 힘차게 땅을 구르면서 이따금 "꽥꽥" 소리를 질러댔다. 잉즈는 녀석들이 상대방을 위협하고 있음을 알고 있었다. 듣는 말에 의하면 이리들은 낙타를 두려워한다는데 승냥이들도 두려워하는지 모를 일이었지만, 낙타들의 반응은 그녀를 감동시키고 있었다. 그녀는 적어도 낙타가 고함소리로 자기를 성원한다고 여겼다. 이거야말로 고마운 일이 아닌가! 지난 세월 동안 그녀는 이런 지지와 성원을 받은 적이 거의 없었다. 세상에는 함정에 빠진 사람한테 돌을 던지는 사람도 많고, 의리를 저버리는 사람도 많으며, 팔짱을 끼고 먼 산 바라보기를 하는 사람도 많지만, 성원해주는 사람은 언제나 매우 적은 편이다. 때로는 정말이지 아주 짤막한 한 마디 위안의 말이 절망에 빠진 사람한테는 얼마나 큰 도움이 되는지 모른다.

숫 낙타가 땅을 툭툭 차더니 고개를 돌려 잉즈를 바라보았다. 마치 "걱정 마요 내가 있으니깐"이라고 하는 듯했다. 그 눈빛이 그녀를 감동시키고 있었다. 잉즈는, "그래, 괜찮아. 오늘 승냥이한테 먹힌다 해도 외롭진 않겠지"하고 생각했다. 그렇게 생각하자 무서운 느낌이 사라진 듯했다. 그녀는 난얼에게 말했다.

"두려워하지 마. 저놈들이 우리한테 온다 해도 별 거 아니야. 기껏해야 죽는 거겠지 뭐!."

난얼이 웃으며 총을 내리고는 한 마디 던졌다.

"그렇지. 진짜 별거 아니라니깐. 살아 있는 게 뭐 그리 좋은가? 다만 저놈들한테 먹히는 게 좀 내키지 않을 뿐이지 뭐!"

잉즈는 마음을 내려놓았다. 어차피 죽을 거라면. 승냥이가 지독하다 해도 그 새끼들은 아마 어미들을 좋다고 할 것이 아닌가. 상관 말자. 죽더라도 배불리 먹고 죽자. 말하면서 그녀는 가마를 걸고 물을 부은 다음 불을 지피고는 반죽을 시작했다.

난얼은 주변에서 땔감들을 주워왔다. 어떤 땔감들은 쉽게 얻을 수 있었으나 어떤 땔감들은 칼을 휘둘러야 했다. 칼로 나무를 찍는 소리가 들리자 승냥이들은 놀라서 한동안 소란을 피워댔다. 잉즈는, "저놈들도 사람을 두려워하는 구나" 하고 생각했다.

밥을 먹고 나서 난얼은 불을 지폈다. 그녀는 땔감들을 많이 주어왔기에 온밤을 계속 불을 피울 수 있을 것 같았다. 그녀들은 텐트도 치지 않은 채 장작불 곁에 요를 깔았다. 승냥이들이 낙타의 창자를 빼먹을까봐 난얼은 불 옆에 낙타가 머리를 밖으로 향하고 엉덩이를 불쪽으로 향해 엎드리도록 했다. 이렇게 하면 승냥이들이 정말 낙타 창자를 빼먹으려 해도 먼저 장작불 가까이 접근해야 했다. 낙타들은 난얼의 마음을 아는 듯 순순히 말을 들었다. 잉즈는 여린 가지들을 안아다가 낙타들이 먹을 수 있게 놓아주었다.

난얼은 낙타가죽을 펼쳐 털이 위로 향하도록 모래 위에 펴놓았다. 이렇게 하면 하룻밤 지나면서 마른 모래들이 수분을 흡수해서 가죽이 한결 가벼워질 수 있었다. 이제 염전에 이르면 그 위에 소금이나 뿌려 벌레가 먹지 않도록 해주면 될 것이다.

밤이 되어 얼마 되지 않아 죽은 낙타가 있는 곳에서 물고 뜯는 소리들이 시나브로 들려왔다. 승냥이들의 으르렁거림은 낮으면서도 원망 같은 것이 담겨 있었는데, 밤하늘에 아주 멀리까지 울려 퍼지, 간담을 서늘케 해주었다. 낙타들은 이따금 귀를 쫑긋하고 입으로는 "투투" 하고 소리를 냈다. 낙타는 가장 참을성이 있는 동물들로 녀석들은 엔간

해선 귀를 쫑긋 세우지 않는데 승냥이들의 소리는 아마 견디기 어려운 모양이었다. 잉즈는 입으로는 죽는 게 두렵지 않다고 했으나 승냥이의 모양을 떠올리고는 은연중 덜덜 떨었다.

저쪽에서 물고 뜯는 소리가 점점 격렬해지고 있었다. 이는 승냥이들이 먹이에 대한 쟁탈전이 가열되고 있음을 말해주며, 또한 그 낙타로는 저들의 배를 만족시키지 못한다는 것을 의미하기도 했다. 잉즈는 더럭 겁이 났다. 그녀는 죽은 낙타가 승냥이들의 탐욕스런 식욕을 만족시켜야 자기네가 안전하다는 것을 알고 있었다. 만일 먹이가 부족하다면 그 고기를 다 뜯고 나서 아마 그녀들을 떠올릴 것이었다. 갑자기 잉즈는 촌즈(村子)를 떠올렸고 엄마를 떠올렸다. 이 시각 촌즈는 그렇게도 멀리 떨어져 있고 모습조차 희미해서 마치 다른 세상의 사람 같았다. 엄마는 여전히 자애롭게 그녀를 향해 웃어보였다. 그녀는 지금 자기가 처한 처지를 미리 알았더라면 절대 엄마한테 대들지 않았을 것이라고 생각하고 있었다. 그러나 엄마가 자기에게 백정한테 시집가라고 한 건 진짜 받아들이기 어려웠다. 그녀는 "그래 좋아, 기다려주마. 둥지를 떠난 새도 언젠가는 돌아올 날이 있거든. 내 기다려주마. 이제 돈을 벌어서 오빠한테 색시를 얻어주면 엄마도 나를 핍박하지 않겠지 뭐"라고 생각했다.

난얼은 화약주머니와 탄알들을 꺼내 불에서 좀 떨어진 곳에 놓아두었다. 잉즈는 불에 나무를 아주 적게 던져 넣었다. 그녀는 늑대는 불을 겁낸다고 했는데, 승냥이들은 겁내는지 몰라? 만일 불을 겁내지 않는다면 그녀들이 살아남을 희망도 한결 적어지는 것이리라 생각했다. 잉즈는, 만일 저놈들이 개미떼처럼 몰려든다면 화약총은커녕 기관총이라도 당해내지 못할 것이라는 것을 잘 알고 있었다.

죽은 낙타 쪽에서 물고 뜯는 소리가 시시각각 높아지면서 아주 전쟁판이 되고 있었다. 울부짖는 소리, 비명소리, 으르렁대는 소리, 물고 뜯는 소리들이 한데 뒤엉켜 들려왔고 이따금 긴 울부짖음도 뒤섞여 있었다. 잉즈는 그것이 "늑대의 소리가 아닐까?"하고 생각했다. 난얼이 말했다.

"승냥이와 늑대가 먹거리를 다투고 있어. 승냥이들은 아마 늑대를 먹어치울걸."

그 아우성치는 소리는 점점 더 커지면서 폭발적으로 확산되고 있었다. 그 바람에 별들조차 벌벌 떨더니 종적을 감추고 말았다. 여러 소리들은 뒤범벅이 되어 거대한 회오리바람을 형성해서는 사막에서 이리 저리 왔다 갔다 하고 있었다. 갑자기 저돌적인 소리가 늑대의 소리를 잘라버렸다. 늑대 소리는 끊어질 듯 이어질 듯하더니 마침내 사라지고 말았다. 또 다른 늑대 소리는 마침내 포위를 뚫고 멀리 도망치고 있었다. 잉즈는 마치 뻐드렁니를 드러낸 사악한 동물이 앙칼진 이빨을 들어내 놓으면서 늑대를 뒤쫓는 모습을 보는 듯했다.

난얼은 잉즈의 손을 가볍게 다독여주었다. 잉주는 웃으며 난얼의 손을 토닥여주었다. 두 사람의 손바닥에는 땀이 가득 나 있었다. 잉즈가 낮은 소리로 속삭였다.

"어떡하지? 우리 그냥 갈까?"

난얼이 말했다.

"이미 늦었어. 너의 다리가 아무리 빨라도 승냥이한테서 도망치지 못하거든…… 먼저 나뭇가지를 주어 날 밝을 때까지 견디어보자."

그녀는 잉즈에게 손전등을 비추라 하고는 직접 칼을 휘둘러댔다. 주변의 마르고 젖은 나무들은 곧 모두 채벌해왔다. 난얼은 젖은 나뭇가지들을 낙타들한테 주고는 불무더기에도 더러 얹어놓았다. 불속에서는 바로 치직거리는 소리가 들려왔다.

모래언덕 위의 승냥이들은 전부 먹이를 빼앗는데 정신이 팔려 낙타들은 안정을 취하고 있었다. 먹이를 다투는 소리는 보다 악착스레 들려왔다. 승냥이들은 고정된 식사자리가 없이 어디서 짐승을 잡으면 바로 그 자리에서 먹어댔다. 혹은 놈들이 어느 짐승을 눈독 들이면 그곳이 바로 식사자리가 되는 셈이기도 했다. 놈들은 고정된 잠자리도 없었다. 오직 임신기간에만 배가 커진 암컷이 상대적으로 고정된 자리에서 일정한 나날을 보낸다. 그러다가 새끼가 좀 크면 놈들은 한데 뭉쳐 사막의 회오리바람이 되어서는 어디에 먹거리만 있으면 어디로든가 들이닥쳤다. 승냥이들은 지역관념이 없었다. 놈들은 이리나 늑대들처럼 오줌을 누어 자기 지역을 표시하는 법을 몰랐다. 아니, 그럴 필요가 없었다. 놈들은 종래 지역다툼을 하지 않았고, 어디나 놈들의 지역이 없었지만, 또 어디나 놈들의 지역이기도 했다. 놈들은 어디에나 있었다. 생명이 있는 곳이기만 하면 놈들은 곧 풀쩍거리며 뛰어나왔고, 나와서는 자기들이 뜯고 싶은 생명을 씹어댔다. 사막에서 놈들은 떨쳐버릴 수 없는 악마였다.

난얼은 열심히 불을 돌보았다. 불은 꺼지지도 말아야 하고 활활 타올라서도 안 되었다. 불은 총과 마찬가지로 이 세상에서 유일한 두 가지 마음의 의탁물이기도 했다.

난얼은 걸채(낙타 등에 놓고 앉는 의자, 안장 같은 것 - 역자 주)를 불 가까이 놓아두었다. 그리고는 화약 외의 모든 물건들을 몸 가까이에 당겨놓았다. 그녀는 잉즈에게 말했다.

"지금 저놈들이 아직 이쪽에 정신을 팔지 않을 때, 먼저 한잠 자둬. 놈들이 배가 부르지 않으면 우리한테 덮칠지도 모르니깐. 그때면 자고 싶어도 시간이 없을 거야."

잉즈가 말했다.

“그래도 네가 먼저 자라.”

“난얼 그래도 돼? 너 절대 이 불이 꺼지지 않도록 신경 써야 돼. 땔감도 절약하면서 말이야. 총에는 내가 이미 화약을 재워놓았으니 조심하고. 말을 마치자 난얼은 걸채에 기대어 얼마 지나지 않아 가볍게 코까지 골았다.”

잉즈는 속으로 “참 담도 크네. 이 와중에 잠을 자다니……” 하고 중얼거렸다.

잉즈는 땔감을 더 집어넣어 불길을 살려주었다. 그녀는 링즈(灵子)와 함께 사미(沙米)를 털던 그 달밤을 떠올렸다. 그날도 가을밤이었다. 손꼽아보니 벌써 1년이 되었다. 지난 1년 동안 그녀는 정말이지 너무 많은 것을 겪었다. 마치 평생을 한꺼번에 살아낸 것 같기도 하고 수백 년을 살아온 것 같기도 했다. 그녀는 오늘 밤 죽는다 해도 요절하는 것은 아니라고 생각했다. 적어도 감각적으로는 그랬다. 때로 생각해보면 인생은 본래 고생하러 태어나는 것이 아닌가. 만일 아무 것도 겪어보지 못하고 죽는다면 태어나지 않은 것과 같지 않겠는가? 그래 좋아 하고 그녀는 쓴웃음을 지었다.

저쪽에서 먹이 다투는 소리가 작아졌지만 그래도 아직 들리는 걸 봐서 먹이가 아직 남아 있다는 것을 설명해주었다. 그리고 그녀도 아직 자기 일을 생각할 기회가 있다는 것을 의미했다. 그러나 그녀는 생각하기조차 싫었고 생각해봤자 소용없다고 느꼈다. 사람의 운명은 생각한 것에서 바뀌는 것이 아니니깐 말이다. 어떤 경우 생각은 오히려 스스로에게 괴로움만 가져다줄 뿐이었다.

그래 생각하지 말자. 잉즈는 불길을 돋우고 입으로 바람을 불어 젖은 나무에 불길이 당기도록 했다. 잉즈는 젖은 나뭇가지를 좋아했다. 젖은 것에서는 칙칙 소리가 나기 때문이었다. 그들은 작은 새들처럼 소리를 냈는데 그것은 대자연의 가장 아름다운 음악이라 할 수 있었다. 잉즈는 만일 승냥이들이 자신의 생명을 위협하지만 않는다면 그 물고 뜯는 소리 역시 음악소리가 아닐까 생각했다. 그녀는 열심히 그 소리에 귀를 기울였다. 그러자 불현 듯 그 흉악한 소리가운데서 아름다운 음악 한 토막을 들을 수 있었다.

물고 뜯는 소리가 점차 고요해지기 시작했다.

그러자 거대한 정적이 덮쳐들었다. 잉즈는 심지어 정적이 덮쳐오는 감각마저 느낄 것 같았다. 그리고 어둠속에서 파랗게 반짝이는 눈들도 보이는 것 같았다. 그녀는 승냥이들의 눈을 세세히 관찰할 기회는 없었지만 마을에서 미쳐 날뛰던 개의 눈은 보았었다. 승냥이가 사람들을 바라볼 때는 모름지기 미친개의 눈과 비슷할 것이 아닌가? 다만 미친개의 눈은 빨갛고 승냥이의 눈은 파랗다고나 할까. 빨개도 좋고 파래도 좋다. 그것들은 아무래도 탐욕스러운 것이고 흉악한 것이었다. 그녀는 탐욕스런 눈빛을 떠올릴 수 있었다. 예를 들면 백정이 그녀를 바라보던 그런 눈빛이었다. 거기에 생각이 미치자 그녀는 구역질을 해대면서 힘주어 머리를 흔들었다. 흉악하다는 것은 어떤 모양일까? 그녀는 생각해낼 수 없었다. 엄마는 그녀가 생각대로 따라주지 않았을 때 그런 '흉악' 한 눈빛으로 그녀를 바라본 적이 있었다. 그러나 그녀는 지금 엄마의 눈빛에 그 단어가 어울리는지 알 수 없었다. 그리고 그녀는 아무리 생각해봐도 그녀의 생활에서 흉악하다는 단어를 떠올릴 수가 없었다. 그리하여 사방이 캄캄한 밤에 그녀는 다만 백정과 미친개를 혼합시켜 승냥이의 눈빛을 연상할 수밖에 없었다.

잉즈는 다시 구역질을 몇 번 했다. 그녀는 차라리 주변에 온통 미친개의 눈빛이었으면 싶었고 백정을 다시 떠올리고 싶지 않았다.

갑자기 낙타가 투레질을 해댔다. 잉즈는 깜짝 놀랐다. 이는 낙타가 가까이 접근한 위험을 발견했다는 의미이다. 그녀는 난얼을 흔들어 깨우며 손전등을 켰다. 불줄기는 먼 모래언덕까지 비추었다. 그 모래언덕 위에는 이미 온통 파란빛 투성이었다. 그 푸른빛은 질감이 매우 강해서 인불마냥 흔들거리고 있었다. 잉즈는 몸서리를 치고는 손으로 마른 나무를 집어 불속에 던져 넣고는 입으로 불어서 불길이 솟구치게 했다. 난얼이 나지막하게 말했다.

"겁내지 마. 저놈들은 불을 두려워해!"

그녀는 총을 당겨다 총구를 하늘로 향하게 들었다. 잉즈가 말했다.
"아님 한방 갈겨서 놀래줘?"

난얼은 조급해 하지 말라고 했다. 만일 저놈들이 우리한테 접근하지 않는다면 우리도 상관하지 말자. 지금은 서로가 겁나서 섣불리 먼저 덮치지 못하는 거야. 놈들이 총소리에 적응이라도 하면 낭패거든. 말하면서 그녀는 남포등을 꺼내 불을 붙였다.

승냥이들의 돌연습격을 막기 위해 난얼은 이부자리와 걸채들의 방향을 바꾸었다. 그녀들은 본래 낙타를 향해 누웠었으나 이제 낙타들을 등지게 되었다. 낙타들은 밤눈이 있었다. 이 변화에 의해 승냥이들을 감시하는 눈이 두 쌍이 늘어난 셈이었다. 그녀들은 이제 등 뒤를 걱정하지 않고 오로지 앞만 살피면 되었다.

난얼은 아까 나무들을 더 많이 찍어오지 못한 것을 후회하고 있었다. 얼마나 불길이 세차야 승냥이들이 겁을 낼 것인지 그녀는 경험이 없었다. 그녀는 만일 놈들이 불빛을 겁내지 않고 가까이 접근한다면 불길을 크게 해주어야겠다고 생각하고 있었다. 그러나 지금 이 땔감으로는 동틀 무렵까지는 어려울 듯했다.

2.

승냥이들은 조용했고 일체 소리를 내지 않고 있었다. 그들은 필경 적을 관찰하고 있을 터였다. 입가심을 얼마쯤 한지라 놈들은 전혀 급하지 않았다. 낙타들도 반추(反芻, 되씸질)질을 멈추었고 침을 뱉지도 않았다. 불길이 훅훅 타들어가는 소리 외에는 아무 소리도 들리지 않았다. 잉즈는 지금 정적이 두 개의 거대한 벽이 되어 자기를 샌드위치처럼 꽉 조이는 감을 느끼고 있었다. 그 감각은 참 이상한 것이었다. 전에 그녀는 조용한 것을 좋아했고 떠들썩한 것은 질색했다. 그러나 고요함이 이토록 가슴에 충격을 주리라고는 꿈에도 생각지 못했다. 심장이 심하게 뛰면서 심벽을 톡톡 치고 있었다. 주변에는 온통 심장박동소리만 들려왔다. 게다가 그녀는 점점 더 많은 심장박동소리를 듣고 있었다. 난얼의 것도, 낙타의 것도, 그리고 승냥이들의 것도. 난얼의 심장박동은 방추[14]소리와도 같았고 낙타들의 심장소리는 마치 맷돌(石磨)이 천천히 굴러가는 듯했으며, 승냥이들의 삼장박동은 가마솥에 조약돌을 집어넣고 휘젓는 것 같아 이가 맞쪼이게 했다. 점차 그 소리들이 커져가고 있었는데 천만 개의 톱으로 신경을 켜대는 것 같았다. 그녀는 이를 악물고 고개를 휘저어 아픔을 참기라도 하듯 숨을 죽였다. 그러나 그 소리들은 여전히 들려왔고 그것은 모르긴 해도 승냥이들이 내는 이빨 가는 소리임에 틀림없었다. 그러나 괴이한 것은 자신의 심장박동소리마저 점점 커진다는 것이었다. 그녀는 심장이 견디지 못할까봐 두려워났다.

난얼은 불속에 나무들을 더 던져 넣어 불길을 크게 했다. 그러나 아무리해도 불빛은 고작 십여 미터만 비출 뿐 그 이상은 아무 것도 보이

14) 방추(紡錘, spindle, 스핀들) : 실을 뽑는 도구. 가락바퀴의 회전력을 이용하여 섬유를 비틀어 뽑아내어 실로 만드는 것.

지 않았다. 오히려 가까운 불빛 탓으로 먼 곳의 모래언덕이 희미해졌다. 잉즈는 만일 승냥이들이 가만히 접근해서 갑자기 덮친다면 그녀들은 절대 반응할 수 없을 것이라고 생각하고 있었다. 그녀는 손전등을 켜들었다. 그 강렬한 불줄기에 모래언덕 위의 검은 점 몇 개가 당황해서 움직였는데 보아하니 놈들은 손전등을 번갯불 같은 물건으로 간주한 모양이었다. 듣자니 모든 동물들은 다 번개를 두려워한다고 한다. 사막에는 언제나 번개에 맞아 죽은 동물들이 있기 마련이었다.

승냥이들이 당황해하자 잉즈는 마음이 놓였다. 그녀는 놈들이 무서워하는 물건이 있다는 것에 안심하고 있었다. 이렇게 되자 불과 총 외에도 승냥이들을 위협 줄 수 있는 무기가 생긴 셈이었다. 손전지에는 건전지가 네 개나 들어있었고, 그녀들은 여덟 개를 준비해두고 있었기에 계속 켜고 있어도 몇 시간은 족히 켤 수 있었다.

전지불이 꺼지자 잉즈 네는 또 까막눈이 되었다. 그녀들은 희미한 모래언덕의 실루엣만 볼 뿐이었다. 불길이 작아져서야 비로소 먼 곳에서 빛나는 파란빛을 볼 수 있었다. 불길이 작아지면 그녀들은 승냥이들이 일시에 덮칠까봐 겁이 났고, 불길이 세차면 그녀들은 또 까막눈이 되어버리는 것이다. 이 정경은 마치 승냥이들이 사람과 낙타의 표현을 구경하는 것만 같았다. 관중의 시선은 전부 그녀들 몸에 집중되고 있지만 그녀들은 도무지 가려볼 수가 없었다. 이건 그야말로 애끓는 일이었다.

방법을 하나 생각해낸 난얼은 잉즈에게 불을 보게 하고 자기는 총을 들고 화약을 재웠다. 그리고는 손전지를 들고 불무더기에서 좀 떨어진 곳으로 갔다. 그렇게 되자 불길이 시야를 어지럽히지 않았다. 만일 가만히 접근하는 승냥이들이 있게 되면 그녀는 화약총으로 불질을 해줄 양이었다.

불무더기를 떠나자 난얼은 주변에 수많은 파란 불빛이 있는 것을 발견했다. 파란 불빛은 흔들거리고 있었는데 이는 탐욕스런 짐승들이 또 앞으로 전진하고 있음을 말해주는 것이었다. 그녀는 파란 불빛이 가장 밀집되어 있는 곳을 향해 방아쇠를 당겼다. 화염이 부챗살처럼 퍼져나가면서 비명소리가 들려왔다. 파란 불빛들이 퇴각했다. 난얼이 웃으며 말했다.

"본때를 보이지 않으니까 이 할미가 손에 든 것이 그냥 부지깽인 줄 아는 모양이군 그래.

둔탁한 우렛소리 같은 총소리는 참 효과적이었다. 불빛 속에서 검은 점들이 훨씬 적어졌다. 어림짐작으로 백 미터 밖으로 멀어진 것 같았다. 화약총은 철로 된 알을 많이 재울 수 있으나 유효사정거리가 2, 30미터밖에 안 되었다. 일부 승냥이들은 이 산탄에 얻어맞았지만 아마 가죽이 상한 정도였을 것이었다. 난얼은 이번에는 큼직한 베어링을 골랐다. 한 알만 재워서 쏘면 멀리 갈 수 있는데 이는 누런 큰 양마저 쓰러트려 눕힐 수 있으므로 승냥이 따위는 이 날 한 방이면 끝낼 수 있었다. 난얼이 말했다.

"승냥이 한 놈을 쏴죽이면 꽤 오래 동안 얌전할 거야. 우선 승냥이한테 본때를 보여주고, 그렇게 되면 산 놈들이 죽은 놈 시체를 뜯어먹을 테니 시간을 벌 수 있을 거야."

난얼이 또 말했다.

"날만 밝으면 괜찮아질 거야. 승냥이들은 여우들과 마찬가지로 밤에만 활동하고 낮에 해가 뜨면 놈들은 곧 머리가 아파지니까 말야"

마음이라는 것은 정말 이상한 물건이다. 아무리 공포스런 것이라 해도 시간이 흐르면 곧 '마비' 되는 것이다. 비록 강적이 여전히 지키고 있고 목숨이 여전히 거미줄에 매달려 있지만 두 사람은 방금 전처럼 긴장하지 않았다. 적을 똑똑히 보기 위해 난얼은 불길을 낮추고 불씨만 남겨두었다. 그러자 사방이 곧 어둠에 휩싸였다. 그녀가 말했다.

"사막의 유목민들은 대부분 화약총을 가지고 다니니까 승냥이들이 겁을 집어먹은 듯해."

이에 잉즈가 말했다.

"놈들은 아마 처음 화약총 맛을 봤을지도 몰라. 만일 진짜 화약총 맛을 안다면 저렇게까지 먼 곳으로 도망치진 않겠지."

난얼도 그 말에는 수긍했다.

난얼이 손전등을 치켜들고 탐조등마냥 사방을 두루 비춰보았다. 승냥이들은 대부분 동쪽에 몰려 있었고 서쪽 모래언덕에는 검은 점들이 보이지 않았다. 그녀들은 숙영할 때 습관적으로 바람을 등지고 마른 곳을 선택했다. 즉 그녀들은 서쪽에 있는 모래 산을 등지고 상대적으로 개활지라 할 수 있는 곳을 마주하고 있었던 것이다. 난얼이 말했다.

"이건 좋지 않아. 승냥이들이 서쪽 모래 산에 올라 한번 구르기만 하면 금방 우리 품에까지 올 거야. 그럼 우린 방아쇠를 당길 시간이 없을 거야. 우린 저 개활지 가운데로 가야 해. 그렇게 되면 놈들이 어느 방향으로 공격해 오든 한참 달려야 하니까 우리가 준비할 시간이 있을 거야!"

승냥이들이 총소리에 놀란 틈을 타서 난얼은 커다란 횃불을 만들어 상대적으로 넓은 개활지에 화톳불을 지펴 올렸다. 그리고는 둘이서 마치 쥐가 이사하듯이 걸채며, 요며, 땔감이며, 낙타들을 옮겼다. 과연 반시간도 채 못 되어 서쪽 모래산 위에 검은 점들이 새카맣게 늘어서 있었다. 그러나 잉즈는 만일 그녀들이 이사하지 않았다면 놈들도 서쪽 모래산 위에 올라가지 않았을지도 모른다고 생각했다. 왜냐면 그곳은 화약총의 사정거리 내에 있었기 때문이었다. 지금 이렇게 자리를 옮기자 오히려 앞뒤로 공격을 감내해야 했다.

서쪽 모래 산을 떠나자 차가운 바람이 확연하게 커졌다. 잉즈는 등골이 갑자기 서늘해났다. 그녀는 옷을 담은 자루를 꺼내 옷 두벌을 꺼내서는 하나를 난얼에게 주고 자기도 하나 껴입었다. 그녀들은 여전히 낙타를 등지고 있었으나 낙타들은 금방 전처럼 조용하지 않았다. 녀석들이 서쪽 모래산 위의 승냥이들을 본 것이 분명했다. 잉즈가 말했다.

"옮겨오지 말 걸 그랬나봐!"

그러자 난얼이

"옮겨오든 그 자리에 있든 다 장단점이 있어. 난 놈들이 모래 산에서 굴러 내려와 우릴 습격할까봐 두려워. 지금 우린 밝은 곳에 있고 놈들은 어두운 곳에 있어. 어차피 서로 마주쳐봤으니까 통쾌하게 싸워보지 뭐. 그래봐야 놈들의 배를 채워주는 것밖에 더 되겠어?"

라고 했다. 그리고는 또 덧붙였다.

"난 이미 내려놨어. 산다는 게 다 그런 거지 뭐. 빨리 죽으면 빨리 해탈하는 거 아냐? 어차피 죽을 목숨인데 벌벌 떨다가 죽어도 죽는 거고, 간뎅이(간덩이의 비 표준어 - 역자 주)가 붓도록 난리를 피우다가 죽어도 죽는 거잖아. 이 승냥이 놈들이 양처럼 선량하다면 나를 잡아먹어도 괜찮아. 근데 이놈들은 뭐야? 피를 빨아 배를 채우는 악마들이잖아!"

난얼의 이 말은 잉즈를 겁나게 했다. 승냥이들과 오래 대치하다보니 그녀는 그 놈들의 흉악함을 잠시 잊고 있었던 것이다. 그녀는 속으로 놈들이 풀쩍풀쩍 뛰어서 일시에 덮친다면 그녀들은 순식간에 뼈만 남을 것이라고 생각했다. 그러자 갑자기 공포감이 밀려들었다. 난얼이 웃으며 달래주었다.

"겁내지 말어! 진짜 죽어야 한다면 네가 겁내도 죽을 거고, 겁내지 않아도 죽을 테니까. 마치 네가 살아온 것처럼 말이야. 넌 웃으면서도 살아왔고 울면서도 살아왔잖아. 그러니 즐겁게 생각하는 게 상책이야. 안 그래?"

또 이런 말도 했다.

"난 이미 생각해봤어. 사람 산다는 게 결국 마음먹기에 달린 거 아냐? 무슨 행복이고 고통이고 그게 다 마음인 거야 안 그래? 마음이 즐거워 봐. 행복해지지 않는가…… 평생 심정이 즐거워 봐, 그럼 평생 행복한 거야. 우린 이 세상을 변화시킬 방법이 없어. 그러나 자기의 마음은 바꿀 수 있지. 안 그래?"

잉즈는 난얼을 달리 보게 되었다. 생각해보면 자신의 상처요, 고통이요 하는 것들이 이런 이치를 떠날 수는 없는 것이었다. 까놓고 말해서 그녀를 도취시키고 못살게 군 그것은 결국 자신의 마음이었다. 마음을 느긋하게 가진다면 아마 훨씬 편했을 것이었다. 달리 생각해봐도 사람의 가치란 다름 아닌 그 마음에 있는 거라고 생각되었다. 만일 수련을 거쳐 마음이 물처럼 고요할 수 있다면, 모름지기 사람으로서의 맛과 멋이 많이 삭감될 거라고 생각되었다.

난얼이 "쉿" 하더니 손전지로 서쪽 모래 산을 비추었다. 그러자 검은 점들이 움직이는 것이 보였다. 난얼은 잉즈에게 손전지를 비추게 하고는 땅에 납죽 엎드려 총을 바쳐 들고 겨냥했다. 불이 뿜겨져 나갔으나 비명소리는 들리지 않았고 검은 점들이 확 헤쳐지는 것이 보였다. 난얼이 "히히" 웃으며 말했다.

"빗맞았어. 이런 산탄은 사정거리는 멀어도 조준력이 떨어지거든. 그래도 이 산탄이 좋아."

잉즈가 말했다.

“너 함부로 불질 하지 마라. 총을 쏘지 않으면 놈들이 은근히 두려워하겠지만, 그렇게 함부로 쏘아대면 오히려 겁내지 않게 될거야.” 난얼이 총에 화약을 재우며 말했다.

“난 저놈들한테 본때를 보여주려고 한 거야. 근데 조준이 안 될 줄 누가 알았겠니.”

잉즈의 말은 틀리지 않았다. 몽둥이로 승냥이를 쫓듯이 승냥이가 사람 손에 들린 것이 몽둥이라고 여긴다면 감히 접근하지 못하겠지만, 몽둥이로 한번 갈겼는데 헛방을 치면 승냥이는 오히려 사람 손에 들린 것이 그냥 겁주기 위한 것이라고 알아챌 것이었다. 총소리가 멎은 뒤 승냥이들은 좀 혼란한 듯했으나 바로 다시 포위해왔고 거리는 더욱 가까워졌다. 그리고 놈들은 이제 손전지 불마저 습관이 되어서 잉즈가 아무리 이리저리 비추어도 두려워하지 않는 것 같았다. 잉즈는 “저놈들이 이제 총소리와 불까지 익숙해졌다면 우린 저놈들 밥이 되어야겠구나” 하고 생각했다.

그 원수 같은 놈은 아마 그녀가 이런 결과를 맞이하리라고는 생각하지 못할 것이었다. “만일 내가 승냥이들의 밥이 된 걸 안다면 그는 어떻게 생각할까? 울어 줄까? 아마 울겠지. 그러나 얼마나 오래 울지는 아무도 모를거야.” 그녀는 사이가 무척 좋던 부부도 어느 한쪽이 죽으면 둬 번 울고는 얼마 지나지 않아 웃고 떠드는 것을 많이 보아왔었다. 여기까지 생각이 미치자 잉즈는 만감이 교차되었다. 그녀는 속으로 이렇게 생각했다. “죽으면 죽었지. 그런 양심 없는 놈과 살 바엔 승냥이의 배나 채워주는 게 나을 거야!”

갑자기 난얼이 고함을 질렀다. 불, 빨리 불 봐. 잉즈가 소스라쳐 정신을 차리고 보니 불씨가 간들간들하고 있었다. 그녀는 급히 라이터로 잔가지들에 불을 붙여보았다. 잔가지들은 젖은 상태라 불이 잘 붙지를 않았다. 난얼이 마른 나무를 건네주자 불이 다시 살아났다. 그녀가 말했다.

"마른 나무와 젖은 나무를 갈라놓아. 보아하니 놈들이 덮칠 것 같아. 넌 주변에서 나무를 주어와. 만일 놈들이 덮치면 불을 더 지펴." 그렇게 말하면서 그녀는 손전지를 켰다. 잉즈는 그만 몸서리를 치고 말았다. 그 검은 점들이 코앞에 닥쳤고 몇몇은 이미 몸뚱이마저 볼 수 있었다.

난얼이 말했다.

"넌 불이나 잘 봐. 절대 꺼지게 해선 안 돼. 내 저놈들한테 몇 방 갈겨 본때를 보여 줘야해. 그렇지 않으면 바드시 뒤에 올라오겠어."

그때, 여태까지 소리를 내지 않던 승냥이들이 갑자기 합창이나 하듯 일제히 울부짖었다. 그 소리는 하늘을 진동시켰고 억만 마리의 쥐들이 끓는 가마에 빠졌을 때 내는 비명소리와도 흡사했다.

난얼이 총을 갈겨댔으나 그 소리는 사라지지 않았다.

3.

난얼은 남포등을 밝히고 화약을 재워서는 총질을 해댔다. 승냥이들은 앙칼지게 울부짖기도 하고 비명을 질러대기도 했다. 놈들은 비록 일시에 덮치지는 못했지만 조금 전처럼 총소리에 후다닥 흩어지지는 않았다. 이미 총소리에 익숙해진 것이 분명했고, 총을 더는 대단한 것으로 여기지 않는 것 같았다. 그랬다. 살쾡이만한 녀석이 늑대와도 먹이를 다투는데 결코 짝지어 덤비지 않는 걸 보면 놈의 흉악함과 간교함이 늑대와는 다르다는 말이 된다. 난얼은 이따금 총을 쏘아댔지만,

철 알들이 "쉭쉭" 소리를 내며 승냥이들한테로 날아가도 이제 위력은 눈에 띄게 낮아졌다. 공포감이 다시 잉즈를 온통 감싸버렸고 난얼 역시 좀 당황한 모습이었다. 잉즈가 말했다.

"화약을 아껴."

난얼이 대꾸했다.

"괜찮아. 올 때 많이 가져왔거든. 날 밝을 때까지 문제없어."

잉즈는 "날이 밝은 다음에도 저놈들이 가지 않으면 어떻게 할래?" 라고 말하려다 "하늘의 뜻에 맡기자" 고 생각했다.

총을 한번 재우는데 몇 분의 시간이 소요되었다. 그 틈을 타서 승냥이들은 호시탐탐 노리고 있었다. 기회를 노리는 게 분명했다. 놈들이 불을 겁내는 정도는 총보다 훨씬 컸다. 잉즈는 만일 불만 없었더라면 저놈들이 진즉에 덮쳤을 것이라고 생각했다.

기회를 노리는 승냥이들을 본 난얼은 총명해져서 화약을 재우고는 가만히 조준했다. 그리고는 절대 조급하게 방아쇠를 당기지 않고 담대한 놈들이 가까이 다가와서 불무더기와 십여 미터 거리까지 접근하면 그제야 갑자기 방아쇠를 당겨버리는 것이었다. 그러자 몇몇 놈들이 비명을 지르며 쓰러졌다. 쓰러진 놈들은 아찔한 비명소리를 질러댔다. 그 비명소리는 아픈 것보다 분노한 것이라는 편이 옳을 것이었다. 놈들은 두 여인이 안중에도 없었다. 그런데 생각밖에도 그 두 여인한테 놈들은 골탕을 먹고 있는 것이었다.

한 마리가 절뚝거리며 도망치고 있었다. 다른 몇몇도 한참 짖어대다가 점차 조용해졌다. 산탄이 놈들의 중요 부위를 명중시킨 것이 분명했다. 난얼은 무척 기뻤다. 그녀는 총을 재우며 말했다.

"역시 산탄이 좋아. 비록 멀리는 못가도 넓게 쓸어버리거든."

낙타들이 또 툴툴거리기 시작했다. 알고 보니 서쪽에도 몇몇 승냥이들이 나타났던 것이다. 놈들은 유희라도 놀듯이 폴짝거리며 오른쪽에 갔다가는 왼쪽으로 뛰어갔다. 그것은 마치 놀리는 것 같기도 하고 총알을 피해보려는 것 같기도 했다. 승냥이들은 늘 그랬다. 놈들은 천성적으로 그랬다. 백퍼센트 자신이 있어서 소의 창자를 물어뜯는 것 외에 일반적으로는 그렇게 맹호처럼 행동하지 않았다. 놈들은 폴짝거리며 게임을 하듯이 행동했다. 놈들은 힘이 그렇게 세지 않지만 점프력은 놀랄 지경이었고, 날카로운 이빨의 위력을 최대한 발휘할 줄 알았다.

난얼은 총을 다 재웠다. 그녀는 숨을 죽이고 춤추는 검은 점들을 노려보았다. 사실 그녀가 굳이 조준하지 않아도 산탄들은 총구에서 술잔만큼 굵게 나가지만 일정한 거리에 이르러서는 쇠수레바퀴만큼 커지기 때문이었다. 그건 밤에 보면 놀라울 지경이었다.

껑충거리는 승냥이들이 가까이 오기를 기다려서 난얼은 방아쇠를 당겼지만 "철커덕" 하는 소리만 들릴 뿐이었다. 원래 급한 김에 화약재우는 걸 까먹었던 것이다. 승냥이 한 마리가 그 소리가 무엇을 의미하는지 알아챘다는 듯이 덮쳐왔다. 잉즈는 놀라서 부들부들 떨고는 있었지만 그래도 손전등을 비추었다. 그놈은 가까이 와서 몸을 도사리더니 그녀들을 향해 이빨을 드러냈다. 놈은 마치 새끼를 보호하는 어미개 모양으로 으르렁거렸다. 다행히 불길이 세찰 때였으니 말이지 아니면 확 덮쳐들었을 것이다. 그리고 놈이 좀 대담하기만 했다면 몇 초 만에 사람의 살점을 물어뜯을 수 있었을 것이다. 잉즈는 놈들이 모래 위에서 날뛰는 속도를 보았는데 실로 한 줄기 검은 번개 같았다. 잉즈는 장도를 꺼내려고 생각했다가 손전지를 내려놓으면 승냥이들이 틈을 타서 덮쳐들까봐 두려웠다. 승냥이는 낮게 헐떡이고 있었다. 놈의 이빨은 매우 새하였고, 눈은 녹색이 아니라 흉악한 빛을 번쩍이고 있었다. 놈은 필시 승냥이 무리 속에서도 가장 나대기를 좋아하는 놈 같았다. 마치 남자들 가운데 여자한테 잘 보이려고 갖은 애를 쓰는 못난이 같았다. 승냥이들은 입이 뾰족하고 원숭이 뺨을 닮아서 어찌 보면 여우같기도 했다. 잉즈는 여우를 좋아했다. 그녀는 여우의 몸에 영기가 있다고 여겼고, 여우의 그런 신령스러움을 흠모하고 있었다. 승냥이들한테서는 오로지 악습만 있을 뿐이었다. 잉즈는 이때서야 비로소 무엇이 흉악한 것임을 똑똑히 볼 수 있었다. 흉악함이란 놈의 드러낸 이빨과, 낮은 으르렁거림과 잔뜩 세워진 터럭에서 뿜어져 나오는 것이었다.

승냥이들은 낮게 으르렁거리며 점점 접근해왔다. 잉즈는 불길이 이제 놈들한테 아무런 위협도 되지 못한다는 것을 발견했다. 사람들 가운데 지혜로운 자가 있듯이 승냥이들 가운데도 남달리 총명한 놈이 있게 마련이어서 놈들은 필경 불이 종이호랑이 임을 알아챘을 것이다. 아마 꼭 그랬을 것이다. 아버지도 불을 겁내지 않는 늑대를 만난 적이 있는데, 그 늑대가 끝까지 그를 따라왔기에 급한 김에 모닥불을 피웠지만 늑대는 마치 도전이라도 하듯이 그 불무더기 위를 건너갔다 건너왔다 했다는 것이다. 만일 사냥꾼이 한방 먹이지 않았더라면 그가 어찌 링즈를 낳을 수 있었겠는가? 잉즈는 속으로 "낳지나 말 것이지." 그렇게 생각하자 잉즈는 승냥이들이 무섭지가 않게 되었다. 그래서 그녀는 훈계하듯 소리쳤다.

"물러 갓! 이 양심 없는 것들아."

총소리가 울렸다!

많은 산탄들이 총구에서 뿜겨져 나갔다. 산탄들은 마치 연소하는 모기떼 같았다. 산탄들은 포효하며 달려갔다. 마치 비온 뒤 꿀벌들이 꽃떨기를 보며 흥분하듯이. 마치 굶주린 모기떼들이 아낙네한테 다급히 덮치듯이. 마치 발정난 수컷 말이 울타리를 박차고 뛰어나가듯이. 마치 뿜겨져 나온 정자들이 자궁으로 용맹하게 헤엄쳐가듯이. 마치 오랜 가뭄 끝의 흙탕물 속에 있던 올챙이가 맑은 물을 만나 즐기듯이. 산탄들은 짙은 어둠을 가르며 산산조각을 내고 있었다. 산탄들은 승냥이들의 몸뚱이에 박히기 전에 먼저 놈들의 눈동자를 덮쳤다. 승냥이들은 담이 작지만 눈은 매우 커서 세상을 다 담을 것처럼 부라리고 있었다. 산탄들은 알았다는 듯이 즐겁게 환호하며 헤엄쳐가고 있었다.

잉즈는 산탄들이 꼬리를 흔들며 헤엄치다가 고개를 돌려 자기를 보고 있다고 느꼈다.

산탄이 몸통에 들이박히는 순간 승냥이들은 눈을 커다랗게 떴다. 분명 놈은 즐겁게 날아온 그 붉은색 올챙이들이 자기 목숨을 앗아가려 한다 것을 알아챘던 것이다. 틀림없었다. 놈은 얼추 몇 번 경련을 일으키더니 곧 다리를 뻗고 죽어버렸다.

난얼이 말했다.

"너 칼을 준비하는 게 좋을 거야. 보아하니 이젠 불도 겁내지 않는 걸."

그녀는 땀을 쓱 닦았다. 잉즈는 등골이 오싹해짐을 느꼈다. 그녀는 얼른 손전지로 동쪽을 비춰보았다. 그쪽으로 검은 점들이 이미 달려들고 있었다.

그 효과적인 한방은 결코 승냥이들을 놀라게 하지 못했다.

난얼은 숨 돌릴 틈도 없었다. 그녀는 연신 총을 재워 쏘았다. 화약 냄새가 공기 속에 홍건했다. 그녀는 명중했는지도 몰랐다. 그저 재우고는 쏘고 서쪽을 향해 쏘고는 동쪽을 향해 쐈다. 다행히 불길이 향하는 곳으로는 승냥이들이 몇 발자국씩 후퇴하고 있었다. 그러나 근근

이 몇 걸음뿐이었다. 총소리가 멎으면 놈들은 또 바싹 접근해왔다. 잉즈는 남포등을 위해 준비해두었던 석유를 꺼냈다. 그녀는 만일 승냥이들이 덮쳐들면 주변을 둥그렇게 막고 있는 나무더미에 석유를 쏟아부을 생각이었다. 만일 놈들이 불무더기를 넘어 쳐들어온다면 그녀는 아예 모든 땔감에 불을 달아버리고 스스로도 뛰어들 생각이었다. 이상한 것은 두려움이 한결 적어졌다는 것이다. 아무리 커다란 두려움이라 해도 마음속에 오래 놔두면 담담해지는 법이다. 죽음에 대한 공포도 마찬가지였다. 다만 가장 큰 유감이라면 이따위 야수들의 먹이로 죽는 것이었다. 이토록 멋진 몸매가 이런 잡스런 놈들의 먹이가 된다고 생각하니 그녀는 온몸이 부자연스러워졌다. 그녀가 가장 더럽게 여기는 것은 승냥이들의 입에서 흘러나오는 침이었다. 그 끈적끈적한 침이 그녀의 깨끗한 몸에 묻을 걸 생각하자 그녀는 구역질이 났다. 저녁에 잘 먹지 않았기에 배는 벌써 고파있었다. 그래서 구역질을 했으나 나오는 것은 없었다. 이때 때마침 불려온 화약 냄새에 그녀는 가슴이 막히는 감을 느꼈다. 연기를 맡으며 그녀는 총소리의 작용이 굉장히 미약해졌다는 것을 알았다. 비록 이따금 승냥이들이 비명을 지르며 쓰러지긴 했으나 다른 승냥이들은 동료들의 죽음을 대수롭지 않게 여기고 있었다. 다만 난얼의 총구가 가리키는 순간만 놈들은 약간 피하는 체 할 뿐이었다. 그러나 그것은 피하는 것이었지 흩어지는 것도 아니고 사방으로 도망치는 건 더욱 아니었다. 승냥이들이 그 왜소한 몸뚱이로도 덩치 큰 짐승들과 도전하는 것은 그 이유가 있었다. 먹이를 빼앗을 때만 해도 놈들은 동료들이 늑대들한테 갈가리 찢기더라도 여전히 앞 놈이 쓰러지면 뒤에 놈이 계속 진군하는 것이다. 더군다나 지금 앞에는 야들야들한 여인과 커다란 낙타가 있지 않는가!

총소리는 매우 뜸하게 들렸다. 화약총은 재우기가 매우 더뎠다. 먼저 화약을 총신에 부어넣고 잘 다진 다음 그 위에 산탄을 넣고 다시 화약을 넣은 다음 또 다져야 하는 것이다. 그래서 매번 총소리가 울린 다음에는 일정한 간격이 있었다. 이때면 승냥이들은 껑충껑충 뛰며 달려들었고 그 다음 총소리가 울려야 당황해서 조금 후퇴하는 것이었다.

승냥이들의 후퇴 폭은 점점 작아졌다. 잉즈는 불길을 최대한 크게 해두었다. 불길은 이미 승냥이들의 이빨을 선명하게 비추고 있었다. 놈들은 점점 가까이 접근하고 있었다. 만일 이대로라면 놈들이 불무더기를 뛰어넘는 것은 시간문제일 것이었다. 놈들은 비록 불을 겁내지만 불의 속성에 익숙해지면 반드시 불길을 두려워하지 않고 일시에 덮칠 것이었다.

그 다음엔? 그녀는 몸서리를 치고 말았다.

4.

총소리는 이제 놈들의 포위를 헤칠 수가 없게 되었다. 잉즈는 난얼이 진지를 옮긴 것이 참말 잘못된 결정임을 발견했다. 지금 그녀들은 사면으로 공격을 받고 있었다. 총 하나로 사방을 향해 쏴야 했고, 그래야만 낮게 으르렁거리는 놈들이 조금이나마 멈칫하게 만들 수 있었던 것이다.

낙타들의 투레질 소리도 심심찮게 들려왔다. 그러나 그건 벌레 따위나 놀라게 할뿐이었다. 이제 총소리마저 대수롭지 않게 여기는 승냥이들이 어찌 그따위 투레질을 겁내겠는가? 낙타들은 힘껏 대가리를 흔들어댔다. 녀석들은 고삐를 끊으려고 했는지도 몰랐다. 그러나 그럴수록 아파지는 것은 콧구멍뿐이었고, 그건 단단히 매어져 끊어질 수가 없었다. 비록 힘주어 당겨서 나무들이 세차게 흔들렸지만 낙타들은 곧 자기들의 무능을 눈치 챘다. 녀석들은 취약한 콧구멍이 결코 나무뿌리를 이기지 못한다는 것을 알아챘던 것이다. 설사 콧마루가 부러진다 해도 승냥이들의 아가리에서 벗어날 수 있을지도 미결이었다. 승냥이들은 이미 사람과 낙타에 대한 포위진을 마쳤다. 낙타가 도망친다면 상대방의 첫 추격목표가 될 것이었다. 낙타들은 마침내 안정을 찾고 더는 고삐를 채지 않았으나 "투투" 하는 투레질소리는 멈추지 않았다. 잉즈는 그것이 승냥이들을 위협하는 것임을 알 수 있었다. 그녀는 총도 두려워하지 않는 승냥이들이 과연 낙타의 침방울 따위를 두려워할까 싶었다.

사태는 굉장히 불리하게 됐다. 우선 땔감이 많지 못했다. 땔감은 쌓아놓았을 때 보면 매우 많은 것 같았으나 불을 계속 피우고 있었기에 금방 바닥이 나게 생겼던 것이다. 아마 몇 시간은 불을 끄지 않고 계속 태웠으리라. 그녀들은 어둡기 전에 더 많은 땔감을 주어오지 않은 것을 후회하고 있었다. 지금 땔감이 있음직한 곳은 모두 승냥이들이 점령하고 있었다. 그리고 포위권은 갈수록 좁아지고 있었다. 만일 땔감을 얻어오려면 먼저 저 날카로운 이빨을 해결해야 했다. 잉즈는 모든 땔감들을 한데 모아놓았으나 자그마한 무덤 크기밖에 안 되었다. 무덤을 떠올리자 잉즈는 불길하다고 여겼다. 그녀는 아마 정말 죽나보다 하고 생각했다. 그러나 처음처럼 그렇게 긴장하지는 않았다. 이제 그녀는 죽는 것이 두렵지 않았다. 전에도 죽을 사(死)자는 항상 곁에 있었기에 마치 밥 먹고 옷 입는 것처럼 여겨졌었다. 그러나 승냥이들한테 찢겨 발겨진다는 것은 그녀가 원하는 것이 아니었다. 승냥이들은 동물의 내장을 즐겨 먹는다. 놈들은 필시 잉즈 자기의 배에 커다란 구멍을 내고 그 뾰족한 대가리를 배속에 들이밀고는 간이며 심장

따위를 물어낼 것이었다. 그러자 그녀는 헛구역질이 나왔다. 이럴 줄 미리 알았더라면 그녀는 그 큰 비가 내리던 밤에 죽어버렸을 걸 하고 후회했다. 그리고 다시 생각해보니 승냥이들한테 먹히는 것도 나쁠 것이 없어보였다. 적어도 세상에 시체를 남기지 않겠고 엄마 아빠가 딸의 참상을 보지 않겠으니 말이다. 그녀의 실종은 증발하는 것처럼 털끝만한 흔적도 남기지 않게 될 것이다. 그녀는 이런 생각을 하고 있었다. "원수야, 나의 미모가 널 잡아두지 못한다면, 그래 좋아 승냥이들의 먹이가 되어주마." 그녀는 악의에 찬 쾌감을 느끼면서 눈물을 한 줄기 흘렸다.

난아가 그녀가 우는 것을 보자 나무랐다.

"왜 불이 꺼졌어?"

잉즈는 눈물을 닦고 마른 나뭇가지를 집어넣고는 입으로 바람을 불어넣어 불길을 살렸다. 몇몇 승냥이들이 이미 매우 가까이 다가와 있었다. 난얼은 탄알을 재운 다음 놈들을 향해 쏘았다. 두 마리가 쓰러졌다. 그러나 다른 두 마리는 도망칠 생각도 않고 되레 난얼을 향해 이빨을 드러냈다. 잉즈가 불더미에 나무를 집어넣자 불길이 확 솟구쳤다. 그 서슬에 두 놈은 뒤 발자국 물러섰다. 보아하니 승냥이들이 꺼리는 건 그래도 불이었다. 그런데 땔감이 얼마 남지 않았다. 불이 꺼지면 총소리는 더는 승냥이들을 막아줄 수 없을 것이다. 잉즈는 하늘을 바라보았다. 그녀는 이것이 마지막으로 보는 하늘이라고 생각했다. 불길 탓에 별들이 희미하게 보였다. 그녀는 생각했다. "내가 이 세상에서 증발해버린다면 그는 과연 나를 찾을까? 그는 아마 낙타를 타고 골짜기를 따라 하염없이 나의 이름을 부르며 대성통곡 하겠지? 그러나 그대는 이미 늦었다오."하고 그녀는 중얼거렸다. "누가 당신더러 소중하게 여기지 말라고 했나요? 세상에는 좋은 물건들이 많은데 당신은 줄 때 가지지 않았지요. 그러나 당신이 손 내밀어 잡으려 하면 이미 없거든요. 찾아보아요. 당신이 모래알마다 다 뒤져본다고 해도 영영 찾을 수 없을 걸요. 잉즈는 악동이 되어 그와 숨바꼭질을 하며 노는 맛을 느끼고 있었다. 그는 비록 느림보 원수를 미워하긴 해도 그 황홀한 숨바꼭질은 그녀를 감동시키고 말았다." 그녀는 불무더기에 땔감을 던져 넣었다. 얼굴은 온통 눈물범벅이었다. 그녀는 늘 그랬다. 허황된 환상세계에서 이야기를 만들다가 스스로 먼저 감동하곤 했다.

땔감이 떨어졌다.

불길이 작아지면서 포위권은 훨씬 작아졌다. 그들도 땔감이 떨어진 것을 안 것 같았다. 놈들은 일제히 큰소리로 울부짖었다. 그 소리는 극도로 공포를 자아내게 했다. 난얼은 침착하게 총을 쏘았다. 그러나 총 재우는 속도는 눈에 띄게 느려졌다. 그녀도 틀림없이 당황하고 있는 것 같았다. 그녀에 비해 잉즈는 오히려 냉정해 있었다. 그녀는 비겁한 모습을 보이기 싫었다. "스스로 운명을 개척하지 못할 바에야 못난 모습을 보이지는 말아야겠지?" 하고 다짐했다. 그녀는 울고불고 해봤자 승냥이들을 물리칠 수 없음을 잘 알고 있었다. "그럼 울지 말아야지" 하고 생각했다. 그녀는 불길이 점점 작아지는 것을 바라보았다. 그건 빛이었다. 생명의 빛이었고, 희망의 빛이었다. 어둠속에서 가장 따스한 것이었는데 이제 스러지고 있었다. 그녀는 승냥이들의 환호성을 들었다. 놈들은 진짜 환호하고 있었다. 쌍방의 겨룸은 이제 더는 먹이문제가 아니었다. 그건 이미 물질적인 것을 초과하는 것이었다. 승냥이들은 더는 동료들의 시체를 씹지 않아도 되었다. 비록 놈들은 여전히 허기를 달랠 수 있었으나 불빛과 총소리는 놈들의 또 다른 천성을 격발시켰던 것이다.

불빛이 사라졌다. 어둠이 확 몰려왔다. 그러자 푸른빛이 두드러졌다. 컵의 물 가지고는 화염산(火焰山)의 불길을 끌 수 없듯이 손전지와 총소리는 이미 승리의 서광을 본 승냥이들을 놀라게 할 수 없었다. 난얼이 총을 재우는 속도는 보다 느려졌다. 그녀는 마치 이와 같은 무의미한 저항을 계속해야 하나 하고 생각하는 듯 했다. 승냥이들은 날카롭게 울부짖을 뿐 급히 덮치지는 않았다. 무슨 생각할 것이 있는 것 같기도 하고, 아니면 고양이가 쥐를 잡아놓고 재롱을 하는 것 같기도 했다. 만일 당신이 승냥이들의 아찔한 울부짖음을 들은 적이 있다면, 그 무수히 많은 무시무시한 소리들이 일제히 터져 나올 때의 공포감을 알 수 있을 것이다. 그 소리는 미친개의 미친 듯한 울부짖음이요, 굶주린 늑대의 통곡소리이며, 막돼먹은 아낙의 행악질이고, 백정의 저주 등 허다한 소리들의 혼합물로 마치 목구멍에서 터져 나오는 소리가 아니라 이빨 틈새를 비집고 나오는 소리 같았다. 그 소리와 반죽된 것은 외침과 앙칼진 웃음이었다. 잉즈는 마치 악몽을 꾸는 듯 했다. 승냥이들이 천천히 앞으로 다가왔다. 그 파란 눈빛들도 같이 흘러오고 있었다. 파란 빛은 외침도 파랗게 물들이고 꺽꺽거리는 소리도 뒤섞여 있었다.

잉즈는 놈들이 할 수만 있다면 자신의 목을 한입에 칵 물어주기를 바라면서 제발 먼저 창자를 빼먹지 말았으면 했다. 그녀는 목숨이 아직 붙어있을 때 자기의 몸이 훼손되는 것을 가장 두려워하고 있었다. 그녀는 자기의 추태를 보이고 싶지 않았고, 자기의 육신이 똥이랑 한데 섞이는 것을 용납할 수 없었으며, 대가리가 파란 쇠파리들이 무리지어 자기 주변에서 "웅웅" 거리며 날아다니는 것을 용납할 수 없었다. 더구나 몸에서 구더기가 생기는 것을 상상할 수도 없었다. 거기까지 생각이 미치자 잉즈는 또 구역질을 하면서 기도하기 시작했다.
"승냥이들아, 먹더라도 제발 깨끗이 먹어주고 찌꺼기랑 남기지 말아다오!"

푸른빛이 매우 가까워졌다. 그녀는 심지어 놈들의 숨소리까지 들을 수 있었다. 그녀는 놈들이 덮쳐들기만을 기다렸다. 그녀는 놈들의 점프속도를 본 적이 있었다. 놈들은 뒷다리를 쭉 뻗치기만 하면 순간적으로 그녀의 목을 물어버릴 것이었다. 그러면 모든 게 끝날 것이다. 상사도 끝나고 고통도 끝나고 몸부림도 끝날 것이다. 혹시 그녀는 빛 한 올 없는 깊은 어둠 속으로 추락하게 될지도 모른다. 그녀는 지각이 있을지 알 수가 없었다. 그녀는 물론 지각이 있기를 바랐다. 자신이 아무런 지각도 없는 한 줌의 어둠이 된다고 생각하니 심장이 옥죄이는 감이 들었다. 그러나 다시 생각해보니 그게 무슨 대수랴? 혹시 목숨이 끝나면 더욱 아름다운 절경이 펼쳐질지도 모르는 일이었다. 그건 실로 콕 찍어 말하기 어려운 것이었다. 그녀의 아름다운 풍경에는 마땅히 그가 있어야 한다. 그녀가 없다면 아무리 아름다운 절경이라 해도 그것은 아무런 의미가 없는 것이었다.

잉즈는 탐욕스런 눈빛을 바라보며 목을 길게 빼고 생각했다.

"그래 어서 와라. 무얼 기다리는 거야?"

갑자기 그녀는 한 가닥 바람이 훅 불어오는 감을 느꼈다.

5.

누가 알았으랴. 그 바람소리와 함께 확 일어난 것은, 하늘을 찌르는 큰 불길이었다. 잉즈는 코를 찌르는 화약 냄새를 맡았다. 그 불길은 밤하늘을 붉게 태우고 잉즈의 머리카락마저 태워버렸다. 승냥이들은 놀라 울부짖으며 뒤로 후퇴했다. 잉즈가 놀라서 멍해 있는데 난얼이 손을 홱 젓자 그 서슬에 불길이 또 반공중으로 치솟았다. 그녀는 알아차렸다. 난얼은 불속에 화약을 던져 넣고 있었던 것이다. 그 화약은 물론 땔감보다 훨씬 큰 것이었고 승냥이들은 놀랄 수밖에 없었다.

난얼이 부르짖었다. 너 그렇게 앉아서 죽기를 기다리지 말고 이불을 찢어서 석유에 적셔라.

한 마디 알려주자 잉즈는 곧 알아차렸다. 그건 실로 좋은 땔감이었다.

칼은 매우 잘 들었다. 몇 번 죽죽 그었더니 텐트와 요가 삽시에 조각조각으로 해체됐다. 난얼은 이불도 자르라고 말했다. 잉즈는 천조각과 낙타털에 석유를 적셨다. 석유는 남포등을 위해 준비해둔 것이었다. 남포등이 없으면 밤길을 걸을 때 매우 불편하지만 지금은 목숨이 무엇보다 중요했다. 잉즈는 석유를 잔뜩 묻혀서 불을 붙였다. 그녀는 본래 불을 붙여서 불무더기에 던져 넣으려고 했으나 불길이 당기자 생각을 고쳐서 그것을 아예 승냥이들한테 던져버렸다. 불 덩어리는 천천히 동쪽으로 접근하던 한 승냥이의 몸에 날아가 그놈의 몸뚱이에 불을 붙였다. 승냥이는 놀라서 비명을 질러댔다. 놈은 등에 불이 붙은 채 사방으로 마구 날뛰었다. 그러자 동쪽으로 접근하던 승냥이들의 진영이 크게 어지러워지면서 놈들은 아주 멀리 퇴각해버렸다. 그러나 승냥이들은 쉽게 타버리는 물건이 아닌지라 기름과 터럭이 다 타버리자 불길도 스러지고 말았다. 그 승냥이는 목숨은 부지했으나 너무 괴로워서 길게 울부짖었는데 늑대의 울음소리를 방불케 했다.

"좋았어!."

난얼이 소리쳤다. 그녀는 화약자루를 내려놓고 석유에 적신 낙타털 뭉치에 불을 붙여서 다른 삼면에 있는 승냥이들한테 뿌렸다. 그건 실로 신통한 것이었다. 승냥이들은 사방으로 도망치기 시작했다. 그러나 그렇게 쉽사리 물러갈 놈들은 아니었다. 놈들은 20미터쯤 떨어진 곳에 멈춰 서서 파란 눈을 크게 뜨고 멍하니 서 있었다.

난얼이 소리쳤다.

"이렇게 멍청하게 기다릴 순 없어. 도망칠 궁리를 하자!"

잉즈가 받았다.

"좋아."

그녀는 천조가리며 터럭들에 전부 석유를 적셨다. 그녀는 불이 당길만큼만 적시면서 석유를 절약했다. 그녀는 커다란 비닐봉지 두 개를 꺼내 낙타털뭉치를 갈라서 담았다. 그건 그녀들의 수류탄이었고 포위를 뚫을 비상무기이기도 했다. 두 사람은 결채를 낙타 등에 단단히 고정시키고 모든 물건들을 깨끗이 정리했다. 난얼이 총을 재우고는 화약주머니를 목에 걸었다. 두 사람은 낙타에 올라 각각 라이터와 석유에 적신 낙타털을 지참했다. 잉즈는 칼을 비껴들었다. 그녀는 죽더라도 그냥 순순히 목을 늘여 놈들이 물어뜯게 할 순 없다고 생각했다.

난얼이 앞에서 길을 헤쳐 나갔다. 그녀는 손전지를 들었는데 전지불이 전방의 어둠을 가르고 있었다. 승냥이들은 아직 혼이 돌아오지 않은 채 묵묵히 바라볼 뿐이었고 난얼이 다가가자 그만 한 쪽으로 비켜서서 길을 내주었다. 난얼은 본래 총을 쏘아 길을 내려고 했으나 승냥이들이 길을 내주는 바람에 잉즈한테 말했다.

"뛰지 마. 우리 천천히 가자. 뛰기만 하면 저놈들이 우리가 겁내는 줄 알거든."

잉즈는 손에 털 뭉치를 쥐어들고는 수시로 점화해서 던질 준비를 해두었다. 그러나 그녀는 낙타가 놀라서 후다닥 뛰거나 바람이 세차면 불을 붙이지 못할까봐 두려워했다. 그래서 말했다.

"천천히 가는 것도 좋아. 달리기를 해도 저놈들을 이기지 못할 테니깐. 오히려 빈구석만 보일 뿐이지."

그런데 사람은 천천히 가고 싶어도 낙타는 그게 아니었다. 낙타들은 호시탐탐 노리는 이빨들을 의식하지 않을 수 없었을 것이다. 녀석들은 "투투"하고 투레질을 해대더니 "꺼겅꺼겅" 울어대기 시작했다. 난얼은 힘주어 고삐를 낚아챘다. 그제야 보채는 낙타를 진정시킬 수 있었다.

승냥이들은 소리 없이 잠자코 있었고, 난얼도 지껄이지 않았다. 그들은 낙타를 지휘해 승냥이들이 내준 길로 빠져나갈 때 잉즈는 라이터를 켜고 낙타털을 준비하고 있었다. 승냥이들이 무슨 반응이라도 보이면 바로 불을 붙여 던질 심사였다. 승냥이들도 그녀의 마음을 읽었는지 뒤로 몇 걸음 물러섰다.

손전지불은 들썩이며 뻗어간 사막을 비추고 있었고 동쪽하늘이 벌써 희뿌옇게 밝아오고 있었다. 그것은 희망의 서광이었다. 잉즈는 안도의 숨을 내쉬었다. 그녀는 이미 극도로 피곤해 있었다. 긴장할 때는 몰랐으나 지금 이 시각 그녀는 갑자기 골수를 전부 뽑힌 것처럼 맥이 풀렸고 눈꺼풀도 사정없이 내려오고 있었다. 어느 순간 그녀는 잠시 의식을 잃기까지 했다. 그녀는 자신이 어느 순간 깜빡 잠들게 될지 몰랐다. 그녀는 정말 자고 싶었다. 뒤에 승냥이들이 지켜보고 있어도 말이다.

난얼의 손전지불은 앞을 비추다가 뒤를 비추었다. 빛줄기 속에서 검은 점들이 사막 한 가운데 한데 몰려 있는 것이 보였다. 불무더기의 불꽃들은 여전히 탁탁 튕겨 나오고 있었다. 낙타방울은 차가운 사막 바람을 몰아오더니 물줄기마냥 온몸을 "쏴아"하고 휩쓸면서 마음까지 서늘하게 해주었다. 잉즈는 이런 바람을 좋아했다. 이미 땀을 흠뻑 흘렸기에 그녀는 목이 몹시 말라있었다. 그녀는 털 뭉치를 비닐주머니에 넣은 후 낙타에 걸쳐두었던 물주머니를 꺼내 꾸역꾸역 마시고는 난얼에게 넘겨줬다. 난얼은 총을 목에 건 다음 물주머니를 받아서 기운차게 마셨다. 난얼은 본래 물을 몹시 아끼는 사람이지만 생사고비를 넘긴 뒤라 자신을 위로하고 싶었던 모양이다.

빛줄기 속에서 검은 점의 무리들은 점점 작아지고 있었다. 잉즈는 다시 안도의 숨을 내쉬었다. 그녀는 이상하다고 생각했다. 그토록 흉악한 짐승인데 화약과 날아다니는 불 덩어리를 그토록 두려워하다니 이해가 되지 않았다. "아마 너무 갑작스러워서 그런가보지" 하고 생각했다.

동쪽 하늘이 점점 더 허옇게 밝아왔다. 더욱 싸늘해진 바람은 기련산[15]을 타고 멀리 불려가면서 잉즈의 피곤기마저 적잖게 날려버렸다. 낙타들은 방울소리를 크게 울리며 살아남은 희열을 자축이나 하듯이 발걸음을 크게 내디뎠다. 난얼도 더 이상 고삐를 잡아당기지 않았다. 어찌되었든 그놈의 짐승들과 멀리 떨어질수록 좋은 것이기 때문이었다. 그러나 잉즈는 이렇게 달리면 승냥이들이 눈치를 챌까봐 두려웠다. 난얼이 다시 손전지불로 비추어보니 검은 점들이 보이지 않았다. 모래언덕이 시선을 막아놓은 까닭이리라. 됐어. 난얼은 고삐를 느슨히 하고 두 다리로 낙타의 배를 꽉 조였다. 그러자 낙타는 미친 듯이 달리기 시작했다.

---

15) 치련산(祁連山) : 치련산맥의 주봉이다. 치련산맥은 중화인민공화국 주요 산맥 중의 하나이다. 티베트 고원의 북쪽 기슭에서 시작하여 간쑤성과 칭하이성에 걸쳐 있고, 북서쪽은 알타이산맥에 접하고, 동쪽은 란저우의 흥륭산에 이르며, 남쪽은 차이다무 분지와 칭하이 호수에 서로 연결된다. 산맥은 서북에서 동남으로 달려, 여러 개의 평행하는 산맥이 되어, 평균 해발 4000m 이상, 길이 2000km, 폭 200~500km에 이른다. 평원의 하곡이 산지면적의 3분의 1이상을 차지한다. 주봉우리가 치련산이다. 일부는 빙하가 발달한 6,5000m 급의 고봉이 늘어서, 「하서회랑」의 오아시스 도시들인 무위(양주), 장액(감주), 주천(숙주), 돈황(조주)을 윤택하게 하는 내륙 하천의 수원이 되고 있다.「치련산」이라는 이름의 유래는 고대의 흉노시대까지 거슬러 올라간다. 흉노어로 「치련」은 「하늘」이라는 뜻이며, 치련산은 「텐산(天山)」이라는 이름이 붙여졌다. 하서회랑의 남쪽에 있었기 때문에 이전에는 '난산(南山)' 이라고 칭해지기도 한다. 당대의 시인 백의 「明月出天山, 蒼茫雲海間 ; 長風幾萬里, 吹度玉門關.」안의 「천산」은 치련산을 가리킨다.

낙타의 잔등은 보기에 매우 안정적인 듯하지만, 기실 직접 올라타 보면 말 잔등보다 평탄하지 않다. 잉즈는 낙타털을 담은 비닐주머니를 걸채에 걸쳐놓고 두 손으로 낙타 봉을 잡았다. 그녀는 낙타가 자극받아 날뛰는 것을 가장 두려워했다. 그렇게 되면 그녀는 낙타를 달랠 재주가 없었던 것이다.

그런 것을 안 난얼은 속도를 늦추기 시작했다. 화약총은 여전히 그녀의 가슴에서 요란하게 흔들리고 있었다. 그녀는 한손으로 총을 부여잡고 다른 한손으로 고삐를 당겼다. 말을 잘 듣는 낙타는 걸음을 늦추었다. 잉즈의 낙타가 난얼을 따르다가 앞의 낙타가 서자 역시 걸음을 늦추었다.

그런데 승냥이들의 괴상한 울음소리가 또 들려오기 시작했다. 잉즈는 급히 석유를 적신 낙타털을 꺼내들었다. 그녀가 라이터를 켜댔으나 바람이 세차서 도무지 불을 붙일 수가 없었다. 갖은 애를 써서야 겨우 불을 달아서 뒤에 뿌렸더니 추격하던 승냥이들은 그걸 슬쩍 피해버렸다. 놈들은 이제 불 덩어리를 두려워하지 않았다. 낙타들이 또 황급하게 들썩이기 시작했다. 난얼은 총을 들어 쐈으나 아주 미약한 소리가 들렸다. 아마 총에 재웠던 화약이 들추는 바람에 쏟아진 모양이었다.

잉즈가 매번 켜댄 라이터는 그 때마다 바람이 와서 훅 불어서 꺼버렸다. 그녀는 이제 낙타털에 불을 붙여서 뿌려봤자 승냥이들을 막을 수 없음을 깨달았다. 사막은 아주 넓고 길은 아주 많아서 놈들이 조금만 돌아가기만 하면 어렵게 붙인 불덩어리를 피해를 추격해올 수 있었다. 잉즈는 아예 라이터와 낙타털을 비닐주머니에 넣어버렸다. 그녀는 한손으로 낙타 봉을 잡고 한손으로 칼을 비껴들었다. 할 수 없지. 그녀는 생각했다. "이제 판가름을 할 수밖에." 난얼은 몇 번이나 화약을 재우려다가 바람에 쏟아버리게 되자 포기하고 말았다. 이제 그녀가 다리로 낙타의 배를 조이지 않아도 낙타의 속도는 굉장히 빨랐다. 지금 살아남을 유일한 희망은 낙타의 달음박질에 달려 있었다. 그러나 그녀들도 알고 있었다. 승냥이들은 사막에서 가장 잘 달리는 동물들이라는 것을. 도망치는 것으로는 놈들의 이빨을 피할 수 없었다.

어느새 날이 완전히 밝아버렸다. 잉즈는 승냥이들이 비록 아직은 추격하고 있지만 전력을 다하지 않는 것을 보았다. 놈들은 여전히 그녀들 손의 비밀무기를 의식하고 있음이 분명했다. 그럼 됐어. 놈들의 울부짖음은 귓전을 스치는 바람소리와 낙타 등에 실린 취사도구들이 철렁대는 소리에 삼켜져버렸다. 난얼이 큰소리로 외쳤다.

"두려워하지 마. 해가 높이 뜨면 놈들이 물러갈 거야. 떨어지지 않게나 조심해."

이 호의적인 일깨움에 잉즈는 오히려 당황해졌다. 그녀는 낙타 등에서 굴러 떨어지기만 하면 바로 뼈만 남을 것이라고 생각했다. 그녀는 낙타가 실족할까봐 더럭 겁이 났다. 사막에는 쥐구멍이 아주 많았는데 낙타가 발을 헛디디기라도 한다면 몸무게가 앞으로 쏠리면서 다리가 부러질 것이기 때문이었다. 쥐구멍은 사막의 음와(阴洼, 그늘진 웅덩이 - 역자 주)에 많았는데 난얼은 될수록 낙타를 음와로 몰았다. 왜냐하면 양와(阳洼, 양지바른 웅덩이 - 역자 주)에는 모래가 성긴 곳들이 많았는데, 승냥이들은 평지 달리듯 달렸고 낙타는 조금만 조심하지 않으면 바로 나뒹굴 수 있었다.

승냥이들은 눈앞에 있는 먹잇감을 곱게 놓아줄 리가 없었다. 한동안 쫓아오다가 적들이 새로운 공격을 하지 않자 담이 커진 놈들은 환호라도 하듯이 쫓아왔다. 놈들은 갈수록 가까워졌고 낙타의 발걸음은 어지러워졌다. 잉즈는 지금처럼 도망치다가는 곧 낙타가 앞다리를 실족하게 되리라 생각했다. 그런데 너무 피곤했다. 공포심이고 뭐고 전부 피곤기에 덮여버렸다. 이젠 낙타에게 맡길 수밖에 없었다. 이젠 승냥이들이 쉬쉬 하는 숨소리도 들리는 듯했다. 그녀는 이제 놈들이 한번만 더 바싹 힘내서 추격하면 모든 것이 끝장이라고 생각했다.

갑자기 난얼이 뭔가 꺼내 뒤로 던지고 있었다. 잉즈는 그것이 낙타털을 담은 비닐주머니임을 알아보았다. 승냥이들은 잠간 머뭇거리더니 대뜸 그것이 뭔지 알아차렸다. 놈들은 일시에 달려들어 비닐주머니를 갈가리 찢어버렸다. 이것은 잉즈를 일깨워주었다. 난얼의 그 한 수는 비록 승냥이들의 추격을 완전히 막지는 못했으나 적어도 한 숨 돌릴 시간은 벌어주었다. 그녀는 한손으로 낙타 봉을 잡고 다른 손으로 취사도구가 든 자루를 풀려고 했다. 본래 손으로 풀려고 했으나 반나절이나 애를 써도 도무지 풀리지 않았다. 이때 승냥이 한 마리가 이미 낙타와 나란히 달리면서 훌쩍훌쩍 몸을 솟구쳐 도전을 하고 있었다. 잉즈는 자루를 향해 칼을 휘둘렀다. 순간 부서지는 소리가 들리더니 솥가마며 사발이며 젓가락들이 서로 부딪치며 와그르르 쏟아지면서 거대한 소리를 냈다. 그러자 승냥이들이 깜짝 놀랬다. 놈들은 그 괴상한 소리를 내는 물건이 상대방의 비장의 무기 쯤 되는 줄 알고 그만 일제히 멈춰서버렸다.

난얼이 소리쳤다.

"맞아. 버릴 건 다 버려. 목숨이 중요하니깐."

잉즈 네는 기회를 타서 또 멀찍이 도망쳤다. 그녀들도 그 물건들이 잠시 승냥이들을 놀라게 하는 것임을 잘 알고 있었다. 난얼이 소리쳤다.

"비상용으로 챙겼던 옷들도 꺼내고 물과 만두만 남겨둬. 저 것들이 쫓아오면 하나씩 던져줘. 목숨이 중요하니깐.”

잉즈는 반나절이나 더듬어서야 옷가지를 넣어둔 보따리를 찾을 수 있었다. 이때 뒤에서 앙칼진 소리가 또 들리기 시작했다.

해가 절반쯤 얼굴을 내밀고 있었다. 승냥이들은 그러나 태양을 두려워하지 않는 듯했다. 이제 추격전은 희극으로 번지기 시작했다. 승냥이들은 꽃무늬 천으로 지은 옷에 각별한 흥미를 가지고 있는 듯했다. 놈들은 옷 한 벌이 떨어지면 바로 흥분해서 일시에 달려들어 서로 물고 뜯어서 땅에 온통 꽃나비를 휘날리도록 했다. 보따리 속의 옷들을 하나 씩 내던져졌고, 그때마다 승냥이들의 흥미를 자아냈다. 놈들은 분명 상대방의 수가 바닥이 났음을 알아낸 모양으로 옷을 물고 뜯는 유희를 지극히 즐기고 있었다. 옷 한 가지씩 물어뜯을 때마다 놈들은 한동안 풀쩍풀쩍 뛰어오르기까지 했다. 잉즈는 그 옷들이 그녀들의 죽음을 미루어주었음을 알고 있었다. 그러나 그래도 마음은 여전히 두려웠다. 나중에는 옅은 청색 옷 하나만 남았다. 그것은 링즈가 사준 것으로 그녀가 사랑의 징표로 삼는 옷이었다. 그 옷을 볼 때마다 그녀는 가슴속으로부터 기이한 선율이 흐름을 느꼈다. 그녀는 그 옷만은 죽어도 버릴 수 없었다. 그녀는 죽을 때까지 꼭 안고 있을 심사였다. 그래서 그녀는 아예 그 옷을 저기 입고 있는 옷 위에다 껴입었다.

난얼도 물건들을 수두룩이 버렸고 그 물건들 역시 적잖은 작용을 했다. 해가 백양나무 절반쯤 떠올랐다. 노을도 없었는데 이는 날이 매우 더우리라는 것을 의미했다. 그러나 추격하는 승냥이들은 머리가 아파하는 기색이 보이지 않았다. 난얼이 말했다. 이 길에 대해 그녀의 기억이 흐릿해졌다고…… 그러니 그냥 동쪽으로 튀자고 했다. 어차피 유목민을 만나면 그때 다시 길을 물어도 되니깐 괜찮다고 했다. 문제는 그들이 여전히 승냥이들의 추격에서 벗어나지 못하고 있다는 것이었다. 놈들은 꽃무늬 천으로 지은 옷을 물어뜯는 과정에서 열정을 다 소모했는지 이제 그녀들이 다른 것을 던져주어도 아무런 흥미가 일어나지 않는 모양이었다. 심지어 놈들은 자기의 사냥물들이 물건을 자꾸 던지는 행위에 대해 극도로 분노를 느끼는 듯했다. 그런 표시로 놈들은 거대한 울부짖는 소리를 냈는데 그 소리에는 살기가 충만해 있었다. 놈들은 이미 두 사람의 밑천을 모조리 알아채버렸고, 그녀들이 더는 새로운 무엇을 내놓지 못하리라는 것도 알고 있는 듯 했다.

놈들은 곧 살생을 시작할 참이었다.

사막에서 날카로운 울부짖음이 굴러다니고 있었다.

6.

승냥이들은 바람처럼 들이닥칠 판이었다.

잉즈는 물건을 던지는 것으로는 더 이상 승냥이들을 어찌할 수가 없음을 알자 더 던지지 않았다. 죽음이 코앞에 닥쳤는데도 달갑지 않은 마음이 또 일렁이기 시작했다. 찜찜한 기분이 들었던 것이다. 절망에 빠지면 언제나 그런가보다. 세상이 온통 회색빛으로 보이고 말이다. 승냥이들의 비명소리도 꿈결처럼 들려오고 흔들리는 사막도 꿈속인 듯 했으며 달리는 낙타 등에서 때때로 위안의 말을 해주는 난얼 역시 꿈속에 있는 것처럼 보였다. 그녀는 자기가 이런 최후를 맞이하리라고는 생각지도 못했다. 쓸쓸한 감정이 영혼 깊은 곳으로부터 꾸역꾸역 솟아올랐다. 그것은 어지고도 효성스런 비장한 음악이었다. 잉즈의 환상적인 감각은 갈수록 더 짙어갔다. 황홀경속에서 승냥이들은 마치 따가운 가마 위의 벼룩들처럼 그녀의 등 뒤에서 뜀박질하고 있었다. 놈들은 그녀의 목숨을 노리는 것이었다. 그러나 이상한 것은 그녀는 오로지 극도의 피곤함만 느낀다는 것이었다. 피로감은 모든 것을 덮어버렸고 그녀 자신마저 그림자로 되게 만들었다.

낙타는 오르막 내리막을 달리며 점점 더 들썩였다. 잉즈는 하마터면 굴러 떨어질 번했다. 그녀는 차라리 떨어지는 쪽이 낫다고 생각했다. 어차피 시간문제니까 말이다. 그녀의 마음은 그렇게 말하고 있었으나 몸은 생각과 달리 낙타 등에 바싹 엎드려 있었다. 듣는 말에 의하면 몸은 신령의 요새라고 했다. 그녀는 몸속에 있는 신령들한테 기도하는 것조차 싫증이 났다. 그녀는 "될 대로 되라. 승냥이들의 먹이가 되면 되라지 뭐"라고 생각했다. 그녀는 스스로가 이상하게 느껴졌다. 마치 승냥이들한테 쫓기는 사람들이 다른 사람이기라도 한 듯했다.

뒤따라오던 소리들이 사라졌다. 진짜 없어졌는지 아니면 감각으로 사라졌는지 알 수가 없었으나 확실히 들리지 않았다. 낙타들의 숨소리도 들리지 않았다. 귓가의 바람소리도 없었다. 그러니까 모든 것이 거대한 수정 속에 들어있는 듯 했다. 들썩이는 감은 조금 있었으나 그림자처럼 가벼웠다.

몸이 극도로 피로했다. 그녀는 정말이지 낙타 등에서 그대로 잠들고 싶었다. 승냥이들한테 창자가 뽑히든지 살점을 뜯기든지 상관없었다. 그러나 몸은 비록 피곤했으나 마음은 황홀함 속에서도 깨어있었다. 그녀는 그 황홀한 환상이야말로 진정한 깨어있음일지도 모른다고 생각했다. 모든 것이 꿈같았다. 멀리 있는 부모님들도 꿈같았고, 추격해오는 승냥이들도 꿈같았으며, 들썩이는 낙타 등도 꿈이요, 반공중을 오락가락하는 운명도 꿈이었다. 생명의 소리 역시 꿈이었다. 그녀는 이런 감각이 "속세를 초월했다"고 하는 것일 거라고 생각했다. 모든 것이 부서져 물거품처럼 되는 것 역시 꿈이리라. 그러나 소위 '간파했다' 는 것도 그렇게 철저하지는 않았다. 아직 미련이 남아있고, 그런 감정이 마음속에서 흔들거리기 때문이었다.

난얼이 속력을 늦추었다. 그녀는 낙타 고삐를 당겨 잉즈와 너무 멀리 떨어지지 않게 했다. 그러나 낙타는 생각이 달랐다. 녀석은 승냥이들을 달리기로는 이기지 못하리라는 것을 알아챈 듯 했으나 다른 낙타한테는 뒤지고 싶지 않은 모양이었다. 잉즈는 속도를 늦춰준 난얼이 고맙기만 했다. 그녀는 이때야말로 목숨을 걸고 도와주는 친구인지 아닌지를 알 수 있는 때라고 생각했다. 그녀는 자기와 생사를 같이할 자매를 가지고 있는 자신의 운명이 꽤 괜찮다고 생각했다.

난얼이 휘파람 소리를 질렀다. 그녀는 승냥이들을 겁주고 있었다. 혹은 그놈들을 자기한테 유인하려는 것인지도 몰랐다. 잉즈는 어이가 없었다. 놈들은 총도 겁내지 않는데 그깟 휘파람 따위를 겁낼까? 그녀가 소리쳤다.

"난얼아, 날 상관 말고 먼저 도망쳐. 한 사람이라도 살아야지."

난얼이 그녀를 흘겨보았다.

"무슨 말 하는 거냐? 겁내지 마. 해가 이제 더 높이 뜨면 저놈들이 대가리가 아파서 나뒹굴 걸." 잉즈는 그녀가 스스로를 위안하는 것임을 알고 있었다. 햇볕을 쬐면 여우가 머리 아파한다는 말은 들어봤어도 승냥이들이 그런다는 말은 들어본 적이 없기 때문이었다.

잉즈가 뒤를 돌아보니 승냥이들이 껑충거리며 더욱 가까이 바싹 다가오고 있었다. 가장 가까운 몇 놈은 이제 그녀한테서 5,6미터 정도밖에 떨어지지 않았다. 그녀는 놈들의 탐욕스런 눈마저 볼 수 있었다. 그리고 드러낸 이빨이며 날리는 황사까지도 볼 수 있었다. 안 보면 모르거니와 그렇게 한번 보니 환상으로 잠시 잊었던 공포감이 다시 되살아났다. 그녀는 그 더러운 아가리에 덥썩 물린다는 것은 실로 죽기보다 더 괴롭다고 생각했다. 그러자 승냥이들에 대한 혐오가 솟구쳐 올랐다. 본래 그녀는 하늘의 뜻을 따르려는 생각이 있었으나 혐오감은 그녀에게 칼을 더욱 으스러지게 틀어잡도록 했다. 그녀는 "나를 쉽게 물려는 건 꿈도 꾸지 말라"고 생각했다. 그녀는 낙타 등을 툭툭 치며 말했다. "똑바로 달려. 구덩이에 빠지지 말고. 난 저놈들한테 칼 맛을 보여줄 테니까." 낙타가 한 번 크게 울부짖었다. 마치 "날 믿지 못하는 거냐?" 라고 말하는 듯 했다.

잉즈는 이를 악물고 환상을 떨쳐버렸다. 그녀는 그런 감각이 매우 위험하다는 것은 깨달았다. 승냥이들은 사람이 환상에 빠지든 말든 상관하지 않는다. 놈들의 눈에는 오로지 고깃덩이만 확실할 뿐이었다. 죽음 역시 확실한 것이다. 어찌되었든 부모님이 낳아준 이 좋은 몸뚱이를 순순히 승냥이들이 마음대로 뜯게 내준다는 것은 부모님한테도 미안한 노릇이었다.

난얼이 다급히 소리쳤다.

"칼로 찔러!"

잉즈가 고개를 돌려보니 검은 그림자가 언뜻거린다. 무의식적으로 칼을 휘둘렀다. 그제야 칼에 무엇이 찔렸는지 감각이 왔다. 검은 그림자는 처참한 비명소리를 지르며 굴러 떨어졌다. 난얼이 소리쳤다.

"좋아, 한 마리 잡았어." 잉즈는 겁에 질린 듯 칼을 보았다. 과연 거기에는 피가 벌겋게 물들어 있었다. 그녀는 매우 놀랐다. 승냥이들이 이토록 맥없이 죽는단 말인가? 다시 생각해보고서야 알아차렸다. 승냥이들은 기껏해야 살쾡이만 하니까 칼로 찌른다 해도 역시 고만고만한 것이리라. 그녀는 담이 커졌다. 낙타의 뒤에서 승냥이들이 껑충거리며 낙타의 창자를 빼먹으려고 하는 것을 보고 그녀는 다시 칼로 내리쳤다. 누가 알았으랴. 몇 번이고 찔렀으나 터럭 한 오리도 다치지 못할 줄이야.

난얼은 침착하게 화약총에 화약을 재웠다. 그녀는 겨우 산탄을 장전했다. 이제 됐다. 화약은 비록 많이 흘렀으나 그래도 얼마쯤 총신에 들어갔던 것이다. 그녀는 재우고 다지며 입으로 욕설을 퍼부었다. 마치 마을에서 미친개를 만났을 때처럼 말이다.

몇몇 승냥이들이 따라붙자 담이 커진 잉즈는 영화에서 기병들이 그러는 것처럼 칼을 마구 휘둘러댔다. 비록 명중시키지는 못했으나 놈들은 감히 함부로 덮치지는 못했다. 놈들은 소리를 지르며 점프를 해댔다. 놈들은 상대방의 정신을 무너뜨릴 생각인 듯했다. 잉즈는 비록 겁이 났으나 칼을 휘두르는 기세는 그대로였다. 그런데 이번에는 낙타가 당황한 듯 이리 비틀 저리 비틀 했다. 잉즈는 낙타가 함부로 날뛸까봐 고삐를 홱 낚아챘다. 그제야 비로소 겨우 난얼과 갈라지게 된 위기에서 벗어날 수 있었다.

승냥이 한 마리가 틈을 타서 덮쳐들었다. 놈은 칼을 쥔 잉즈의 손목을 물 요량이었던 모양이었으나 계산을 잘못해서 낙타의 엉덩이에 떨어졌다. 그 서슬에 잉즈는 칼을 들어 용감하게 찔러댔다. 그런데 승냥이를 찔렀을 뿐만 아니라 그만 낙타의 엉덩이에 커다란 상처를 입히고 말았다. 대뜸 피가 솟구쳐 나왔다. 낙타가 당황해하기 시작했다.

피비린내를 맡은 승냥이들은 야성이 살아나 다투어 앞쪽으로 내달렸다. 놈들의 의도는 분명했다. 낙타의 앞길을 막으려는 것이었다. 그것을 알 턱이 없는 낙타들은 갑자기 방향을 홱 바꿔버렸다. 불현 듯 난얼이 소리쳤다.

"목을 꽉 잡아!" 잉즈가 아직 무슨 뜻인지 알아채기도 전에 거대한 힘이 그녀를 하늘 공중으로 뿌려 던졌다. 그녀는 반공중에서 몇 바퀴를 돌았고 어느 순간 모래가 확 그녀한테로 쏠려왔다. 그녀는 눈을 감고 그대로 나뒹굴고 말았다. 날리는 모래알들이 그녀의 얼굴에 뿌려졌다. 끝장이구나. 이제 승냥이들의 먹잇감이 됐구나. "엄마야!" 하고 그녀가 소리쳤다. 예전에 엄마를 얼마나 원망했든 지간에 지금 이 시각에 그녀의 입에서 나온 한 마디는 여전히 엄마였다.

7.

"빨리! 빨리!"

뒹굴던 몸이 멈추기 바쁘게 잉즈는 난얼의 부르짖음을 들었다. 그녀가 눈을 떴다. 먼저 두 개의 굵직한 낙타 다리가 보였다. 그리고 난얼이 내민 손이 보였다. 그녀는 그 손을 잡고 몸을 일으켰다.

"어서 올라 타!"

난얼이 또 소리쳤다. 잉즈는 난얼의 손을 잡고 난얼이 내민 발을 딛고는 낙타 등에 올라탔다. 그녀는 자기가 탔던 낙타가 넘어진 채 처참한 소리를 지르는 것을 보았다. 낙타의 온 몸에는 승냥이들이 버글거렸다. 난얼이 말했다.

"가망이 없어. 다리가 부러졌거든. 보아하니 쥐구멍을 헛디딘 모양이야."

승냥이들은 전부 비명을 지르는 낙타한테 덮쳐들었다. 승냥이 한 마리가 이쪽으로 접근하는 것을 본 난얼은 이를 악물고 총으로 그놈을 쏘아 눕혔다. 난얼은 걸음을 재촉하지 않았다. 놈들이 낙타 한 마리를 다 뜯으려면 충분한 시간이 걸리리라는 것을 그녀는 알았던 것이다. 그녀는 천천히 총을 재웠다.

잉즈의 머릿속은 하늘이 무너지는 듯한 "웅웅" 소리가 들렸다. 그 낙타는 아버지가 좋아하는 낙타였다. 누군가 4천 위안을 내겠다고 했을 때에도 아버지는 팔지 않았다. 이렇게 될 바에 차라리 집에서 개나 먹였을 것을. 그녀는 승냥이들한테 뜯기며 비명을 질러대는 낙타를 멍하니 바라보며 눈물을 흘렸다. 그녀가 말했다.

"차라리 내가 죽고 말걸."

난얼도 비록 괴로웠으나 되레 잉즈를 위안해 주었다.

"아니 그런 말이 다 있어? 사람부터 살고 봐야 다른 것도 있게 되는 법이야. 우리 둘이 살아남는다면 낙타 한 마리쯤 갚지 못할라구?"

잉즈는 그제야 사막바람을 감지했다. 바람은 이미 그녀의 옷을 꿰뚫고 속까지 파고들었다. 그녀는 속으로부터 바깥까지 차가운 기운을 느꼈다. 승냥이들이 낙타를 뜯는 것을 보아도 이제 그다지 혐오스럽지 않았다. 낙타 역시 더 이상 소리를 지르지 않았다. 낙타는 사지를 뻗은 채 사막에 누워있었다. 낙타의 몸 위에는 온통 승냥이들 천지이고 네 발쪽만 밖으로 드러나 보이고 있었다. 승냥이들의 모든 주의력은 온통 죽은 낙타한테 쏠려 있었다. 놈들은 이제 잉즈 네를 보는 척도 안했다. 놈들의 적수는 이제 서로 먹이를 다투는 동료들이었다. 놈들은 서로 이빨을 드러내고 싸우고 있었다. 잉즈는 금방까지도 자기를 태우고 질주하던 낙타가 순식간에 고깃덩이로 변한 것을 생각하며 다시 환각에 사로잡혔다.

난얼은 총을 다 재우고 한숨을 쉬더니 말했다.

"가자."

그녀가 고삐를 풀어주자 명령도 내리기 전에 낙타는 돌아서서 달리기 시작했다. 동료의 죽음이 아마 녀석을 강렬하게 자극한 모양이었다. 비록 이미 몸 전체가 땀에 흠뻑 젖었으나 속도는 여전히 매우 빨랐다. 그랬다. 가장 두려운 채찍은 역시 승냥이들의 날카로운 이빨의 위협이었다.
잉즈는 눈물을 닦았다. 그녀는 우는 것이 아무 의미가 없다고 생각했다.
난얼이 한탄했다.
"다른 건 몰라도 그 물이 아까워. 그래도 괜찮아. 아직 이 정도 남았으니깐. 우리 절약해서 마시면 돼."
난얼의 이 말은 흡사 갈증 꼭지라도 틀어버린 듯 갑자기 솟구치는 갈증이 잉즈를 덮쳤다. 두 사람은 낙타 등에 앉은 채 물을 좀 마시고 만두를 뜯어먹었다. 난얼이 말했다.
"다행히 경험 많은 아빠가 음식과 물을 두 몫으로 나누어 실어주었어. 아님 요행히 승냥이들의 추격에서 벗어난다 해도 우린 목말라 죽었을 거야."
잉즈가 괴롭게 웃으며 말을 받았다.
"그건 우리가 아직 죄 값을 채 치르지 못했기 때문이야."
난얼이 위안해준다. "
"그러지 마. 이번에 죽을 고비를 넘겼으니 복이 터질 거야." 잉즈는 "되레 아직 죽을지 살아남을지도 모르는데 뭘"하고 생각했다. 누가 알랴. 낙타를 다 뜯고 나서 다시 추격해올지를.
긴장되었던 신경이 느슨해지자 피곤기가 그물처럼 덮쳐왔다. 두 사람은 같이 졸기 시작했고 물건들이 이리 저리 흔들렸다. 난얼이 억지로 정신을 차렸다. 그녀는 낙타가 마구 달릴까봐 겁이 났던 것이다. 비록 이미 길을 잃고 와본 적이 없는 곳으로 왔지만 난얼은 줄곧 동쪽을 향해 가기만 하면 길을 잃어도 대수가 아니라는 것을 알고 있었다. 이제 다시 왔던 길을 다시 반복한다면 얼마 지나지 않아 그녀들은 미아가 될 판이었다.

낙타의 숨소리가 점점 거세게 들려왔다. 아주 먼 길을 달려 온데다가 두 사람이나 태우다보니 밤에 먹어둔 사료는 진작 다 소화되었던 것이다. 낙타 봉에서 영양을 보충해주지 않았다면 낙타는 아마 진작에 체력이 고갈되었을 것이다. 난얼은 풀이 많은 곳을 찾아 낙타에게 풀을 뜯기고 그녀들도 좀 쉬어야겠다고 생각했다. 그녀는 너무 지쳤다. 머릿속에서는 숱한 트랙터가 달리고 있었다. 잉즈는 몸을 비스듬히 한 채 잠들어 있었다. 난얼은 이제 더 휴식을 취하지 않다가는 낙타는 둘째 치고 그녀들이 낙타 등에서 굴러 떨어질 것이라고 생각했다.

모래 언덕 하나를 넘으니 이제 사막의 건초뿌리들이 보이기 시작했다. 비록 해묵은 것이긴 해도 낙타들은 꺼리지 않을 것이 분명했다. 낙타들은 식성이 좋아서 사막에서 나는 대부분의 식물들을 모두 먹을 수가 있다. 난얼은 잉즈를 흔들어 깨웠다. 두 사람은 낙타 등에서 내리고 난얼은 낙타를 가느다란 나무 가지에 매어두었다. 낙타의 짐도 부려주지 않은 채 둘은 꼭 껴안고 눕기가 바쁘게 그대로 꿈나라로 들어가고 말았다.

시간이 얼마나 흘렀는지 따가운 태양빛이 내리쬐는 바람에 난얼은 깨어났다. 그녀는 온통 땀투성이었다. 이미 점심 무렵이 되었던 것이다. 사막에는 바람 한 점 없었다.

그런데 낙타가 보이지 않았다.

난얼은 크게 놀라 다급히 잉즈를 깨웠다.

"낙타가 도망쳤어."

그녀는 본래 강인한 축이었으나 이때만은 울음 섞인 목소리로 말했다. 잉즈는 꿈속에서 한창 승냥이들과 실랑이질하던 차에 난얼의 말을 듣고는 혀가 그만 굳어졌다.

그녀는 "끝장이야. 끝장. 낙타가 먹을 것과 물을 다 싣고 도망쳤으니 목숨을 부지하기 어렵겠지?"

두 사람은 낙타의 발자국을 따라가 보았다. 다행히 바람이 불지 않아서 낙타의 발자국은 선명하게 찍혀있었다. 그 깊고 옅은 발자국들은 일제히 하늘가를 향하고 있었다. 난얼은 속으로 한탄했다. 만일 낙타가 마음먹고 도망쳤다면 그녀들은 아무리 해도 따라갈 수 없을 것이었다. 여우는 장난 쳐도 사람은 사흘이란 말이 있다. 낙타 역시 마찬가지이다. 낙타가 들썩이며 달린다면 사람은 매우 오랜 시간 쫓아가야 했다. 도리대로 하면 낙타는 사람과 통하는 데가 있어서 여간해선 도중에 도망치지 않는다. 이를 녀석들도 아는 것이다. 이 너른 사막에서 어떤 이유를 대든 도망친다는 것은 의롭지 않은 행위임을...... 게다가 사람의 목숨 격인 먹거리와 물을 짊어지지 않았는가 말이다.

두 사람은 본래 몹시 곤한데다가 한참 쫓다보니 숨이 막햐왔다. 난얼이 말했다.

"낙타가 목초지나 수원을 찾아갔을까? 아님 도망친 걸까?"

도망친 것이라면 그녀들의 추격은 하등의 의미도 없는 것이었다. 둘은 모래 위에 웅크리고 앉아 한동안 숨을 돌렸다. 잉즈가 말했다.

"찾아보자. 힘자라는 데까지 해보고 그때 다시 생각해보자." 둘은 또 발자국을 따라 터덕터덕 걸어갔다. 그 발자국은 때론 오르막을 때론 내리막을 걸었다. 그녀들은 사막 한복판에 굴러 떨어진 만두 하나를 찾았을 뿐 낙타는 그림자도 발견하지 못했다.

난얼이 땀을 훔치며 말했다.

"이 낙타야말로 승냥이들이 먹어치워야 하는데. 어디 말해봐. 안 그래? 죽어야 할 놈이 죽지 않고 죽지 말아야 할 놈이 죽어버렸어."

잉즈가 말했다.

"더 찾아보자. 보아하니 만두주머니가 해진 것 같애. 낙타를 쫓지 못한다 해도 만두라도 몇 개 얻으면 좋잖아."

난얼도 동의했다.

"그것도 좋지."

한참 쫓아가던 그녀들은 또 만두 몇 개를 찾아냈다. 더 쫓아갔으나 발자국밖에 보이지 않았다. 난얼이 말했다.

"이 짐승 놈이 떨어진 만두를 모두 먹어버린 것 같네."

과연 그녀들은 어느 한 곳에 이르러 만두부스러기를 발견하고 말았다.

"됐어 더 이상 쫓지 말자."

난얼이 말했다.

8.

낙타가 도망친 것은 그녀들한테 청천벽력 같은 일이었다. 낙타는 먹거리와 물까지 가져갔다. 만두는 없어도 상관없다. 사막에는 그래도 먹거리가 좀 있어서 굶어죽지는 않기 때문이다. 물 없이는 죽은 목숨이나 다름없었다. 햇빛은 계속 피부를 핥아댈 것이고 얼마 지나지 않아 혈액은 걸쭉해져서 더는 흐르지 않게 될 것이다. 그리고 시간이 더 지나면 말라버릴 것이다. 살아남으려면 영혼이나 살아남겠지 육신은 곱게 말을 들어줄 리가 없다. 그러나 다시 생각해보니 낙타를 탓할 일도 아니었다. 낙타 역시 얼마나 놀랐겠는가. 누구의 목숨도 목숨인 것이다. 그들과 마찬가지로 낙타 역시 승냥이들을 두려워하기는 마찬가지다. 게다가 앞으로 또 어떤 위험이 닥칠지 아무도 모르니 낙타가 겁을 내는 것은 당연한 것이다.

둘은 모래 위에 앉아 햇빛을 그대로 받으며 아무 말도 하지 않았다. 낙타는 모든 살아남으려는 용기를 다 가져가 버렸다. 이대로라면 그녀들은 얼마 가지 못할 것이다. 한 걸음 옮겨 디딜 때마다 수분을 소모하게 된다. 게다가 태양도 얼마쯤 빼앗아갈 것이다. 이젠 정말 방법이 없다.

낙타가 있을 적에는 갈증을 그다지 느끼지 못했고 물을 한 모금만 마셔도 갈증이 해결되었다. 그러나 낙타가 도망치자 온 몸의 갈증들이 일시에 소생한 듯 매 세포마다 물을 요구했다. 잉즈는 세포들이 물 부족으로 갈라터지는 소리를 듣는 것 같았다. 그 소리는 맨발로 보리 그루터기를 밟았을 때와 흡사했다. 목구멍은 무수히 많은 승냥이들의 앞발톱들이 미친 듯이 후벼대는 듯 온통 근질근질해 졌다. 또 구더기들이 허연 몸뚱이를 꾸불대는 것처럼 끈적끈적하고 메스꺼웠다. 그녀는 극력 그런 장면을 떠올리지 않으려고 했으나 혐오스러운 장면은 떠나지 않았다. 승냥이들과 격투할 때는 험악한 상황도 있었으나 그래도 적을 볼 수 있었으며, 이따금 적에게 일격을 가하기도 했었다. 그런데 지금은 적수가 어디 있는지조차 알 수가 없다. 아마 저 지글지글 끓는 태양이 그 중 하나일 것이다. 그러나 태양과 맞장 떠서는 이길 가능성이 전혀 없는 것이다.

잉즈는 아예 벌렁 드러누워 하늘을 쳐다보았다. 햇빛은 그녀의 얼굴을 곧바로 내리 쬐고 있었다. "그래 어디 지져봐라. 아예 날 말려 죽이이지 그래. 그럼 난 고통을 덜 받을 테니깐. 혹시 모르지. 모래에 미라처럼 묻힌다면 천년 쯤 지난 다음 사람들이 그녀를 파내서 박물관에 가져다 놓을지." 그녀는 이렇게 생각했다. 링즈는 량쩌우박물관에서 천 년 전의 여자 미이라를 본 적이 있었는데 매우 못생겼다고 생각했다. 그녀가 사랑을 해본 적이 있는지 혹은 어떤 인생궤적을 살아왔는지 아무도 몰랐다. 그녀의 신상은 거대한 비밀이 되고 말았다. 들리는 말에 의하면 많은 학자들이 그녀의 내력을 연구하고자 하지만 모두 어디서부터 시작했으면 좋을지 몰라 한다고 했다. 잉즈는 만일 천 년 뒤 자기를 파낸다면 역시 거대한 수수께끼가 될 것이라고 생각했다. 그녀가 사랑했다는 것, 링즈라는 남자와 죽자 살자 했다는 것을 아무도 모를 것이었다. 그녀는 이 비밀을 아무도 고증해낼 수 없다고 생각했다. 그러자 그녀는 악동 같은 쾌감을 느꼈다. 그래서 가만히 웃어버렸다. "어디 고증해보라지. 아마 죽어도 내 마음은 알아내지 못할 걸? 내가 그를 얼마나 사랑했는지 어떻게 알아? 모르지. 모두 밥통들이야." 그녀는 학자들이 땀투성이가 되고 낭패상을 한 모습을 보는 듯해서 즐겁게 웃었다.

다시 생각해보니 사람들이 고증하지 못한다면, 그건 이 세상에 그런 사랑이 존재한 적이 없었다는 말이 아닌가? 다시 말해서 아무리 예쁜 꽃이라 해도 편벽한 산골짜기에 피어서 사람들이 보지 못한다면 괜히 핀 것이 된다는 말 아닌가? 거기에 생각이 미치자 그녀는 조급해졌다. 어찌되었든 지금이야 그녀가 갖은 방법을 다해 숨기고 있어 아무도 모르지만 천 년 쯤 흐른 다음 누군가 이 한 단락의 죽고 못 사는 사랑에 대해서 고증해내야 할 것이다. 아니면 봐주는 사람이 없는 야생화와 무슨 다른 점이 있단 말인가? 사는 흔적을 남겨 후세 사람들이 그녀의 사랑에 대해 알도록 해야 한다고 그녀는 생각했다.

잉즈는 생각하고 생각해봤으나 도무지 좋은 방도가 떠오르지 않았다. 만일 지금 앞에 바위라도 있다면 그녀는 칼을 빼서 그 위에 글을 새길 것이다. 그녀는 거기에 어떤 글자를 새길지도 생각해보았다. 그러나 그녀가 아무리 찾아봐도 돌멩이조차 보이지 않았다. 보이는 건 모래뿐이었다. 모래란 무엇인가? 세상에서 가장 불확실한 존재가 바로 모래이다. 아무리 충성심을 갖다 바쳐도 바람이 불기만 하면 바로 지워지는 것이 모래이다. 잉즈는 바위 아니 돌멩이라도 발견되기를 얼마나 갈망했는지 모른다. 그러나 돌멩이 역시 운명속의 기다림처럼 부른다고 바로 와주는 것이 아니었다. 잉즈는 생각하고 생각하다가 한 가지 방법을 생각해냈다. 링즈가 그랬었다. 금강해모동(金刚亥母洞)에서는 수많은 서하(西夏)문물들이 출토되었는데, 가장 많은 것이 비단이라고 했다. 그건 참 좋은 비단이었는데 질감이나 무늬 등을 본 전문가들은 찬탄을 금치 못했다고 한다. 그리고 일부 최고 서예가들은 바로 그 비단 위에 글을 썼다고 한다. 비단도 천 년의 세월을 뛰어넘어 서하로부터 지금에 이르렀는데 그녀의 옷이라고 그러지 못한다는 법은 없을 것이었다. 습한 곳이라면 아무리 좋은 옷이라 해도 얼마 못 가서 썩고 말 터이지만 사막의 마른 모래에서라면 다르다. 옷들은 오랜 시간 보존될 것이며, 천 년은 몰라도 수 백 년은 문제없을 것이다. 됐어. 같은 거야. 죽은 사람으로 말하면 천 년이든 백 년이든 마찬가지가 아닌가.

잉즈는 피로 옷에 글을 쓰려고 생각했다. 그래서 그녀는 식지를 입에 물고 힘껏 깨물었다. 그녀는 아픈 것을 참지 못하는 사람인지라 그렇게 깨물었는데도 머리가 휭 돌아갈 지경이었다. 그녀는 급히 손을 꺼냈다. 자기가 가볍게 살짝 물었는데도 이토록 아픈 걸 봐서 승냥이들한테 산채로 뜯긴 낙타는 얼마나 아팠을 것인가? 그녀의 마음은 덜덜 떨리더니 낙타한테 미안한 생각이 들었다. 그녀는 자기가 만일 난얼처럼 주의해서 낙타를 몰았더라면 낙타의 다리가 부러지지 않았을 것이라고 생각했다. 그러나 그런 자책감은 곧바로 사라졌다. 그녀가 해야 할 일이 그녀를 불렀던 것이다. 이빨로 천천히 무는 것이 의지를 무너뜨리는 것이라고 생각한 그녀는 대번에 칼을 뽑아들고 식지를 내밀고는 스윽 그어댔다.

피가 칼에 베인 자리에서 솟아났다. 그러나 아주 천천히 솟아올랐다. 잉즈는 그 남색 저고리를 벗어 피로 그 위에 글씨를 썼다. 어찌 알았으랴. 한 획만 그었는데 그만 피가 없어질 줄이야. 이제 피는 극도로 걸쭉해졌다. 예전에 그녀는 피나는 것을 매우 두려워했다. 피가 나기만 하면 언제나 멈출 줄 몰랐는데 의사는 그녀가 혈소판이 부족한 탓이라면서 땅콩의 속껍질을 먹으라고 했다. 그녀는 피가 언제나 자기와 반대라고 여겼다. 전에는 피나는 것을 두려워하고 일단 피가 나기 시작하면 멈출 줄 몰랐다. 지금은 피가 어서 많이 나와서 쓰고 싶은 글을 다 써야 할 텐데 피가 굳어지는 것이었다. 그녀는 힘껏 빨아 끝내 피가 조금 생기게 됐다. 그녀는 그렇게 빨고는 쓰고 쓰고는 빨면서 마침내 생각했던 말들을 다 적었다. 평소 글을 자주 쓰지 않다보니 글자가 매우 서툴렀다. 그러나 알아볼 수는 있었다.

"잉즈는 링즈를 사랑해."

그녀는 천 년 후이든 백 년 후이든 누군가 그녀의 시체를 발견하기만 하면 그녀가 잉즈이고, 그녀가 링즈라고 부르는 남자를 사랑했다는 것을 바로 알 수 있을 것이라고 생각했다. 이렇게 되면 그녀는 미이라가 되어도 박물관의 미이라와는 같지 않게 된다. 어쩌면 호기심 많은 작가가 감동적인 이야기를 만들어낼지도 모를 일이었다. 이야기 속의 남주인공은 링즈라 하고 여주인공은 잉즈라고 한다. 그녀는 마치 백 년 후 사람들이 드라마를 보면서 감동의 눈물을 흘리는 것을 보는 것만 같았다. 그러자 그녀 역시 뜨거운 눈물이 흘러내렸다. 그녀의 목은 연기가 날 지경이었으나 이상하게도 눈물은 엄청 많이 나왔다.

그녀는 소리 없이 한참을 울고는 눈물을 닦았다. 어쨌든 그녀는 자기의 행위에 대해 매우 만족해했다.

그녀는 스스로 쉽게 감동하는 사람이고 허구적인 이야기에도 실제적인 눈물을 흘리곤 하는 사람이다. 그런데 이상하게도 갈증이 사라져버렸다. 그녀는 혹시 이것이 예술의 힘이 아닐까 생각했다.

갑자기 한 가지 생각이 그녀를 멍하게 만들었다. 만일 짐승들이 그녀의 옷과 몸을 마구 찢어발긴다면 글자도 사라질 것이 아닌가?

9.

잉즈는 또 절망 속에 빠져버렸다. 본래 영원이라는 것은 얻겠다고 해서 얻어지는 것이 아님을 그녀는 깨달았다. 그녀는 마을 어귀 강물에서 야수들한테 갈기갈기 찢긴 옷가지들을 늘 보아왔고, 야수들이 뜯다 남긴 뼈도 적잖게 보아왔다. 그녀는 자신이 만약 여기서 죽는다면 꼭 그런 모습이 될 것이라고 생각했다. 승냥이들 외에도 늑대며 쥐들도 있었고 수많은 뾰족한 이빨을 가진 동물들이 있었으며, 그놈들은 자신의 영원으로 향하는 꿈을 갈가리 찢어버릴 것이었다. 사실 이 세상에는 무수히 많은 동물들이 날카로운 이빨을 가지고 있다. 할 수 없는 노릇이다. 사람은 고통 받으러 왔으므로 고통을 만들어내는 모든 모체 역시 감내해야 하는 것이다.

그토록 아름다운 러브스토리가 육신과 함께 이 황막한 사막에 매몰될 것을 생각하니 그녀는 고통스럽기 짝이 없었다. 그것은 실로 죽기보다 슬픈 일이었다.

갑자기 '황사에 매몰' 이라는 몇몇 글자들이 흔들거리며 그녀를 이상한 쪽으로 인도하고 있었다. 그녀는 허우적거리다가 마침내 그것을 잡았다. 바로 이거야. 스스로를 '황사에 매몰' 시키면 야수들이 찾지 못할 것이 아닌가.

그녀는 졸지에 흥분되었다.

그건 실로 좋은 방법이었다. 수많은 문물들 역시 사막이나 황토 속에 매몰되었기에 천 년이나 보존된 것이 아닌가? 그랬다. 사방을 둘러보던 그녀는 높은 모래언덕을 발견했다. 아무래도 죽을 바에야 갈증으로 죽기보다 차라리 산채로 생매장되는 것이 낫겠다고 그녀는 생각했다. 생매장될 때는 고통이 매우 짧을 것이다. 갈증이라면 얼마나 고통스럽겠는가?

그녀는 급히 묻히고 싶지 않았다. 기다려봐서 진짜 살아날 가망이 없고 또 바로 죽기 전에 묻혀도 된다고 생각했다. 그러다가 진짜 곧 죽게 될 때면 구덩이를 팔 힘도 없게 되지 않을까 싶었다. 그러니 아직 힘이 남아있을 때 먼저 구덩이부터 파놓아야겠다고 생각했다. 이제 죽을 무렵이면 힘껏 발을 구르면 모래가 와르르 쏟아져서 자기를 파묻게 될 것이었다.

그녀는 몸을 일으켜 모래언덕으로 향했다. 언덕은 매우 높았다. 잉즈는 가파른 곳을 선택해서 손으로 모래구덩이를 파기 시작했다. 난얼은 눈을 감고 있었는데 무슨 생각을 하는지 몰랐다. 그녀는 잉즈를 힐끔 바라보고는 아무 것도 묻지 않았다. 아마 그녀는 잉즈가 구덩이를 파서 잠자리를 마련하는 것이라고 여겼을 것이다.

잉즈는 아주 조심스레 파고 또 팠다. 모래언덕에서 구덩이를 파는 것은 그렇게 힘든 일은 아니었으나 어려움은 있었다. 그녀는 구덩이를 파야 할 뿐만 아니라 구덩이 주변에 무너져 내릴 모래들도 만들어놓아야 했다. 그래야 죽기 전에 발로 구르면 모래들이 무너져 내릴 수 있겠으므로. 그것은 상당히 어려운 작업이었으나 잉즈는 끝내 성공하고야 말았다. 그런데 그녀는 파고 파다가 그만 실망하고 말았다. 구덩이가 습했던 것이다. 그렇다면 거기에 묻혀서 얼마 지탱하지 못하고 글자가 적혀진 옷을 망가뜨리게 될 것이었다.

그녀는 그만 김이 새버리고 말았다.

그녀는 몹시 괴로웠다. 이런 망할 놈의 운수 같으니. 좀 마른 곳을 골라 미라를 만들려고 해도 소원대로 되어주지 않다니……

어느 사이에 난얼이 등 뒤에 와 있었다. 그 때 난얼이 갑자기 그녀가 크게 고함질렀다.

"갈대순(芦芽)!"

10.

난얼이 말했다.

"너 갈대순이 뭔지 알아?"

"갈대순이 갈대순이지. 뭐!

"근데 너 그거 알아? 예전에 용맥(龍脈)을 찾던 도인이 찾고 찾다가 용맥을 찾았는데 맨 먼저 발견한 것이 갈대순이래. 갈대순은 용맥의 수염이거든."

잉즈는 그 따위 건 아무래도 상관없었다. 그녀의 눈에 갈대순은 오로지 먹거리였고 물이었고 생명이었다.

난얼이 허리를 굽히고 갈대순을 잡아당겼다. 팔뚝만치 실했다. 모래를 털어버리고 뚝 끊어서 긴 쪽을 잉즈한테 주며 말했다. 너 이거 씹어. 물이 많거든. 찌꺼기도 뱉지 말고 더 씹어서 넘겨. 잉즈가 한입 베어 물었다. 청량감이 입안에 확 감돌았다. 그 감각은 참말로 미묘하기 그지없었다. 잉즈는 갈대순을 먹어본 적이 없었다. 처음에 그녀는 그것이 나무줄기와 같은 줄 알았다. 웬걸. 물이 그렇게 많을 줄이야. 기억 속에서 이것은 그녀가 먹은 최고의 음식이었다.

난얼은 몇 입 베어 먹고는 모래 구덩이에 뛰어 들어가 다시 갈대순 뿌리를 더듬어보았다. 그리고는 천천히 캐기 시작했다. 그녀는 캐는 족족 던져 올렸다. 그녀가 말했다.

"너 아껴먹어라. 이걸로 목숨을 부지해야 하니깐."

갈대순은 하얗고 토실토실하고 물이 많아서 매우 유혹적이었다. 잉즈는 몇 입에 다 먹어치우고 싶었다. 목구멍에서는 벌써 수많은 손들이 달라고 갈대순 쪽으로 내밀고 있었다. 잉즈가 생각했다. 좋아, 어쨌든 또 살길이 생겼군 그래. 하늘이 무너져도 솟아날 구멍이 있다더니 옛말이 하나 틀린 데가 없네. 매번 막다른 골목이라고 생각해도 결국 살길이 생기는구나 싶었다.

갈대순은 감초와 마찬가지로 무리를 이루며 자란다. 뿌리 하나만 발견하면 그 뿌리를 따라 많은 갈대순을 캘 수 있는 것이다.

난얼의 숨소리가 모래구덩이에서 들려왔다. 모래들은 전부 그녀가 한줌씩 밖으로 뿌린 것들이었다. 비닐주머니에는 갈대순이 점점 많아졌다. 잉즈가 말했다.

"너 좀 쉬어. 내가 할게."

난얼은 이마의 땀을 훔치며 웃었다.

"괜찮아. 힘들지 않아."

"근데 너 어떻게 이 방법을 생각해냈지?"

난얼이 어떻게 천추에 남을 만한 생각을 했는지 알 수가 없었다.

그러자 그녀는 웃기만 할 뿐 대답을 하지 않았다. 잉즈도 굳이 그녀의 대답을 기다리지 않았다. 그녀는 몹시 기뻐하는 것이 틀림없었다. 이건 실로 뜻밖의 기쁨이었다. 잉즈는 "삽이라도 있었으면 얼마나 좋을까?" 하고 생각했다. 그러나 그녀는 대뜸 자신을 비웃었다. "사람의 욕심이란 참. 갈대순이 있으니 이제 삽 생각을 하다니. 그럼 삽이 있게 되면 텐트 생각도 하고 텐트가 있으면 트럭생각도 나겠군. 번뇌란 바로 이렇게 생기는 것이지. 됐어. 절망 중에 갈대순으로 배고픔과 갈증을 던 것만 해도 이미 하나님이 베풀어주신 가장 큰 은혜인 거지."

비닐주머니에 갈대순이 가득 찼다. 잉즈는 다른 것을 찾아보려 했으나 난얼이 수건을 던져 올렸다. 햇빛을 막기 위해 둘은 모두 수건을 쓰고 있었다. 그리고 스카프도 있었는데 낙타의 걸채에 걸어둔 보따리에 넣어두었었다. "생각 말자. 잃어버린 물건은 이미 남의 물건이니깐."

잉즈는 난얼에게 수건을 바꿔주려고 하다가 모래구덩이 벽에 금이 가는 것을 발견했다. 깜짝 놀란 그녀는 다급히 소리쳤다.

"빨리 나와. 구덩이가 무너져."

난얼이 몸을 일으켜 밖으로 막 뛰쳐나오려 하는데 구덩이가 무너져 내렸다. 난얼은 가슴 아래가 파묻혔다. 게다가 모래는 계속 흘러내리고 있었다.

잉즈는 깜짝 놀랐다. 그녀는 난얼의 팔을 잡고 사생결단하듯이 밖으로 끌어내려고 했다. 그러나 그녀가 힘을 쓸수록 모래는 더욱 빨리 무너지면서 난얼의 어깨까지 파묻혔다. 난얼은 입을 크게 벌리고 가까스로 숨을 쉬었다. 잉즈는 감히 잡아당기지 못했고 난얼은 감히 움직이지 못했다. 모래는 한동안 쏟아지더니 천천히 멈췄다.

잉즈는 어떻게 했으면 좋을지 몰랐다. 이대로라면 위험천만한 일이었다. 이제 모래가 조금만 더 쏟아지면 난얼은 전부 파묻히게 된다. 머리가 파묻히면 염라대왕전에 한발 들여놓은 셈이다. 모래는 귓구멍 콧구멍으로 마구 흘러들 것이며, 제때에 사람을 끄집어낸다 해도 체내에 들어간 모래는 여전히 매우 큰 위협이 되는 것이다.

잉즈는 난얼에게 꼼짝 말라고 했다. 움직일수록 더 많은 모래가 흘러내릴 것이다. 사방이 모래니까 모래를 노하게 했다가는 모래가 대뜸 뜨겁게 포옹해줄 것이 뻔했기 때문이었다. 싸완(沙湾) 사람들은 모두 황용(黄龙)을 믿는다. 황용은 모래를 관리하고 청용은 물을 관리한다는 것이다. 물에 빠져 죽은 사람은 대체로 용궁에 가고 모래에 묻혀 죽은 사람은 황용의 등뼈가 된다는 것이다. 전에 마을에는 황용묘가 있어 매달 초하루와 보름날이면 마을사람들이 가서 제를 지냈었다. 만일 어느 한번이라도 빼먹기만 하면 황용님께서는 화를 내곤 하셨다. 이제는 시대가 달라져서 모든 게 내리막길을 걷고 있었다. 최초에 황용님께 제를 지낼 때는 동남동녀를 진상했으나 나중에는 소와 양으로 대체했다. 그리고 그 후에는 묘를 홍위병들이 부숴버렸다. 노인들에 의하면 그때부터 모래가 조금씩 마을에 밀려들기 시작했고 좋은 밭을 수두룩이 집어삼켰다고 한다. 잉즈는 본래 신을 믿지 않았으나 이 시각 신은 둘째 치고 강아지를 믿으라고 해도 믿을 것 같았다. 그녀는 황용님께 빌면서 난얼을 놓아달라고 기도했다. 난얼도 금강해모한테 빌었다. 난얼은 속으로만 빌었기에 겉보기에 매우 평온해보였다. 비록 모래가 그녀를 압박해서 숨 쉬기도 어려웠지만 그녀는 평온함을 유지하고 있었다. 그녀는 이 시각 당황하는 것이 추호도 자기를 도와주지 못한다는 것을 알고 있었다.

난얼은 모래가 언제 또 흘러내릴지 모른다고 생각하고는 이 기회를 빌려 모든 것을 잘 조치해 달라고 했다. 특히 잉즈를 부탁했다. 만일 자기가 정말 죽는다 해도 유감스러운 일을 남기지 말자는 것이었다.

잉즈는 방법을 생각해냈다. 그녀는 황용님께 빌면서도 한편으로 난얼의 북쪽에 구덩이를 파고 있었다. 난얼이 사구 북쪽에 있었으므로 북쪽에 구덩이를 파게 되면 난얼은 서서히 몸을 빼낼지도 모른다고 생각했던 것이다. 잉즈가 말했다.

"넌 꼼짝 마. 내가 파볼게."

난얼이 처량하게 웃었다. 그러나 잉즈를 막지는 않았다. 그녀는 효과가 있든 없든 그것이 지금으로서는 유일한 방법임을 알고 있었다.

난얼이 말했다.

"잉즈야 나 너한테 할 말이 있어."

11.

"잉즈야, 내 평생에 나를 가장 괴롭게 한 건 바로 너야."

"나도 알아. 나의 이혼이 너한테 커다란 혼란을 가져다주었다는 것을…… 너한테 얼마나 큰 상처를 주었는지도 잘 알지. 나도 여자야. 이 세상에서 여자의 마음을 가장 잘 아는 건 역시 여자거든."

"잉즈야, 내가 그렇게 야단을 부린 건 다른 뜻이 없었어. 난 네 오빠의 매를 견딜 수 없었기 때문이야. 이건 정말이야. 난 사랑도 부귀도 다 필요 없어. 이상 따위도 필요 없어. 난 다만 동물처럼 그냥 살고 싶었을 뿐이야. 동물처럼 말이야. 난 돼지가 몹시 부러워. 비록 맨 나중에 칼 맛을 보지만 누군들 죽지 않겠니? 칼을 대는 수술이요 뭐요 하는 건 다 그만두고라도 하나님께서 맨 나중에 목숨을 거둬가는 것을 누군들 막을 수 있다더니? 그래서 난 돼지가 부러운 거야. 너도 알 거야. 사람이 돼지가 부러울 때면 그가 어떤 생활을 하고 있는가를. 난 소도 부러워. 비록 소는 매우 고달프게 일하지만 나의 고달픔은 결코 소에 뒤지지 않았거든. 소는 아무리 고달파도 농한기라는 것이 있잖아? 그런데 봐봐. 내가 어디 스무 살 여자 같은가. 이런 것도 난 다 참을 만 해. 농민이니깐. 태어날 때부터 고생을 타고난 거니깐. 난 운명을 믿어. 근데 난 매는 참을 수 없었어. 진짜야. 빰따귀를 맞고 휘두르는 주먹에 가슴팍을 맞고, 발바닥을 때리는 건 다 가벼운 거야. 내가 가장 두려워하는 건 바로 쇠 채찍이야. 너도 알잖아. 소도 한번 맞으면 풀썩 주저앉는 것을…… 사람은 반나절 동안 일어나지도 못해. 반나절이나 얼마야? 한 시간이야. 60분이고 3,600초이지. 그렇게 되면 온몸은 온통 피투성이로 되지. 그다음엔 어쩌는 줄 아니? 소금을 한 움큼 쥐어 상처에 뿌려대거든. 감염된다나. 그럼 또 돈을 써야 돼. 그 아픔은 채찍에 얻어맞을 때보다 백배는 더 하지. 난 꿈에도 그 채찍을 피하느라 늘 깨어나곤 했어. 난 정말 맞는 게 두려워. 그렇다고 날 비웃지 마. 방법이 없어. 누가 나더러 나약한 여인으로 태어나라고 했나? 그저 네가 이해해주었으면 좋겠어. 말을 하고나니 마음이 퍽 좋아졌어. 만일 내가 정말 모래에 파묻힌다면 넌 울지 마라. 눈물도 물이란다. 물을 아껴야 넌 오래 살 수 있어. 너는 길을 모르잖아. 절대 마구 달리지 말고 동쪽으로만 가. 이 사막은 동서가 좁고 남북이 길어. 길을 잘못 걸으면 넌 이 사막을 벗어날 수가 없어. 동쪽으로만 가. 그리고 절대 햇빛 아래에서 걷지 마. 그러면 얼마 못가서 미라가 될 거야. 가장 좋은 것은 밤에만 걷는 거야. 북두칠성을 잘 봐. 북두칠성을 왼쪽에 두고 앞으로 걸으면 돼. 손전지도 아껴서 사용해. 총도 버리지 말고. 화약에 물이 들어가면 안 돼. 비에 젖으면 말리면 돼. 때로 죽을 명을 가진 토끼가 너의 총구에 부딪칠 때도 있으니깐 총은 잘 간수해. 황양을 만나면 절대 쏘지 마. 산탄은 낙타한테 걸쳐놓은 그 자루에 들어있어. 이 산탄으로 황양을 쏘는 건 화약을 낭비하는 짓이야. 정말 가까이 접근해서 쏜다면 상처를 깊게 줄 수도 있겠지만. 그래도 쫓아갈 수가 없어. 그만큼 힘이 장사야. 너는 절대 힘을 빼지 마. 체력을 아껴야 해. 상처 입은 황양이 반시간 쯤 달린다고 치자. 네가 따라잡는다 해도 넌 지쳐 죽을 거야. 넌 토끼나 잡아. 만일 운이 좋으면 한방에 한 마리씩 잡을 수 있을 거야. 기억해둬. 너무 멀리서 쏘지 마. 가장 최적의 거리는 10미터 이내야."

"너 그만 맥 빠지는 소리 좀 그만 해. 이것 봐. 내가 파내는 것보다 흘러내리는 것이 더 많잖아."

"토끼를 잡게 되면 넌 먼저 피를 마셔. 구역질은 참아야지. 먼저 목숨부터 살려야 하니깐. 살아야 모든 게 있게 되거든. 그 피비린내를 참아야 해. 피가 무척 걸지만 그건 가장 좋은 영양과 수분을 보충해주는 거야. 토끼 몇 마리만 잡고 길만 잃지 않는다면 넌 사막을 벗어나 몽골인들의 지역에 이르게 될 거야. 거기에서 넌 사람을 찾아 음식과 물을 얻어먹어. 한꺼번에 너무 많이 먹지 마. 그들이 널 도와줄 거야. 기억해둘 것은 밤에만 길을 가야 한다는 거야. 아침에도 괜찮지. 절대 폭양이 내리쬐는 점심나절에 길을 걷지 마. 해가 높이 뜨면 넌 음달을 찾아 구덩이를 파. 너무 깊게 파지 말고 그냥 습기가 있을 정도면 돼. 갈대순이라도 만나면 조금만 캐내. 절대 나처럼 욕심을 부리지 말고. 조심해야지 절대 구덩이를 가파르게 파지 마. 무너지면서 네가 파묻히거든. 습기가 느껴지면 넌 몸을 숙여 먼저 그 습기를 들어 마셔. 한 입 한 입 깊이 흡입해. 속으로 그 습기와 지하의 정기를 모두 흡입한다고 생각해. 아무리 갈증이 나더라도 그렇게 한 시간 정도만 흡입하면 편해질 거야. 편하다고 뛰쳐나오면 안 돼. 계속 그 구덩이에 엎드려 있어. 하루 종일. 그러면 해가 널 비추지 못할 거고, 넌 또 습기를 흡입했으므로 햇빛을 이겨낼 수가 있어. 밤이 되어 이슬이 맺히면 넌 다시 길을 걸어. 사미라도 만나면 채집해두고. 손이 찔린다고 두려워하지 말고. 목숨이 중하니깐. 좀 아픈 것쯤은 참아야지. 참새 눈만한 그 사미를 절대 얕보지 마라. 습한 구덩이에 들어가면 넌 해바라기 씨를 까듯 그걸 먹어둬야 해. 비록 아주 작지만 그것도 엄연히 음식이거든. 기억해! 어떤 일이 있어도 두려워하지 마. 두려움이란 너를 죽이는 칼이야. 네가 두려워할수록 그놈은 더욱 극성을 부리지. 두려움은 처음엔 아주 작고 천천히 오지만 마음속에 그 씨가 심어지기만 하면 뿌리 내리고 싹이 트고 꽃이 피고 열매 맺게 돼. 나중에 두려움은 하늘을 뒤덮는 안개가 되어 너를 감싸버리게 되지. 또 커다란 홍수가 되어 너를 휘말아가지. 그럼 넌 운명에 맡길 수밖에 없어. 넌 길을 걷기도 싫어질 거야. 그러면 넌 모든 것을 귀찮게 여기면서 '됐어, 이게 바로 내 운명이겠지?' 라고 생각하게 돼. 그럼 넌 죽은 목숨이야. 너의 마음이 죽으면 너도 이미 죽은 거야. 기억해둬. 살기 위해서라면 넌 한 방향으로만 계속 가. 멈추지 말고 가. 넌 꼭 네가 가려는 그 곳에 갈 수 있을 거야. 방향만 올바로 잡고 토끼를 만나면 만나는 족족 잡으면서 말이야. 그러나 절대 쫓지는 마. 그놈들은 널 다른 길로 끌어가면서 너의 체력을 소모하게 만들 테니깐. 그리고 황양들도 생각하지 마. 명심해. 화약과 산탄 없이는 너의 '생각' 들이 오로지 탐욕에 지나지 않는다는 것을 말이야. 아름다운 신기루에 정신을 빼앗겨서도 안 돼. 영원히 기억해둬. 사막도 생활과 마찬가지로 엄혹한 곳이야. 기적 따위는 바라지도 마. 네가 할 일은 오로지 네가 정한 방향으로 가고가고 또 가는 것뿐이야. 네가 굳게 믿는다면, 넌 꼭 거기에 도착할 수 있을 거야. 반드시. 이때 너의 최대의 적은 사막이 아니라 네 자신이 되지. 네가 바로 너의 최대의 적이 되는 거야. 넌 아마도 "그래 이제 때가 됐어, 운명에 순종하자. 넌 빠져나가지 못할 거야." 라고 말하게 되겠지. 넌 이미 눈앞에 다가온 목표를 잡을 수 없는 하늘가로 밀어버리게 되지. 너는 그때까지의 너와는 전혀 다른 너를 만나게 되겠지. 넌 아마 그런 생각 때문에 혼란스러울 거야. 날 바라보지 마. 내 이 말은 나의 스승께서 나한테 알려준 것이야. 알아듣겠니? 나한테 금강해모법을 가르쳐주신 그 활불(活佛)님 말이야. 그래. 바로 그 강공(江贡) 활불님이셔. 내 생각에 이 세상에는 이보다 더 확실한 승산이 있는 가르침은 없는 것 같아. 그래 맞다. 나도 나 자신과 겨뤄봐야겠다. 너 그렇게 급히 내 가슴께의 모래를 치우지 마. 먼저 나의 손을 잡아 뽑아다오. 날 보렴. 내가 너한테 믿음을 잃지 말라고 말해 주다보니 나 자신이 운명에 복종하고 말았어. 나도 시도해봐야지. 비록 이렇게 하면 더 많은 모래가 무너질 수도 있지만 난 이미 모래에 파묻혔거든. 가장 나쁜 결과라 해봤자 좀 더 깊이 파묻히는 것밖에 더 되겠니? 그래. 그렇게. 먼저 나의 팔을 뽑아다오."

12.

잉즈의 손은 이미 모래를 파내느라 피가 나오고 있었으나 그녀는 여전히 모래를 퍼내고 있었다. 그녀는 손바닥이 닳아 없어지더라도 난얼을 구해야 한다고 생각했다. 만일 모래가 난얼을 파묻어버리면 그녀 역시 같이 파묻혀야 한다고 생각했다. 그녀는 난얼 혼자 이 사막에 버려두지 않을 것이라고 속으로 약속했다.

잉즈의 노력은 매우 효과적이었다. 그녀는 난얼의 북쪽에 깊은 구덩이를 팠다. 비록 여전히 모래가 흘러들고 있었지만 난얼의 가슴이 이미 드러나 있었다. 이제 됐어. 좀 더 파면 난얼의 상반신이 드러날 거고 둘이 힘을 합쳐 노력한다면 난얼의 다리도 빠져나오겠지.

난얼이 모래 속에서 팔을 뺐다. 그녀는 물을 쳐내듯이 가슴 앞의 모래를 밖으로 쳐내고 있었다. 그녀의 손이 움직이는 폭은 매우 작았다. 몸 뒤편의 모래들이 여전히 쏟아져 내리기 때문이었다. 다행히 습기 머금은 모래들이 상대적으로 형체를 갖추고 있었기에 꽤 많은 모래들이 흘러내리는 것을 막아주고 있었다. 게다가 음지라 덜 빨리 말랐는데 만일 양지라면 난얼은 벌써 목숨을 잃었을 것이었다.

잉즈는 머리가 빙빙 돌아갔다. 힘을 내 일하다보니 땀을 너무 흘린 탓이었다. 그래서 몸에는 수분이 모자라게 되었고 시력도 희미해졌으며 목구멍에는 고슴도치가 들어앉은 듯 깔깔해났다. 그래도 그녀는 매우 기뻤다. 그녀는 난얼을 구할 수 있는 희망을 보았던 것이다. 비록 난얼을 구하는 것이 사막을 벗어나는 것과는 매우 거리가 먼 일이지만 그래도 그녀들은 함께 운명의 무쇠대문을 넘었던 것이다. 일생에서 누구나 무쇠대문을 넘게 마련이다. 한번 넘게 되면 그만큼 성숙되는 것이다. 마치 당나라 승려가 불경을 구하러 천축에 가는 것처럼 여든 한 번의 관문을 통과해야만 비로소 정과를 얻을 수 있는 것이다.

잉즈의 손끝에서 피가 솟아났다. 사막에 들어오기 전에 갓 손톱을 깎았는지라 모래가직접적으로 손가락 끝을 마모시켜버렸던 것이다. 처음에 그녀는 목숨을 내걸고 열 손가락이 모조리 닳아 없어질 지경으로 모래를 팠으나 아무렇지도 않았다. 그러다가 얼마 지나지 않아 손끝에서 피가 솟기 시작했다. 무작정 파지 말고 손으로 떠내라고 난얼이 일러주었다. 속도는 좀 늦었지만 구덩이는 점점 깊이 파져갔다.

잉즈는 자신이 난얼을 구한다기보다 자신을 구한다고 생각하고 있었다. 그녀 자신도 모래구덩이에 빠진 궁지에 몰린 적이 있지 않았던가? 이것도 자신을 구하는 것이 아닌가? 많은 경우 남을 구하는 것이 바로 자신을 구하는 것이다.

해가 서쪽으로 기울기 시작했다. 이곳에서 그녀들은 벌써 한 시간도 넘게 지체하고 있었다. 기아와 갈증은 거미줄처럼 그녀들을 포박하고 있었다. 잉즈는 자신이 꼭 죽을 것만 같았다. 승냥이들과 밤새 대치하면서 그녀들은 모든 정력을 소모했고 체력도 고갈되었었다. 잉즈는 그저 잠을 자고 싶었다. 그녀의 손은 비록 모래를 파고 있었지만 의식은 거의 수면상태에 처해있었다. 그녀는 얼마나 한잠 푹 자고 싶었던지 그녀 자신도 몰랐다. 갈증으로 죽어간 사람들이 모두 이렇게 잠자다가 죽어갔다는 것을. 깊은 잠에 푹 들었을 때 태양은 그녀의 몸에서 모든 수분을 빨아갔다. 갈증으로 죽어간 사람들 역시 비몽사몽간에 저도 모르게 황천길에 오르는 것이었다.

난얼이 "됐어! 됐어!" 하고 소리쳤다. 잉즈는 기계적으로 손을 멈추었다. 난얼는 잉즈에게 좀 비켜서라고 했다. 난얼의 가슴을 누르고 있던 모래가 훨씬 적어졌다. 만일 모래가 계속 흘러내리지만 않았더라면 난얼은 혼자서도 뛰쳐나올 수 있었을 것이다. 난얼은 잉즈에게 뒤로 물러서게 한 다음 그녀의 손을 잡았다. 그녀는 반드시 단번에 모래구덩이에서 빠져나와야 했다. 그녀가 몸을 움직이면 필경 모래벽이 움직이게 될 테니까 말이다. 그녀는 반드시 모래들이 무너져 내리기 전에 모래구덩이에서 뛰쳐나와야 했다. 아니면 쏟아져 내리는 모래들이 다시 그녀를 묻어버릴 수 있기 때문이었다. 헛수고는 둘째 치고 만일 무너져 내리는 모래가 더 많아서 머리까지 묻히게 되면 끝장인 것이다.

두 사람은 각자의 신한테 기도했다. 난얼은 금강해모님께. 잉즈는 황용님께. 그러고 나서 난얼은 "하나 둘 셋!" 하고 소리쳤다. 둘은 같이 힘을 썼다. 그러자 과연 모래가 쏟아져 내렸다. 그 기세는 대단했다. 다행히 난얼은 대번에 두 다리를 모래구덩이에서 뽑아냈다. 두 사람은 젖 먹던 힘까지 다해 굴러서 그곳을 벗어났다. 모래는 굉음을 내며 무너져 내렸고 눈 깜짝할 사이에 금방 난얼이 있던 곳을 덮어버렸다.

눈이 휘둥그레진 둘은 한식경이나 지나서야 서로를 부둥켜안고 대성통곡을 했다.

그들은 걱정 없이 울고 또 울었다. 그 울음소리는 메아리치며 사막에서 울려 퍼지더니 천지간을 꽉 채웠다.

13.

올케와 시누이는 비닐주머니에 든 갈대순을 절반이나 먹어버렸다. 그것은 목숨과 땀방울로 바꿔온 것이었고 그래서 그녀들이 먹었던 가장 훌륭한 음식이었다. 언젠가 기회가 되면 사막에서 하루쯤 견딘 다음 목이 마르고 혀가 타들어갈 즈음 갈대순을 먹어보라. 당신은 필연코 천당의 감각을 느끼게 될 것이다. 살짝 한입만 베물어도 갈대순 특유의 달콤함과 상긋함이 당신의 영혼 속으로 들어오는 것을 느끼게 될 것이다. 그 몇 방울의 식물 즙은 당신의 영혼을 부르르 떨게 할 수도 있을 것이다. 당신이 만약 불교도라면 당신은 그것이 불국의 감로라고 여길 것이다. 당신은 혀끝으로 한 방울만 맛보아도 인생의 모든 고통이 사라지는 감을 느끼게 될 것이다.

본래 모든 의식은 난얼이 위안해주었다. 배고프고 목마르는 등 따위는 잉즈의 마음에 들어오지 못했다. 이번에 갈대순이 위에 들어가자 그런 감각들이 모조리 깨어났다. 위는 미친 듯이 꿈틀대기 시작했다. 마치 어떤 손이 위를 주물럭거리는 것처럼 감각이 매우 강했다. 그녀는 또 도망친 낙타를 원망하기 시작했다. 그러다가 낙타를 탓할 것도 못된다고 생각했다. 누구라도 승냥이들의 그런 포위를 당했다면 간담이 서늘해지기 마련이니깐. 그녀 역시 그랬지 않았던가? 그때는 겁낼 시간조차 없었지만 지금에 와서 돌이켜보니 그때의 공포감이 되살아나면서 기아감과 함께 엄습해오고 있었다. 그녀는 자신이 그 놀라운 살육을 겪어왔다는 것이 도무지 믿어지지 않았다. 모든 것이 꿈만 같았다. 최근 그녀는 모든 것이 꿈을 꾸는 것 같았다. 이 시각 기아감은 그라인더[16]마냥 그녀의 한 올 한 올의 신경을 갈아버리고 있었고, 환상감은 자신의 의식을 고집하고 있었다.

해는 여전히 뜨거운 불을 내뿜고 있었다. 바람도 없었다. 난얼이 말했다.

"이제 응달진 쪽에 구덩이를 파고 날이 어두워진 다음 다시 가자."

잉즈는 구덩이란 말에 겁이 더럭 났으나 매일 계속 뜨거운 불비 속에서 가다가는 더위를 먹을 것이라고 생각했다. 체내에 남아있는 얼마 안 되는 수분은 태양이 핥아주면 견디지 못할 것이다. 그래서 그녀는 난얼과 적당한 곳을 찾았다. 이번에 그녀들은 경험이 있어서 구덩이를 팔 때 깊이보다 넓게 파내려갔다. 축축한 모래가 나오자 둘은 얼른 모래구덩이에 들어갔다. 비록 축축한 모래 위에서 자면 병에 걸리기 십상이지만 그들은 그런 것을 생각지 않기로 했다. 잉즈는 기이한 피곤감과 몽환감에 사로잡혀 저도 모르게 잠들고 말았다.

다시 깨났을 때 해는 서산마루에 걸려 있었다. 서쪽하늘에 진홍색 구름이 떠있었다. 내일 역시 매우 더울 것이다. 잉즈는 비가 내렸으면 싶었다. 배고프고 갈증이 나는 것 외에 몸이 끈적거리고 더러웠기 때문이었다. 홀랑 벗고 폭우 속에서 샤워라도 한다면 갈대순을 먹는 것보다 훨씬 상쾌할 것 같았다.

난얼은 여전히 자고 있었다. 총과 화약주머니는 모래구덩이 밖에 놓아두었다. 그것들을 보자 잉즈는 안도감이 들었다. 그녀는 더 이상 쓸데없는 걱정을 하지 않기로 했다. 상황은 아직도 매우 위험했으나 그녀는 더는 생각지 않기로 했다. 그녀는 이 시각 모든 생각들이 의미

16) 그라인더(grinder) : 분쇄기 연삭기 숫돌

가 없다는 것을 잘 알고 있었다. 먹을 것도 마실 것도 그녀는 생각만으로는 도저히 구할 수가 없었던 것이다. 아예 생각지 않는 것이 번뇌를 더는 방법이 될 것이고 믿음마저 사라지지 않게 될 터였다. 그녀는 돌을 더듬어가며 강 건너듯이 할 수밖에 없다고 생각했다. 살아서 빠져나간다면 물론 좋은 것이고 나가지 못한다고 해도 할 수 없는 것이다. 그녀들은 이제 힘이 요만큼 밖에 남지 않았으니 하나님이나 운명과 도전하기에 역부족이었다. 그러나 그녀는 자기가 해야 할 일들은 해야 한다고 생각했는데 그것은 존엄상의 문제였다.

황혼 무렵이 되자 모래구덩이가 식었다. 두 사람은 남은 갈대순을 먹었다. 비록 주어온 만두 몇 개가 있었으나 그들은 감히 입 댈 엄두를 못했다. 물의 도움이 없이는 사막바람에 말라비틀어진 그 만두를 도무지 먹을 재간이 없었던 것이다.

난얼은 밤길을 걷기로 했다. 그녀는 동쪽으로 가기로 했다. 비록 염지(盐池)가 북쪽에 있었지만 말이다. 지금은 먼저 사람 사는 곳에 도착한 다음 볼 일이었다. 목숨을 부지하고 나서 다시 염지에 가도 늦지 않다고 생각했다. 거기에는 일감이 많다고 한다. 자기 집 낙타를 잃었기에 난얼은 부모님을 뵐 면목이 없다고 생각했다. 그녀는 빈 몸으로 염지에 가더라도 돈을 벌 수 있는 방법이 있을 거라고 생각했고, 돈을 벌어서 낙타 두 마리쯤 사서 다시 집에 돌아갈 생각이었다. 말하다가 둘은 모두 눈물범벅이 되고 말았다. 사막에 발을 들여놓을 때는 그래도 뭔가 크게 해볼 생각이었다. 누가 알았으랴. 귀신이 곡할 노릇으로 돈도 벌기 전에 먼저 낙타 두 마리를 잃을 줄이야. 잉즈는 몹시 화가 났다. 요즘 시가로 아무리 적게 쳐도 5, 6천 위안은 손해를 본 것이었다. 말하자면 오빠의 신붓감 얻을 돈 절반에 해당되는 것이다. 난얼은 한참 탄식하다가 잉즈의 낯빛이 질린 것을 보고는 위안해주었다.

"생각하지 마. 죽은 거야 이미 죽었고, 한 마리는 도망친 거야. 집에 갔을지도 모르잖아. 그러니 한 마리만 손해 본 거야."

잉즈도 난얼의 말에 일리가 있었지만 그것은 어디까지나 희망이라는 것을 알고 있었다. 도망친 낙타는 늙은 낙타라서 길을 알고 집으로 찾아간다고 하자. 그래도 승냥이들이나 늑대나 유목민을 만나지 말라는 법은 없지 않은가. 무엇을 만나도 낙타가 집으로 무사히 돌아가기는 틀린 일이었다.

난얼이 말했다.

"더 이상 생각하지 마. 많은 것들은 생각해도 소용이 없어. 길을 재촉하는 것이 중요해. 우리 낮에는 모래구덩이에 엎드려 있다가 밤에는 길을 재촉해야 해. 혹시 승냥이들을 다시 만나게 되면 운명이라 하지 뭐. 살아서 염지에 도착하면 꼭 살아갈 방법이 생길 테니깐."

잉즈도 그러자고 했다. 잉즈는 몹시 피곤해서 정말이지 한잠 더 자고 싶었다. 아니 며칠 있다가 가고 싶었다. 그러나 그것은 생각일 뿐이었다. 낙타들이 있고 먹을 것과 마실 것이 있다면 아무래도 좋았을 것이다. 지금 가지 않는다는 것은 죽는 길밖에 더 없는 것이다.

해가 서산 뒤로 넘어가자 둘은 길을 떠났다. 난얼은 총을 메고 잉즈는 손전지를 들었다. 배에 들어간 얼마 안 되는 갈대순은 진작 없어졌다. 배에서는 수많은 새들이 지저귀듯 "꼬르륵 꼬르륵" 소리를 냈다. 이것은 분명 갈대순이 만들어낸 걸작이었다. 기갈의 그물은 여전히 그녀들을 꼬옥 감싸고 있었다. 특히 갈증은 거대한 파도처럼 밀려왔다. 난얼의 입술은 자색에 푸른빛까지 띠고 있었고 많이 부어 있었으며 게다가 위에는 두터운 딱지까지 앉아 있었는데, 그것은 그녀가 자꾸 혀로 입술을 빤 결과였다. 링즈가 "사막에 들어가서는 아무리 갈증이 나도 입술을 빨면 안 돼. 침에는 독이 있어서 몇 번 빨게 되면 입술이 부르트거든"하고 말했었다. 잉즈는 자기의 이미지를 중시하는지라 난얼에게 빨지 말라고 했던 것이다. 그러나 난얼은 듣지 않았다. 그래서 입술이 손가락 두께만치 부풀어 올랐던 것이다. 그 밖에 그녀에게서 가장 큰 변화가 생긴 것은 두 뺨이었는데 홀쭉하게 꺼져 들어가는 바람에 두 눈이 더욱 커져보였다. 다만 크기만 할 뿐 생기가 없어서 도자기로 빚은 것 같았다. 잉즈는 난얼의 얼굴에서 자기의 모습을 대충 짐작하고는 자기도 별반 다르지 않을 거라고 생각했다. 입술은 붓지 않았다 해도 반드시 검게 되었을 것이고, 위에 갈색 딱지가 앉았을 것이다. 그녀는 자기 얼굴을 쓰다듬어보았는데 역시 많이 야위어보였다. 그것은 물론 수분부족으로 인한 것이었다.

물이라는 글자만 떠올려도 마음이 상쾌해졌다. 그러나 그런 다음에는 파도처럼 밀려오는 갈증을 견뎌야 했다.

잉즈는 허리를 주무르며 힘겹게 바라보았다. 별은 아직 나오지 않았다. 서산에는 아직 노을빛이 조금 남아있었다. 산은 검게 우중충하고 아름다운 실루엣을 던져주고 있었다. 비록 여전히 뜨거운 바람이었으나 바람기가 있었기에 많이 시원해졌다. 만약 충분히 먹고 마신 다음 이곳에 와서 논다면 굉장히 멋진 일일 것이라 여겨졌다. 그러나 목숨을 유지해야 하는 잉즈 네로 말하면 모든 것이 허무하기 그지없었다. 잉즈는 막연하게 서산을 바라보다가 힘겹게 울대뼈를 놀려보았다. 그녀는 만약 원수 놈이 이 광경을 본다면 어떤 시홍을 쏟아낼지가 궁금했다. 이상한 것은 그를 떠올려도 무덤덤한 것이 예전의 감각이 없다는 것이었다.

두 사람은 천천히 발걸음을 옮겼다. 발걸음도 예전처럼 활발하지가 않았다. 잉즈는 두 다리를 움직일 때 거기에서 마른 소리가 나는 것을 듣고 있었다. 그녀는 그것이 관절에서 나는 소리임을 의심하지 않았고, 마찰이 가져다주는 통증도 느낄 수 있었다. 엄마는 늘 그랬다. "천천히 걷는 건 괜찮아도 서있으면 안 돼." 그래. 한 걸음 걸으면 그만큼 가까워지는 거겠지. 그녀는 난얼도 꼭 그렇게 여길 것이라고 생각했다. 난얼의 몸이 많이 휘청거렸다. 이제 몸이 그녀의 말을 듣지 않는 모양이었다. 그리 높지 않은 모래언덕을 그녀들은 오랜 시간을 들여 올라야 했다. 멀지 않은 곳에 더 높은 모래언덕을 바라보며 잉즈는 더럭 겁이 났다.

모래언덕에 올라가자 난얼은 털썩 주저앉아버렸다. 잉즈도 벌렁 누워버렸다. 날은 어두웠고 서늘한 바람이 불어오며 공기도 약간 습기를 띤 것 같았다. 이것은 밤길을 걷기 좋은 시간이다. 잉즈는 마음은 굳게 먹고 있으나 몸이 이미 말을 듣지 않는다는 것을 깨달았다. 아무리 트럭처럼 강한 몸이라 해도 휘발유가 들어가야 하는 것이다. 잉즈는 낮에는 모래구덩이에 엎드려 있다가 밤에 길을 재촉한다는 것이 이론적으로는 가능하지만, 그것은 건강한 몸과 충분한 음식과 물이 있을 때만 가능하다는 것을 깨달았다. 갈대순은 그녀들한테 아주 적은 영양만 공급해주었고 단시간 내에 죽지 않을 만큼만 도와주었다. 저 높은 모래산을 넘고 일망무제한 사막을 건넌다는 것은 불가능한 일로 다가왔다.

잉즈는 난얼의 옆에 누워있었다. 모래언덕의 바람은 많이 시원했다. 난얼이 말했다.

"가야 해."

그 말에 잉즈도 가야 한다고 동의했다. 난얼이 말했다.

"여기서 이러면 안 돼."

잉즈도 말했다.

"당연하지."

난얼이 말했다.

"가야 해."

잉즈가 말했다.

"가야지."

두 사람은 서로 가야 한다고만 했지 누구도 움직이질 못했다. 잉즈가 길게 탄식하고는 난얼의 배를 베고 누웠다.

잉즈는 정말이지 잠들어버리고 싶었다. 몸에서는 골수와 피가 전부 빠져나간 듯했다. 난얼이 말했다.

"기어서라도 가야 해. 동쪽으로 가는 사막은 80리 남짓 하거든. 우리는 이미 절반은 넘게 왔을 걸. 이곳을 빠져나가면 유목민들을 만날 수 있어."

잉즈도 말했다.

"기어서라도 가야 해."

둘은 또 몸을 일으키고 서로 부축하며 동쪽을 향해 걸어가기 시작했다.

처음에는 너무 갈증이 심해서 잉즈는 다리 통증을 몰랐었다. 한동안 걸으니 발바닥과 장딴지가 칼로 에이는 듯 아파왔다. 사미 캐러가 아니었기에 그녀는 사막에 들어오지 않았었기에 사막을 걷는 법을 몰랐던 것이다. 난얼도 마찬가지였다. 다행히 난얼은 시집에서 늘 중노동을 해왔기에 잉즈보다는 체력이 강했다. 그러나 어깨에 총을 메고 있어서 체력소모가 매우 컸다. 총은 열 근 좌우였으나 길이 멀다보니 체력을 갉아 먹는 데는 안성맞춤이었다. 총이 아니라 잉즈가 들고 있는 손전지 역시 백 근도 더 되어보였다.

밤은 매우 어두웠다. 어두운 것쯤은 괜찮았다. 북극성이 매우 밝았기에 길을 잘못 들어설 가능성은 없었다. 별은 총과 마찬가지로 그녀들이 안도할 수 있는 물건이었다. 다만 갈증은 갈수록 더욱 심해져서 사유는 말할 것도 없고, 눈빛마저 갈증으로 굳어진 듯했다. 눈동자를 굴려보니 깔깔한 것이 싸락싸락 하는 소리마저 들리는 듯했다. 걸음을 옮길 때마다 관절에서 나는 소리도 갈수록 선명하게 들려왔고, 어둠속에서 파삭파삭 소리가 들려오는 듯했다. 이것은 전에 없었던 일이었다.

다리가 아팠으나 동쪽을 향해 한 걸음 옮기면 그만큼 희망과 한 걸음은 가까워지고 있었다.

14.

한밤중이 되자 잉즈는 더는 걸을 수가 없었다. 매번 언덕을 오를 적마다 그녀는 난얼의 도움이 있어야 겨우 올라갈 수 있었다. 그녀는 이미 흐리멍덩해 있었다. 난얼도 어깨에 멨던 총을 지팡이로 삼았고, 개머리판을 모래에 쿡 박고는 거기에 의지하고 있었다. 그녀는 총을 잉즈한테 주려고 했으나 잉즈는 총을 들 힘조차 없었다. 후에 둘은 서로 부축하며 겨우 걸었는데 난얼은 개머리판의 힘에, 잉즈는 난얼의 힘에 의해 겨우 한참을 갈 수가 있었다. 낮은 언덕 하나를 넘자 둘은 그만 주저앉아버렸다. 갈증과 기아가 그녀들의 모든 의지를 허물어 버렸던 것이다.

잉즈는 헐떡거리며 말했다.

"죽으면 죽었지 더 이상 못가겠어. 난 이미 온 힘을 다 소진했어."

그녀의 목구멍에서 더는 소리가 나지 않았으나 난얼은 그래도 그녀의 말을 알아들었다. 난얼은 아무 말도 하지 않았다. 그녀는 죽음이 이미 눈썹까지 다가왔음을 깨달았다. 이대로라면 죽은 사람을 메고 나가는 관과 마찬가지로 아무도 막지 못할 것이었다. 다음 날 뜨거운 해가 아니라 해도 갈증은 그들의 목숨을 앗아갈 것이었다. 그들은 이미 오랜 시간 물을 마시지 못했고 생명을 유지하는 것이라곤 갈대순에서 얻은 수분이 고작이었다. 갓 갈대순을 캐냈을 때 그녀는 얼마나 기뻤던가. 그녀의 눈에 갈대순은 구명은인이었다. 본래 그들은 갈대순에 의지해 곤경을 벗어날 수 있으리라고 생각했다. 생각밖에도 목숨을 바쳐가며 얻은 갈대순은 파도처럼 밀려오는 기갈에 비하면 그야말로 난가리에 붙은 불을 한 잔의 물로 끄려는 것에 지나지 않았다. 그녀는 감히 상상할 수가 없었다. 내일 아침 뜨거운 태양이 꼭 떠오른 다음 그녀들을 기다리는 운명이 어떤 것인지를 말이다.

잉즈는 곧 죽을 것 같았다. 목숨은 이미 풍전등화처럼 껌뻑거리며 언제든 꺼져버릴 것 같았다. 심장박동소리마저 힘없이 들렸고 곧 멈출 것만 같았다. 바람 속에 명주실 같은 호흡이 끊어지기만 하면 사막에는 고독한 귀신이 하나 늘어나게 되는 것이다. 듣자니 밖에서 죽은 사람은 들 귀신이라고 해서 염라대왕이 접수하지 않기에 드러난 백골을 지키며 계속 울다가 뼈가 흙에 묻혀야 비로소 안식한다는 것이다. 마을에서는 죽음에 대한 전설들이 엄청 많이 떠돌았는데 순간적으로 모두 떠올랐다. 그녀는 자기가 죽은 다음 무엇으로 태어날까 하고 생각해보았다. 아무튼 그녀는 이제 사람으로는 태어나고 싶지 않았다. 사람으로 산다는 게 너무 힘들었기 때문이다. 그녀는 작은 새인 꾀꼬리로 태어나 숲속에서 온종일 노래만 부르고 싶었다. 아니면 여우로 태어나도 좋았다. 잉즈는 난얼과 마찬가지로 약간 신령스런 동물들을 좋아했다. 그건 정말 영물이었다. 바람처럼 왔다가 바람처럼 사라지고 그 존재 증거는 오로지 점점이 찍힌 매화 모양의 발자국뿐이었다. 녀석들은 사막에서도 뛰놀고 노래 부르고 달구경도 하고 바람처럼 오가곤 하였다. 가벼운 걸음은 마치 연기가 모래 위를 스치듯 했고, 그러면 모래 위에는 온통 매화꽃이 피어났다. 세상에서 가장 훌륭한 화가라 해도 그런 매화꽃은 그려내지 못할 것이다. 그 멋진 모습은 하늘의 조화랄 수밖에 없었다.

갈증은 또 한 번 그녀의 생명이 곧 다하고 있다는 것을 깨우쳐주었다. 그녀는 이제 다시 일출을 보지 못할 것이라고 생각했다. 죽는 건 두렵지 않았다. 예전에는 죽는다는 것이 하늘이 무너지는 일 같았지만 지금은 그런 감각이 없다. 죽는다는 건 잠자는 것과 같은 것이다. 해야 할 일들을 다 해놓고 '잠' 이 든다면 그게 무슨 문제겠는가!

머릿속이 흐릿하고 호흡은 점점 가늘어지며 심장박동은 갈수록 힘이 없어졌다. 생각해볼 때 이미 죽은 거라고 한다면 죽었지 않았나 싶었다. 사슴은 천년을 산다는데 그래도 나중에는 죽지 않는가. 그러나 그녀는 목말라 죽은 귀신이 되고 싶지는 않았다. 그녀는 깨끗하게 왔으면 깨끗하게 가는 것이 도리일 것 같았고, 깨끗한 심신으로 죽고 싶었을 뿐이다. 비록 태양은 얼굴을 검은 마스크로 가리고 있어도 그녀의 마음은 새하얗다. 정말이지 그녀는 하나님에게 자기를 여우로 태어나게 해달라고 빌고 싶었다.

그녀는 힘겹게 눈동자를 굴려 밤하늘을 바라보았다. 눈동자는 여러 해 동안 기름을 치지 않은 차축처럼 건조했다. 별들은 싸우듯이 "와와" 하고 소리치고 있었다. 그들도 관절에서 소리가 나고 있었고, 무쇠솥에서 콩을 볶는 것 같은 소리가 나고 있었다. 별들도 떠들어대다니 괴상한 일이었다.

밤에 오래 걷다보면 야색이 희미해진다. 모래언덕도 그 모양을 달리해서 일종의 신비함을 연출하고 있다. 잉즈는 그 신비함이 자신의 피처럼 걸쭉하다고 여겼다. 죽기 전의 피곤함이 다시 그녀를 엄습했다. 피는 이미 말라비틀어진 수수깡 같았고, 영양분을 모조리 빨린 심장은 부하를 이기지 못해 국수 삶은 물처럼 걸쭉한 피를 돌려주지 못하고 있었다. 그녀가 깜빡 잠들었다가 눈을 뜨면 이미 가벼운 연기로 되어 있는 것 같았다. 그녀의 영혼은 바람처럼 사막의 상공을 날아다니고 있는 듯했다.

엄마는 흑백 무상(无常, 저승사자 - 역자 주)의 이야기를 잘 들려주었다. 잉즈는 좀 겁이 났다. 이상했다. 그녀는 죽음을 두려워하지 않는데도 귀신은 두려워했다. 비록 그녀는 자기가 죽을 것이라고 알고 있고, 죽으면 귀신이 되리라는 것도 알지만 여전히 귀신을 겁내고 있었다. 그녀는 감히 몸을 돌려 뒤를 돌아보지 못했다. 그녀는 부지불식간에 무상을 볼까봐 겁이 났다. 그녀는 무대 위의 무상을 본 적이 있었는데, 얼굴이 창백하고 마르고 키가 컸으며 뾰족한 모자를 쓰고 있었다. 만일 그녀가 무상을 만난다면 그녀는 갈증으로 죽는 것이 아니라 놀라서 죽을 것이며, 그런 그녀의 영혼은 무상이 쉽게 빼내갈 것 같았다.

두려워지자 잉즈를 감싸고 있던 피곤함이 줄어들었다. 그녀는 정말 등 뒤에서 나는 발자국 소리를 들었다. 이 인적이 없는 곳에 소리가 들리다니 귀신이 아니면 뭐란 말인가? 심장이 쿵쿵거렸다. 심장은 참 이상했다. 금방까지도 멈출 듯 멈출 듯하더니 이제 와서 귀신이 조화를 부리는 듯했다. 등 뒤에서 나는 발자국이 과연 귀신의 작란이란 말인가? 마을의 낡은 방앗간에 그런 귀신이 있었다. 밤만 되면 땅을 쿵쿵 굴러댔다. 한밤중부터 닭이 홰를 칠 때까지 말이다. 잉즈는 그만 갈증도 잊고 말았다. 그녀는 두피마저 마비되었다. "쿵쿵" 소리는 점점 가까워졌다. 그녀는 자신의 호흡소리가 커져오고 있음을 알았다. 그 호흡소리는 거칠고도 무거웠고 마치 귀신이 거대한 쇠고랑과 갈고리를 지고 있는 듯 했다. 잉즈는 하마터면 소리칠 번했으나 자신의 소리에 자신이 놀랄까봐 두려웠다.

헐떡거리는 소리가 등 뒤에 와서 멈췄다. 잉즈는 무상이 손을 쑥 내밀고 있다고 생각했다. 아마 틀림없이 목을 조일 것이다. 아주 어릴 적에 엄마는 그녀한테 귀신이 사람을 졸라 죽이는 이야기를 들려주었다. 엄마가 그랬다. "머리가 아파오고 뜨거워지며 배가 아프고 오줌을 참고 가슴이 아프게 되면 귀신이 졸라대서 그러는 거야." 그녀는 가만히 손전지를 더듬어서 갑자기 홱 몸을 돌렸다.

거대한 검은 그림자가 기형적으로 괴상하게 서 있었다.

그녀는 갑자기 손전등을 켜들고 큰 소리로 고함을 질렀다.

15.

그 무서운 사막의 밤에 잉즈의 손전지 불빛에 드러난 괴물은 낙타였다.

잉즈는 대뜸 난얼을 흔들어 깨웠다. 그리고 소리쳤다.

"낙타, 낙타!"

난얼이 후닥닥 일어났다. 낙타는 여전히 씩씩거리고 있었다. 이건 정말 하늘만큼 큰 기쁨이었다. 낙타가 도망쳤다고 여겼는데 생각 밖으로 녀석이 스스로 돌아왔던 것이다. 난얼은 비칠거리며 낙타 앞에 가서 끈을 풀고 비닐주머니를 내렸다. 아직도 반주머니의 물이 남아 있었다. 잉즈가 소리쳤다.

"물, 물!"

이 시각 그 말보다 더 청량한 것은 없었다. 난얼이 비닐뚜껑을 열고 잉즈한테 넘겨주며 말했다. 너무 마시지 말고 조금 마셔. 많이 마시면

위가 폭발할 거야. 잉즈는 달콤하게 한 모금만 마셨다. 그녀는 아주 조금씩 넘겼다. 물이 목구멍을 넘어갈 때 매우 시원할 거라고 그녀는 생각했다. 하지만 생각밖에도 그 감각은 숯불과 같았다. 아마 식도가 갈라터진 모양이지 싶었다. 갖은 애를 써서 두어 모금 넘긴 후 그녀는 오히려 더 갈증을 느꼈다.

난얼이 물병을 낚아채 더 마시지 못하게 했다. 마을에는 갈증이 극에 달해서 물을 마구 마시다가 죽은 사람이 있었다. 위는 아마 주먹만 큼으로 줄어들었을 것이다.

난얼은 물을 조금만 삼키고는 손전지로 낙타를 비춰보았다. 많은 물건들이 없어졌다. 가루자루는 터져서 가루가 다 흘려버렸다. 양가죽물주머니도 구멍이 뚫려 물이 한 방울도 남지 않았다. 다행히 비닐주머니가 있어서 그녀들한테 생명의 액체를 남겨주었다. 만두를 싼 스카프는 그대로 있었고 거기에는 바싹 마른 만두 두 개가 남아있었다. 나머지는 사막에 다 흘려버린 모양이었다.

그래도 담요가 아직 걸채에 걸려있었고 풍천가방도 그대로 있었다. 산탄도 있었고 화약마저 한 봉지 있었으며 가는 끈도 있었다. 잉즈는 양가죽물주머니가 남아있기를 바랬다. 그러면 한바탕 시원하게 마셔댈 수 있었을 것이다. 그러나 그것이 망상이라는 것을 알게 되자 더는 생각하지 않았다.

낙타의 고삐는 끊어져서 1미터 남짓 남아있었다. 난얼은 가는 끈을 꺼내 몇 겹으로 해서 끊어진 고삐에 이어놓았다. 둘은 모두 낙타가 사라졌다가 돌아온 것을 기뻐하였다. 잉즈는 낙타의 후각이 매우 발달해서 바람을 마주하고는 십여 리 밖의 냄새도 맡을 수 있다는 것을 알고 있었다. 만일 낙타가 원한다면 얼마든지 주인을 찾아오리라는 것도. 보아하니 녀석은 꽤나 잘 먹었는지 몸은 축나지 않고 있었다.

낙타가 도망친 다음의 사상변화는 수수께끼로 남았다. 녀석이 도망친 이유에 대해서는 누구든 이러쿵저러쿵 말할 수 있을 것이다. 승냥이가 겁이 났다는 둥 더위를 견디기 어려웠다는 둥. 왜 돌아왔느냐에 대해서도 할 말들이 있을 수 있다. 그래도 대체로 두 아녀자를 버리고 가려니 발걸음이 떨어지지 않았다는 등 대체로 비슷할 것이다. 다만 녀석이 어떻게 영혼의 치열한 투쟁을 거쳐 돌아오게 되었는지는 아무도 모른다. 아마 그 치열한 정도는 승냥이들과 판가름하는 싸움에 못지않으리라.

낙타의 고삐를 잡고서야 두 사람은 안도할 수 있었다. 잉즈는 다소 미안한 생각이 들었다. 낙타는 겨우 사람들의 손아귀에서 벗어났다가 사상투쟁을 거쳐 다시 사람들 신변에 돌아왔건만 사람들이 낙타한테 준 첫 번째 선물은 결국 고삐였다. 이것은 사람들이 여전히 낙타를 신임하지 않는다는 의미였다. 잉즈는 속으로 낙타가 속으로 얼마나 상심하랴 싶었다. 그래서 손전지불로 낙타의 눈을 비춰보았으나 그 눈동자에는 여전히 선량함과 온순함이 찰랑이고 있었다. 녀석은 도망친 데 대해 참괴함을 느끼지도 않았고, 돌연히 돌아온 데 대해 기쁨을 느끼지도 않았다. 낙타는 여전히 예전과 다름없이 담담했다.

물에 적신 만두를 몇 입 먹고 나니 더욱 배가 고팠다. 고프겠으면 고프라고 하지 뭐. 누구도 감히 더 먹을 엄두를 못 냈다. 누구도 배 터져 죽은 귀신이 되고 싶지는 않았던 것이다. 굶어 죽은 귀신도 되기 어렵지만 배 터져 죽은 귀신도 만만치 않은 것이었다.

낙타가 돌아오자 속이 든든해졌고 그러자 피곤기가 또다시 엄습해왔다. 난얼은 낙타에게 엎드리게 했다. 그녀들은 낙타의 몸에 기대어 한 쉼 잤다. 비록 시간은 짧았으나 그것은 그들이 가장 편안하게 잔 잠이었다.

깨나보니 날은 이미 밝아 있었다. 둘은 또 만두를 몇 입 씹었고 그러자 힘이 생겼다. 난얼이 말했다.

"낙타가 있으니 이제 동쪽으로 가지 않아도 돼. 우리 북쪽으로 가자. 염지가 북쪽에 있었기에 방향만 틀리지 않는다면 꼭 도착할 수 있을 꺼야."

어차피 동쪽으로 간다 해도 다시 북쪽으로 가야만 했다. 그러면 시간을 많이 지체하게 되었다. 그녀는 물론 더 이상 생각지 못했다. 이 방향 변경이 그녀들을 다시 일망무제한 사막에 던질 줄을…… 죽음의 칼은 다시 그녀들 머리 위를 빙빙 돌았다.

동쪽에는 해가 떠오르면서 노을이 붉어지고 있었다. 사막의 어둠과 동쪽 하늘의 밝음이 선명한 대조를 이루면서 마치 입체감이 두드러진 목판화를 연상케 했다. 모래바람이 굼실거리며 왔다가 저쪽으로 사라지면서 멀리에다 모래 산을 만들어놓았다. 가까운 곳의 모래무늬는 파도 무늬와 흡사했다. 어찌나 정교한지 밟기가 꺼려질 정도였다.

사막의 바람은 매우 쌀쌀했다. 잉즈는 오싹 몸을 떨었다. 그녀의 남색 저고리가 많은 바람을 막아주었다. 난얼은 얼굴이 푸르뎅뎅했다. 그녀의 얼굴에는 온통 소름이 돋아있었다. 너무 피곤한 탓에 낙타의 걸채에 있던 담요를 내리지 않고 그대로 잠이 들어버렸다가 사막 특유의 새벽 찬바람에 추워서 깨어났던 것이다. "아무려면 어때. 서늘할 때 서둘러 길을 재촉해야지." 잉즈는 사막이 참 불가사의해보였다. 글세 새벽녘에는 냉장고였다가 한낮이면 화로불로 변하니 말이었다.

두 사람은 다시 낙타 봉에 몸을 묻었다. 낙타 등은 튼튼하고도 따스해서 그녀들은 마치 물에 빠졌다가 쪽배에 오른 기분이었다. 낙타는 정말 좋았다. 낙타가 있으니 마음의 의지가 되었다.

낙타 등은 굼실거리며 움직였고 그것은 아주 느렸지만 자신감이 넘쳤다. 모래 산이 흔들거렸다. 어둠을 찢으며 솟아오른 해도 흔들거렸다. 마치 수많은 물건들을 등에 잔뜩 짊어진 모양으로. 햇빛이 잉즈의 얼굴에 따스함을 발라놓았다. 그녀는 다시 되살아났다. 몇 시간 뒤 해가 얼마나 뜨거워지던지 상관없었다. 낙타만 있으면 마음이 든든했던 것이다. 할 수 없지. 누가 그녀들에게 여인이라고 했던가? 밤을 도와 갈 길을 다그쳤더니 그녀의 발바닥과 다리는 칼로 에이기라도 하듯이 아파왔다. 그녀의 온몸은 어디라 할 곳 없이 아파왔다. 낙타가 없었더라면 그녀는 한 걸음도 가기 싫었을 것이다. 야윈 몸에 있는 힘만 가지고서는 그녀를 사막의 저쪽 끝까지 도저히 실어갈 수 없었을 것이다. 그러나 낙타는 할 수 있었다. 이 거대하고 묵중한 녀석은 항상 철인마냥 깊은 사색에 잠겨있다. 녀석은 말 한 마디 하지 않았지만 녀석의 몸에서 뿜겨져 나오는 아우라([주위에 감도는, 또는 사람 · 물건 등에서 발산되는 듯한] 독특한 냄새 - 역자 주)는 잉즈의 영혼 깊은 곳까지 어루만져주었다.

난얼이 길을 더듬고 있었다. 그녀는 비록 염지로 가는 길을 잘 안다고는 하지만 승냥이들이 그녀의 그 '익숙함'을 파괴해버렸다. 때로는 높게 때로는 낮게 밀려오는 모래파도 앞에서 그녀는 생소함을 금치 못했다. 그녀는 늘 이런 감각이 있었다. 오히려 그녀는 저도 모르게 거대한 생소함을 마주하고 있는 것이다. 처녀 때부터 지금에 이르기까지 그녀는 매번 생소함을 대면해야 했고, 처리해야 했고, 감내해야 했다. 지금 눈앞에는 또 끝이 없이 생소함이 펼쳐져 있는 것이다. 세상은 날마다 생소해지고 그녀에게 어쩔 바를 모르게 했다.

잉즈가 물었다.

"길을 알겠어?"

난얼이 말했다.

'나도 모르겠어. 이젠 될 대로 되라지. 일단 가보자구. 방향만 맞으면 걷다가 무슨 방도라도 생기겠지.'

잉즈는 그럴 수밖에 없다고 생각했다.

한참을 걸으니 해가 점점 높이 떠올랐다. 뜨거운 파도가 또 밀려오기 시작했다. 물주머니의 물은 정말 절약해야 했다. 물이 어디에 있는지 아무도 몰랐다. 목숨을 유지할 물이므로 둘은 갈증이 매우 심했으나 감히 마실 엄두를 못 냈다. 너무 갈증이 심해 눈동자가 돌아가지 않을 때만 그들은 아주 조금씩 마셨다. 난얼이 말했다.

"물을 아는 사람은 한 번에 많이 마시지 않아. 물이 체내에 많아지면 오줌으로 되거든. 매 한 모금의 물이 모두 생명으로 되게 하려면 통제를 잘해야 돼."

한 시간 정도 걷고 나서 둘은 낙타에서 내렸다. 낙타도 매우 지쳐있었다. 낙타는 흰 거품을 물고 마치 풀무처럼 풀떡이고 있었다. 난얼이 말했다.

"낙타를 좀 쉬게 하자."

풀뿌리가 있는 곳에 가서 둘은 걸채를 내렸다. 난얼은 낙타의 등이 이미 문드러져 있는 것을 발견하고는 무척 놀랬다. 썩은 내가 코를 찔렀다. 그건 걸채와 마찰해서 생긴 것이 분명했다. 낙타는 줄곧 달리면서 걸채가 털썩거리며 등이 쉽게 마모되는 것이다. 상처는 몹시 험악했다. 둘이 그 상처 위에 앉아서 이토록 먼 길을 온 것을 생각하자 잉즈는 가슴이 아팠다. 그녀는 비닐주머니를 끌러 소금물을 만들어서는 낙타의 상처를 소독해주었다.

난얼은 걸채의 작은 꾸러미에서 반병 나마 있는 청유를 발견했다. 그건 밥 지을 때 쓰는 것으로 솥이며 그릇들에 깨질까 봐 별도로 저장

했던 것이다. 그랬기에 가마랑 사발이랑 같이 버려지지 않았던 것이다. 이 청유는 맛은 별로지만 몸에 영양분을 공급할 수는 있었다. 청유는 식물 지방으로 된 것이기에 만두보다는 칼로리가 높았다. 난얼이 말했다. 이 기름은 잠시 건드리지 말자. 만두가 말랐기에 먹으려면 물이 없이는 삼킬 수가 없으니 저 물과 만두로 몇 끼니를 때우려면 이 기름은 정말 부득이할 경우에만 먹도록 하자.

청유를 보자 잉즈의 마음도 시원해졌다.

16.

시누이와 올케 두 사람은 낮이면 자고 밤이면 행군하면서 또 이틀 밤을 지냈다. 그동안 행군 여정으로 보면 벌써 염지가 보였어야 하는데 어떡하다가 고비사막에 들어서고 말았다. 그 고비사막을 발견하자 난얼은 잘못된 줄을 알았다. 예전에 그녀가 염지로 찾아갈 때는 이런 고비를 본 적이 없었으니 그들이 길을 잘못 든 것이 분명했던 것이다. 얼마 안 되는 만두는 이미 다 먹어버렸고 물도 조금밖에 남지 않았다. 청유는 아직 건드리지 않았으나 그것으로는 얼마 지탱하지 못할 것이었다. 낙타의 상처는 비록 아물어서 딱지가 앉았지만 둘은 감히 올라타지 못했다. 극도로 피곤할 때면 한 사람이 낙타를 끌고 다른 사람이 낙타의 꼬리를 잡고 그 힘을 비는 정도였다. 다리는 진작 남의 것처럼 되었다. 나중에 그들은 서로 엇바꾸어 한 사람이 한 시간씩 낙타를 타고 갔다.

낙타봉은 진작에 꺼져있었다. 이는 이 낙타의 생명도 얼마 남지 않았다는 것을 의미했다. 도중에 풀이 있는 곳이 얼마 되지 않았다. 난얼이 열심히 풀이 있는 곳을 골라 낙타에게 영양을 보충하게 했으나 낙타봉은 여전히 꺼져내려 앉아 있었다. 아빠의 말에 의하면 낙타봉은 비록 영양을 비축해두는 것이긴 하나 그건 실로 막부득이한 경우에만 소모하는 것이라 했다. 될수록 낙타가 충분히 수분과 풀을 섭취하도록 해주어야 하는데 특히 물은 절대적인 것이었다. 전에 염지에 갈 때 보니 낙타들에게 물과 목초를 보충해주기 위한 거점들이 몇몇 곳에 설치되어 있음을 보았었다. 길을 잃은 바람에 낙타는 먹고 마시는 데서 손해를 톡톡히 보고 있는 것이었다. 난얼은 결채를 내리고 안장 속에 든 건초를 뽑아 낙타에게 먹게 했다. 그리고는 자기의 담요를 안장 삼아 사용했다. 그러나 그까짓 건초로 기아에 시달리는 낙타한테는 간에 기별도 가기 어려웠다.

낙타는 밤에 풀 뜯기를 좋아했으나 밤에는 길을 재촉하기에 좋은 때여서 시간이 없었다. 낮에는 비록 풀을 뜯을 수 있으나 그녀들이 쉴 참이면 사막 역시 시루 속처럼 뜨거워서 낙타도 한참 먹다가는 너무 더워서 구덩이에 웅크리고 있어야 했다. 게다가 매번 쉴 때마다 풀이 있는 것도 아니었다. 낙타봉이 꺼지지 않으면 그게 오히려 이상할 노릇이었다.

다행히 상처는 빨리 아물었다. 아마 천성인가 보다. 늘 물건을 등에 지다보니 낙타 등은 성할 새가 없었다. 시간이 오래 되자 거기에는 단단하고도 두꺼운 굳은살이 박혔다. 소금물로 한 번 씻어주자 바로 아물어 딱지가 앉았다. 이렇게 되자 낙타는 체력만 있다면 얼마든지 그들을 태울 수 있게 되었다.

마강(麻岗)은 필요하지 않을 때에는 때때로 마주치곤 했었다. 거기에는 여린 풀들이 있어서 사람이고 낙타고 한 입 넣고 씹으면 참 좋았었다. 근데 정작 나타나주길 기다리니 능장이라도 부리듯 좀처럼 나타지지 않았다. 어느 날 점심 때 쯤 잉즈는 마침내 마강 한 곳을 발견했다. 거기에는 물이 있고 짐승들이 있었다. 그러나 난얼은 그건 마강이 아니라 신기루라고 했다. 아닌 게 아니라 좀 있으니 아름다운 풍경은 아지랑이로 변해버렸다.

난얼은 이맛살을 찌푸리고 한참 계산해보더니 마침내 염지를 지나쳤다고 결론을 내렸다.

"그래 꼭 지나치고 만 거야!"

그 염지란 기실 사막 한 가운데 있는 오아시스로서 그다지 크지 않기에 멀리서 1리쯤 어긋났다면 모르고 스치기 십상이었다.

"어떡해?"

난얼이 말했다.

"되돌아가야지. 사막에 들어가서 다시 서쪽으로 가보자. 만일 운이 좋으면 염지에 도착하겠지……"

다시 사막에 들어가서 두 사람은 낙타를 나무에 매어놓고 매우 높아 보이는 모래 산으로 올라갔다. 모래 산에 오르려면 힘이 들었으나 높이 서면 멀리 볼 수 있었다. 혹시 그 위에 올라서면 멀리 하얀 염지가 눈에 띌지도 모를 일이었다. 두 사람은 돌덩이를 달아맨 듯한 무거운 다리를 끌고 모래산 위에 올라갔다. 아마 두 시간은 걸렸을 것이었으므로 둘은 모두 지쳐서 쓰러졌다. 한참이나 숨을 돌리고 나서 그들은 그제야 사방을 두리번거렸다. 본래 이 모래 산이 가장 높아서 모든 산들을 굽어볼 줄로 알았는데 장작 오르고 보니 모든 모래 산들이 더 높아서 아무 것도 보이지 않았다. 할 수 없지. 그들은 물결이 지나간 듯한 모래밭의 무늬를 보면서 멍하니 바라볼 뿐이었다. 이제 길을 떠나기는커녕 그저 한번 바라보기만 했는데도 혼비백산할 지경이었다.

잉즈가 소리쳤다.

"에구머니나!" 그녀는 모래 위에 털썩 주저앉아서 한나절이나 아무 말도 못했다.

난얼은 얼굴빛이 어두워서 아무 말도 하지 않았다. 둘은 울려고 해도 눈물이 없었고 머릿속은 온통 새하얗다. 하늘가에 염지 특유의 하얀색 한 조각만 보았어도 그녀들은 기어서라도 갔을 것이다. 그러나 사방은 온통 모래 산뿐이었다. 그들이 하늘가까지 기어간다 해도 염지가 있을지는 아무도 모르는 일이었다.

난얼이 말했다.

"가자."

잉즈가 말했다.

"난 정말 움직이기 싫어. 아예 여기 드러누워 백골이 되는 편이 낫겠어."

난얼이 말했다.

"그래도 가야 돼. 가볼 만한 데는 다 가보자고"

산 아래 노란 점으로 보이는 낙타를 바라보면서 잉즈는 생각했다. "이럴 줄 알았더라면 이 모래 산에 왜 올라왔을까? 체력이나 소모하고 게다가 열의만 식게 말이야.!

걸을 수가 없었기에 잉즈는 가파른 쪽을 골라 털썩 모래 위에 앉아서 미끄러져 내려갔다. 그런데 그렇게 미끄러지기 시작하니 마치 날개라도 달린 듯 귀가에서 바람이 쌩쌩 스치면서 기분이 날아갈 듯했다. 완급지대에 이르러 그녀는 난얼이 소리치는 것을 들었다. 바지를 조심해. 더 미끄러져 내리다가는 엉덩이에 커다란 구멍이 생길 걸.

바지도 아까웠지만 그 감각은 실로 묘한 것이었다. 잉즈는 목숨도 보존할지 말지인데 그깟 바지가 다 뭐람? 라고 생각하며 그대로 계속 미끄럼을 탔다. 모래는 물과 같이 그녀를 띄워주었고 기분이 상쾌하기 그지없었다. 이렇게 즐거워보기가 얼마만인가. 그녀는 흥분돼서 소리를 질렀다. 적막하던 사막은 삽시에 생기를 띠었다. 난얼도 감염되었는지 그녀 역시 바지고 뭐고 상관하지 않고 모래 위를 미끄러져 내려갔다. 두 사람은 흥분해서 “까르르” 하는 소리 지르며 이 며칠 동안의 불쾌감을 모조리 날려버렸다.

한참 그러고 나니 잉즈는 진짜 엉덩이 쪽 바지가 닳아 구멍이 날까 두려웠다. 그건 가능한 일이었다. 정말 구멍이 뚫린다면 그들이 염지에 도착한다 해도 부끄러워 어찌 사람들을 만나랴 싶었다. 그녀는 뒤로 드러누워 모래 위에서 수영을 하기 시작했다. 그녀가 한 번씩 모래를 저을 때마다 몸은 쑥쑥 아래로 내려갔다. 모래들이 옷깃으로 스며들어 간지러우면서도 쾌적했다. 난얼도 수영을 시작했다. 사막에서는 그녀들의 즐거운 외침소리가 메아리치고 있었다. 이 뜻밖에 찾아온 즐거움은 그녀들의 우울함을 모조리 씻어내려 주었다.

모래산 아래에 이르자 둘은 “퉤퉤” 하고 입 속에 들어간 모래알을 뱉어내면서 또 웃음보를 터뜨렸다. 이것이 얼마 만인가. 그녀들은 늘 남들의 시선 속에서 살아가면서 종래 이렇게 즐거워본 적이 없었다. 절망적인 이곳에서 그녀들은 대번에 잃어버린 지 오랜 여성으로서의 천성을 되찾았던 것이다.

그들은 그 즐거운 기분을 축하하기 위해 청유를 한 모금씩 마셨다.

17.

황혼 무렵에 그들은 낙타 한 마리의 백골이 우뚝 서 있는 것을 보았다. 낙타는 깜짝 놀라 고개를 홱 내저었다. 그 바람에 둘은 그만 낙타 등에서 굴러 떨어지고 말았다. 난얼은 매우 기뻤다. 이것은 그들이 부근에서 본, 사람과 가장 가까운 물건들이었다. 가장 눈에 띄는 것은 두개골로 두 개의 시커먼 눈구멍이 사람들을 지켜보고 있었다. 아마 오래 동안 그렇게 있었을 것이다. 낙타의 백골은 비교적 완정해서 이빨이며 늑골이 아직 무너져 내리지 않았다. 보아하니 이 낙타는 죽기 전과 죽은 후에 야수들의 습격을 받지 않은 것이 분명했다. 동료의 백골을 본 낙타는 한참 동안 고개를 마구 내저었다. 그리고 때때로 괴상한 소리를 질러댔다. 아빠에 따르면 낙타가 귀신을 봤다는 것이다. 귀신은 침을 두려워한다고 한다. 그렇다면 죽은 낙타의 영혼이 백골을 지키고 있단 말인가? 일설에 의하면 백골을 지키는 귀신은 백골이 땅에 묻히기 전에는 줄곧 곁에서 지켜준다고 한다. 잉즈는 백주대낮에 귀신이 백골을 지킨다는 것을 믿지 않았으나 그래도 모골이 송연해남을 느꼈다.

난얼이 말했다.

"저것 좀 봐. 소금 실으러 가는 거였어."

그녀는 낙타의 백골 옆에 있는 천 부스러기를 가리켰다.

"이건 틀림없이 몽골인들이 소금을 실어 나르던 낙타야. 소금을 나르다가 지쳐 죽은 거지."

잉즈는 소금을 실어 나른 흔적을 찾아볼 수 없었으나 역시 매우 기뻤다. 이런 환량한 사막에서 무엇을 발견한다는 것은 매우 좋은 일이므로. 길에서 사막, 고비, 사막식물 등은 보아왔으나 사람과 관계되는 물건은 아주 적었기 때문이었다. 이 낙타백골은 적어도 이곳으로 사람이 왔었다는 것을 말해준다.

그러나 다시 생각해보니 이 백골은 야생낙타의 것일 수도 있었다. 그러나 난얼의 흥분을 깨고 싶지 않아서 잉즈는 그 말을 하지 않았다. 사람은 절망 속에 있을 때 뭔가 바람이 있어야 한다. 그것이 허황된 것이라 할지라도 절망보다는 나은 것이라 여겼다.

잉즈는 이 낙타가 염지로 가는 길에 죽었다 해도 염지가 이곳에서 멀리 떨어져 있다고 생각했다. 가까운 곳에 있다면 낙타는 악을 쓰고 기어서라도 목적지에 갔을 것이다. 다시 낙타의 사인을 따져보고 나니 그녀의 마음이 더욱 싸늘해졌다. 적어도 가까운 곳에는 수원이 없으며 여린 풀도 없다는 것을 의미했다. 아니면 낙타가 왜 죽었겠는가? 보아하니 목말라 죽지 않았으면 병들어 죽었을 것이다. 죽기 전에 낙타는 하늘에 명을 맡겼을 것이다. 낙타는 좌선에 들어간 고승마냥 태연했을 것이다. 낙타는 조용히 엎드려서 운명이 칼을 추켜들고 찾아오기를 기다렸고 목을 늘여 트려 그 살육을 기다렸을 것이다. 잉즈는 길게 한숨을 내쉬었다. 자신의 운명을 생각했던 것이다.

난얼은 낙타에게 엎드리게 하고 두 사람은 다시 낙타에 올라탔다. 낙타는 앞뒤로 휘청거리다가 한참만에야 겨우 일어섰다. 잉즈는 고개를 돌려 낙타의 백골을 보며 말했다.

"안녕. 너도 기구한 운명이구나."

자신도 어딘가에서 저렇게 백골이 될 것을 생각해보니 상심스런 마음이 불쑥 일어났다.

앞으로 갈수록 선명한 길은 보이지 않았으나 백골들이 점점 많아졌다. 통째로도 있었고 다리뼈만 사막에 꽂혀있기도 했는데 눈에 잘 띄었다. 그걸 보며 잉즈는 이곳이 낙타의 길 아니면 목장이라고 단정했다. 아니면 어떻게 이다지 많은 백골이 있겠는가? 그러자 그녀는 홀가분해졌다.

난얼은 줄곧 들 토끼를 잡으려고 했다. 이상한 것은 그녀들이 지금껏 살아있는 동물을 발견하지 못했다는 것이다. 난얼은 심지어 다시 승냥이들을 만나지나 않을까 하는 생각마저 들었다. 그 짐승을 떠올리면 가슴이 마구 두근거리지만 말이다. 만일 홀로 다니는 승냥이를 만나면 단방에 쏘아버리려고 했다. 아마 고기맛 이 괜찮을 것이라 생각했다. 그러나 재수 없는 것은 만나지 말았으면 할 때는 계속 끈질기게 달려들다가도 정작 만났으면 할 때는 꼬리조차 보이지 않는다는 것이다.

청유는 참 좋은 물건이었다. 한 모금 마셨는데도 밥 먹은 것처럼 에너지가 보충되었다. 시누올케 둘은 이제 청유 한 모금으로 밥 한 끼를 대체하고 있었다. 그 기름은 기름인지라 둘이 한 모금씩 그것도 아주 적게 마셨지만 얼마 못가서 그만 반병도 채 남지 않게 되었다. 난얼은 굶어 죽은 귀신이 그들을 따라오며 기름을 도둑질해 마신 것이라고 했다.

마침내 낙타가 다니는 길 흔적을 발견했다. 백골이 있는 옆에 걸채가 있었던 것이다. 이 증거물은 매우 충분한 것이었다. 걸채 위의 나무들은 거의 풍화되었었다. 그 곁에는 언제 남겨진 것인지 알 수 없는 낙타 똥이 있었다. 난얼은 기쁘기 짝이 없었다. 어쨌든 정도에 들어선 셈이었니깐…… 잉즈 역시 기뻤다. 그러나 의심이 들지 않은 것도 아니었다. 왜 이 길에는 저다지 많은 백골이 있단 말인가? 이건 이곳으로 수많은 낙타들이 오고갔다는 것을 의미하기도 하지만, 먼 거리를 걸어온 낙타들이 이곳까지 와서는 생명이 극한에 달했다는 것을 말해주기도 하였다. 잉즈는 알아챘다. 그들은 이 백골과 마찬가지로 무시무시한 운명에 직면하고 있다는 것을. 이 길이 진짜 염지로 통하는 걸까? 아직 얼마나 더 가야 할까? 그들의 체력으로 수원지까지 갈 수 있을까? 이 모든 것은 그야말로 미지수였다. 난얼도 이것을 분명 알 것이다. 다만 그녀는 이런 것들을 입 밖에 내지 않았을 뿐이라 생각했다.

그러나 그녀가 가장 걱정하는 것은 낙타였다. 그녀들은 청유를 마서 칼로리를 공급받지만 낙타봉은 이미 가죽만 남았다. 낙타는 얼마나 더 견딜 수 있을까? 필경 두 어른을 태우고 걸으니 적어도 2백 근은 될 것이었다. 낙타는 그들을 태우고 몸을 일으킬 때마다 한참씩 휘청거리곤 했다. 오르막을 올라갈 때에도 항상 휘청거렸고 당장이라도 넘어질 듯했다. 후에 오르막을 올라갈 때면 그들은 내려서 낙타꼬리를 쥐고 올랐다. 낙타의 체력도 극한에 이르렀을 것이다. 아니면 낙타 백골을 보고 큰 자극을 받았던 것은 아닐까 하고 생각했다.

18.

한 숨을 돌린 후 둘은 청유와 물을 마시고 밤길을 떠날 채비를 했다. 낙타의 백골은 밤길에 음산한 기운을 던져주고 있었지만 그들에게 길이 정확하다는 것도 알려주고 있었다. 잉즈는 길이 나 있는 것을 다행으로 생각하고 있었다. 멀리 떨어진 파리 모양으로 다니기보다 훨씬 나았으니 말이다. 난얼이 말했다.

"늦게라도 가야지 멈춰서면 안 돼. 방향만 맞는다면 한 걸음 가면 한 걸음 가까워지는 것이니깐……"

둘은 합창이나 하듯 소리 질렀다.

"차오(蹺)! 차오!"

이는 낙타에게 엎드리라는 명령이었다.

낙타는 잠간 머뭇거리다가 천천히 엎드렸다. 난얼이 탄식했다. 낙타가 너무 지쳤어.

어람 후에 둘은 다시 낙타에 올라탔다. 난얼이 고삐를 낚아채며 다그쳤다. 낙타는 휘청거리며 일어서려고 애썼다. 몇 번을 휘청거리더니 겨우 앞다리를 세웠다가 다시 주저앉아버렸다. 낙타는 소리를 내지르며 다시 몇 번 버둥거렸다. 난얼이 말했다.

"너 먼저 타고 있어. 내가 내릴게." 그녀는 낙타에서 내려 소리를 지르며 낙타의 꼬리를 쳐들었다. 낙타는 길게 한숨을 내쉬더니 엎드린 채 움직이지 않았다.

잉즈는 이제 낙타가 생각은 있어도 몸이 말을 듣지 않는다는 것을 알았다. 위에서 내려다보니 낙타는 콧구멍을 크게 벌리고 힘겹게 서서히 숨을 내 쉬고 있었다. 주변 모래언덕들에는 풀뿌리들이 있었으나 낙타는 보는 척도 안했다. 잉즈는 낙타가 엄청 갈증을 타고 있음을 알았다. 낙타의 목구멍은 이미 마른 껍질처럼 되어 버렸을 것이고, 그래서 낙타는 이미 태양보다 더 뜨거운 풀뿌리를 도저히 삼킬 수가 없게 되었을 것이다. 잉즈는 낙타한테 감사했다. 만일 낙타가 아니었더라면 그녀들은 아직 사막 어디에서 헤매고 있을지 모를 일이었다. 그녀는 이제 어떤 일이 있어도 낙타를 타지 말아야겠다고 생각했다. 낙타도 강철로 된 몸이 아니지 않은가!

난얼이 또 몇 번 불러보았다. 낙타는 애원하듯 신음을 토했다. 마치 "이제 그만 가주렴. 난 정말 안 되겠어" 라고 말하는 것 같았다. 잉즈는 전에 링즈가 말하는 것을 들었었다. "낙타는 아주 조금만 힘이 남아도 목숨을 내걸고 자기가 해야 할 일을 한다고. 그들은 끝까지 힘을 아끼지 않는다." 그녀는 이런 생각도 들었다. 혹시 낙타의 백골이 자극한 건 아닐까? 가능성이 있었다. 암에 걸린 노인이 갑자기 옆 환자가 죽는 것을 보면 그의 의지가 쇠 채찍에 얻어맞은 듯 무너지기 십상인 것처럼. 잉즈는 낙타의 머리를 다독여주었다. "무얼 겁내는 거니? 그들은 그들이고 넌 너잖아." 낙타가 한 마디 응대했다. 마치 "난 두려운 게 아니라 진짜로 움직일 수가 없어" 라고 하는 것 같았다.

낙타봉은 가죽부대처럼 되었고 늑골이 아른아른했다. 낙타는 힘겹게 호흡하고 있었고 때때로 혀를 길게 빼물기도 했다. 낙타의 혀에는 두터운 설태가 앉았고 색깔은 거무죽죽했다. 낙타가 갑자기 주저앉은 것은 영양부족도 있겠지만 정신적 원인도 있을 것이다. 잉즈는 어떻게 낙타의 정신적 고뇌를 덜어주어야 할지를 몰랐다. 할 수 없었다. 그녀는 순간적으로 낙타의 말을 배울 수도 없고 낙타의 머릿속에 들어갈 수도 없는 노릇이었다. 아무튼 낙타를 버려둘 수는 없었다. 그것은 낙타가 2, 3천 위안에 달한다기보다 낙타가 이제 그들의 일원이기 때문이었다.

그녀는 갑자기 알아차렸다. 왜 이곳에 이토록 많은 낙타백골이 있게 되었는가를. 그 낙타 뼈들은 낙타들에게 경종이 되고 있었던 것이다. "우리가 죽으니 너도 죽게 될 것이라고……" 이것은 무시무시한 암시였다. 낙타는 분명 수많은 낙타들이 여기서 죽었으니 자신도 이곳을 무사히 빠져나가지 못하리라고 생각했을 것이다. 어떤 낙타들은 비록 체력이 따라주었지만 이 암시를 보고는 그들의 마지막 신념마저 무너졌을 것이다. 잉즈는 절대 이 죽어간 낙타들을 따라 배워서는 안 된다고 생각했다. 마음을 굳게 먹으면 사람은 죽지 않을 것이다.

그녀는 어떻게 마지막 한 오리 믿음마저 잃은 낙타를 구할 것인가를 궁리했다. 낙타의 마음에 들어갈 수가 없으므로 다른 방법을 생각할 수밖에 없었다. 그녀는 생각다 못해 청유를 먹이는 외에는 다른 방도가 없다고 판단했다. 그녀가 말하자 난얼이 이마를 찌프리며 해석했다.

"그건 최후의 몇 방울이야, 길은 아직 멀었어."

잉즈가 말했다. "아무리 그래도 우리가 낙타를 버릴 수는 없잖아. 한번 도망쳤다가 다시 돌아온 낙타를……"

난얼이 말했다.

"그래. 기껏해야 우리 다 같이 죽으면 그만이지 뭐."

잉즈가 말했다.

"그래. 살면 같이 살고. 정말 죽게 되면 우리 낙타와 같이 죽자."

난얼이 기름병을 꺼내 흔들었다. 기름은 병속에서 회전하면서 아름다운 무늬를 그리고 있었다. 잉즈의 마음은 형용할 수 없는 어떤 것에 꽉 눌린 듯 했다. 아마 난얼도 그러하리라. 그 기름은 둘이서 아직 몇 번은 마실 수 있었다. 많지는 않지만 그건 유일한 음식물이었다.

낙타는 탐욕스럽게 그 액체를 바라보고 있었다. 전에 그녀들이 마실 때 낙타는 늘 그랬었다. 낙타 역시 그 감미로운 맛을 알고 있었다. 전에 청유를 받을 때면 주인은 기꺼이 낙타한테 주어 맛보게 했던 것이다. 그것은 실로 풀뿌리 따위에 비할 바가 아니었다. 풀뿌리로 허기를 달랜다 쳐도 신바닥처럼 굳어진 혀와 마분지처럼 말라버린 식도로는 도저히 극복할 수가 없었기에 풀뿌리에 접근도 못했던 것이다. 그러나 액체는 달랐다. 액체는 미끄러져 내리면서 청량한 운치를 맛보게 해주기 때문이다. 낙타는 탐욕에 찬 눈으로 두 여인의 울대뼈가 오르내리는 것을 바라보기만 했었다. 낙타는 심지어 그 걸쭉한 감로가 식도에서 미끄러지면서 내는 소리마저 들을 수 있었다. 말라서 연기가 날 지경이 된 세포들이 즐겁게 비명을 질러댔고, 갈증에 허덕이던 양들이 우물을 향해 뛰면서 내는 소리를 방불케 했다. 낙타는 자기는 그저 바라보기만 해야 한다는 것을 알고 있었다. 건조한 사막에 길들여졌다가 눈앞에서 병에 담겨 회전하는 청량하고 매끄러운 것을 본다는 것은 고통스러우면서도 자극적인 것이었다.

낙타는 그 아름다운(비록 입술에 말라터진 검은 딱지가 가득 앉았지만) 여인이 병아가리를 자기한테 들이댈 줄은 생각지도 못했다. 낙타는 그녀가 자기를 놀린다고 생각했다. 마을 사람들도 늘 그렇게 놀렸었다. 사람들은 개자리[17]를 꺾어서는 창문에 매달아놓아 낙타에게 상사병을 앓게 했다. 사람들은 늘 각종 방식으로 낙타에게 상사병을 선사하곤 했다. 마을의 아이들도 늘 여린 풀을 뜯어서는 낙타를 유혹했는데 낙타가 입을 벌려 먹으려 하면 홱 가져가고는 악동처럼 웃어댔다. 사람들은 모두 그랬다. 전에 이런 놀림에 대해 낙타는 늘 고독하게 눈을 감고 있었다. 그러나 이 시각 청유는 얼마나 큰 유혹인가? 그저 한번 바라보기만 해도 그것은 향수였다. 비록 그런 향수 역시 고통이었으나 욕정에 불타는 홀아비한테 야동을 보이는 것과 마찬가지로 고통스럽고도 자극적인 것이었다. 홀아비들은 벌건 얼굴로 헐떡거리면서도 눈으로는 여전히 자신한테 고통과 자극을 주는 그 모든 장면들을 놓칠 세라 보는 것이다.

낙타도 마찬가지였다.

그 병아가리가 지금 낙타의 입을 향하고 있다. 낙타는 당연 뜻밖으로 생각하고 있었다. 낙타는 그 병에 든 물건이 두 여인에게 무엇을 의미하는지 알고 있었다. 낙타는 여인의 눈을 바라보며 자신을 놀려대는가를 포착하려고 애썼다. 생각 밖으로 낙타가 본 것은 관심어린 눈빛이었다. 어릴 때 낙타가 쥐구멍에 발을 헛디뎌 다리가 부러졌을 때 어미는 바로 저런 눈빛으로 바라봤던 것이다. 낙타는 그 눈빛을 잊을 수가 없었다. 낙타의 기억력을 얕보아서는 안 된다. 낙타는 십여 년 전에 누군가가 자기를 놀려먹었다는 것을 기억하고 있으며, 8년 전에 누군가가 그한테 청사료를 주었다는 것도 기억하고 있었다. 낙타는 가장 기억력이 좋은 동물의 하나이다. 이 점에서 낙타는 말을 능가

---

17) 개자리 : 콩과에 속하는 2년생 풀로, 줄기 밑에서 많은 가지가 나와 옆으로 기면서 자라나 때때로 곧추서기도 한다. 잎은 토끼풀처럼 3장의 잔잎으로 이루어진 겹잎이 서로 어긋난다. 꽃은 5월에 노란색으로 피는데 잎겨드랑이에서 꽃차례가 나온다. 콩꼬투리는 2~3회 둘둘 말려 있으며 겉에는 가시가 달렸다. 비료를 만들거나 소 · 양 · 말들이 뜯어먹는 풀로서 널리 심었으나 지금은 산이나 들에도 퍼져 귀화식물로 자라고 있다. 추위에 약하기 때문에 따뜻한 곳에서만 잘 자란다.

했다. 말처럼 공식인정하는 인성이 통하는 동물이면서도 말보다 더욱 인정스러웠다.

낙타는 진짜 감동하고 말았다. 낙타는 그 눈빛에서 나오는 정보를 추호도 의심하지 않았다. 낙타는 그녀가 진정으로 그 청유를 자기한테 준다는 것을 알았다. 낙타는 비록 그것이 마지막 것인지는 몰랐지만 두 사람의 거동에서 매우 진귀한 것임을 알아챘다. 사람들은 몇 시간에 아주 적게 한 모금씩 마셨던 것이다. 마실 때에도 그녀들은 눈을 감고 그 맛을 오래도록 음미했었다. 그녀들은 그 맛이 자기들 영혼 깊은 곳에 오래 남아있기를 바랐던 것이다.

낙타는 그녀가 자기의 입에 병아가리를 댈 줄은 생각지도 못했고 그 매끄러운 액체가 자신의 혀 위에서 천천히 퍼질 줄을 생각지 못했던 것이다. 낙타는 혀 위의 미뢰(味蕾)들이 미친 듯이 소리치는 것을 들었는데, 그 소리는 폭염 속의 매미 울음소리와도 흡사했다. 기이한 맛은 즉시 낙타의 영혼 깊은 곳까지 침투했다. 낙타는 죽어도 그 맛을 잊을 수가 없을 것 같았다. 그건 그냥 일반적인 맛이 아니었다. 그것은 즐거움의 회오리바람이었고 맛의 쓰나미였다…… 그 외에도 멋진 비유들이 수두룩했으나 낙타는 생각나지 않았다. 낙타는 혀 위의 미뢰들이 너무 탐욕스럽다고 생각했다. 미뢰들은 미친 듯이 입을 잔뜩 벌리고 물고기가 사료를 먹듯이 먹어댔다. 비록 액체가 미끄럽고 끈적끈적한 것이었으나 낙타는 자주 쩝쩝거렸다. 낙타는 혀가 많이 윤택해졌다고 느꼈다. "이젠 풀을 뜯어먹어도 되겠군. 풀을 먹게 되면 저 두 아리따운 여인들을 계속 태울 수 있으꺼야!"

병 속의 액체는 여전히 흘러나오고 있었다. 매끄러운 액체는 갈수록 많아졌고 미뢰들은 이제 미처 다 먹지 못했다. 그 청량함은 이제 목구멍으로 미끄러지고 있었다. 목구멍은 즐겁게 움직거리며 마치 어미 낙타의 음도로 양물이 들어가듯 받아들이고 있었다. 건조하고 수분이 부족한 것이었기에 움직일 때 나는 소리는 아직 완전 탈피를 하지 못한 뱀이 움직이는 소리 같았다. 맞다. 그것은 방울뱀의 그런 소리였다. 낙타의 목구멍도 여러 곳이 갈라 터졌으리라. 마치 종으로 횡으로 갈라터진 강바닥처럼 말이다. 그건 낙타 스스로도 건초를 먹을 때 긁히는 감각으로도 알 수 있었다. 본래 그곳은 미끄럽고 점막이 있어야 했다. 지금은 마른 강바닥이 되어 있었다. 낙타는 그 마른 갈증이 정말 싫었다.

낙타는 식도가 맹렬히 움직이는 것을 느꼈다. 식도 역시 몹시 즐거운 모양이었다. 청유가 삼마 껍질처럼 갈라터진 식도에 흘러들 때처럼 식도가 즐거웠던 적은 없었다. 낙타는 식도가 내는 즐거운 비명소리도 들을 수 있었다. 그 신음소리는 숫처녀 낙타와 섹스를 할 때 삽입하고서 저도 모르게 내는 신음소리와도 같았다. 숫 낙타도 남자들과 마찬가지로 아무도 건드린 적이 없는 처녀를 좋아했다. 숫 낙타들은 성생활을 겪어보지 못한 암낙타를 생 낙타라고 불렀다. 청유는 생 낙타보다 더 좋았다. 식도 역시 그렇게 여길 것이었다. 아니면 식도가 그렇게 꿈틀거리며 신음소리를 낼 리가 없었다. 당신은 식도의 신음소리를 들어본 적이 있는가. 그것은 천상의 소리이다. 낙타는 '대음희성(大音稀声)'[18]이라는 성어를 몰랐지만 그래도 식도에서 나는 그 무수한 음악들을 들을 수 있었다. 건조하고 뜨겁게 달아오른 하늘아래 공기마저 연소하는 그때 몸속에 청량하고 매끄러운 것이 흘러들면서 심령 깊은 곳에 침투하는 그 장면을 상상해보라. 낙타는 그 여인한테 감사해하고 있었다. 여인은 그토록 좋은 물건을 자기한테 양보하

---

18) 대음희성(大音希聲) : 노자가 ≪도덕경≫에서 제시한 미학 관념. "큰 소리는 들리지 않는다"라는 것으로, 노자는 가장 아름다운 음악은 온전하고 자연스러운 소리의 아름다움이며, 인위적인 기교와 분별의 아름다움이 아니라고 보았다.

고 있었던 것이다.

청량감은 이제 위속으로 흘러들고 있었다. 위는 놀랍고도 즐거워서 꿈틀거렸다. 위가 꿈틀거리는 것은 마치 괴물 같았다. 위는 본래 암홍색이어야 하는데 지금은 아마 시커멓게 되었을 것이다. 검을 뿐만 아니라 단단하기까지 해서 마치 반 건조 쇠가죽처럼 되었을 것이다. 단단할 뿐 아니라 수축까지 되어있을 것이었다. 그 모양은 80여 세 되는 노인의 얼굴과 흡사할 것이고, 사막의 대추나무껍질과도 비슷하며, 처마 밑에 사흘 걸어놓은 돼지 오줌주머니를 닮았는가 하면, 간수와 간장물에 다섯 시간쯤 삶은 태반의 모양과 다름없는 것이다. 이 모든 것과 비슷한 것이 지금 일시에 꿈틀거리니 괴물이 아닐 수 없었다. 괴물은 찰카찰카 소리를 내고 있었는데 300 마리의 쥐가 동시에 이빨을 가는 소리처럼 들렸다. 위에는 삽시간에 수많은 먼지알갱이들이 날리는 것 같았다. 이들은 위의 주름 사이에 잠복해 있다가 위액이 사라지자 이때다 싶어 마구 흩날리기 시작했고, 아주 살판 만났다고 난동을 부리는 것이었다. 이들은 놀랍게도 식도를 따라 흘러내리는 청유를 발견했다. 위에는 창문이 달리지 않아서(이는 본래 승냥이들의 솜씨라 할 수 있다)위안은 어둑했고, 그래서 먼지알갱이들은 그 반투명한 물체가 서서히 들어오는 것을 보지 못했다. 또 다른 이유는 위까지 내려오는 도중 수많은 세포들이 너도 나도 강탈에 가담했기에 청유가 매우 늦게 왔기 때문이다. 그러나 그 냄새만은 먼저 도착했고 먼지들의 코를 자극했다. 위를 얕보지 말아야 한다. 그것은 범상치 않은 가죽주머니이고 하나의 세계인 것이다. 물론 당신이 이 가죽주머니를 말린 고기 취급하면 그 세계는 죽어버리는 것이고, 당신이 혀를 끌끌 찰만한 죽음만이 남을 뿐이다. 대뇌 역시 그렇지 아니한가? 살아있을 때는 갖은 계교를 다 부리고 다양한 풍류도 즐기면서 온갖 러브스토리 역시 여기에서 생겨나지만, 일단 죽으면 아무도 대뇌가 일찍 얼마나 멋진 이야기들이 많았는지 도무지 알 수가 없는 것이다. 위 역시 그와 마찬가지였다.

괴물 같은 위가 꿈틀거리는 소리는 질겁할 지경이어서 당신은 종래 그런 소리를 들어보지 못했을 것이다. 당신은 이 세상 모든 어휘를 동원해서 그 소리를 형용해보아도 매우 창백한 감을 느끼게 될 것이다. 당신이 만약 사막에서 사흘 쯤 물을 못 마시고 숨이 간들간들해 있다가 시원한 호수 물을 봤다고 하자. 그러면 당신은 그런 소리를 내게 될 것이다. 그러나 그 소리는 성대를 울려 나오는 소리가 아니라 영혼에서 나오는 소리인 것이다. 그 소리는 하늘가로 치솟은 회오리바람처럼 구중구천에 치닫기도 하지만 음부(音符)로는 도저히 그 소리를 표현해낼 수가 없다. 낙타는 물론 그 소리를 들었다. 낙타는 심지어 무수히 많은 손들이 위속에 들어가는 감을 느꼈고, 그 손들 역시 이 소리의 창조자였다. 낙타는 마구 휘저어대는 그 손들을 굉장히 싫어했다. 그 손들은 한 무리의 강도였다. 그들은 얼마 안 되는 청유를 자기가 소유하려고 악을 바득바득 쓰고 있었다. 그래서 어지러운 발걸음소리를 내고 있었던 것이다. 낙타는 그들 때문에 심히 부끄러움을 느꼈다. 그래서 낙타는 허무한 마음이 되어 유리병을 든 여인을 바라보았다. 낙타는 무언가 해석하려 했으나 무엇이라고 말했으면 좋을지를 몰랐다.

낙타의 체내에서 발광하던 손들은 위속에 들어온 얼마 안 되는 청유를 순식간에 빼앗아 갔다. 그것은 실로 해면이 물을 흡수하듯이, 봄비가 굳은 땅에 내리듯이, 올챙이가 고래 입에 들어가듯이, 아무튼 소리도 흔적도 없이 사라지고 말았다. 오히려 그들은 여흥이 가시지 않아 더 많은 것을 은근히 기다리고 있었다. 낙타도 마찬가지였다. 그러나 그 병아가리가 이빨에 부딪치는 소리는 끝내 들리고 말았다. 병에 있는 청유를 모조리 낙타의 입에 넣어주기 위해 여인이 병을 흔들었던 것이다. 낙타는 이빨들이 진동하는 감을 느꼈다.

여인은 빈 병을 사막 한 가운데 던져버렸다. 낙타는 여인한테 병을 버리지 말라고 말해주고 싶었다. 목민을 만나거나 낙타 떼를 만나면 혹시 그들한테서 물을 얻을 수도 있고 그 병은 물을 담을 수 있었던 것이다. 낙타가 소리쳤다. 여인은 물론 그 말을 알아들을 수 없었다. 그래서 낙타는 "내가 병을 더럽혔다고 생각하나?" 라고 생각했다.

낙타는 우수에 찬 눈길로 사막을 바라보았다. "하고 싶은 대로 하라지. 제 물건을 스스로 던지는데 누가 뭐라 하겠는가?"

그런데 다른 여인이 그 병을 주어왔다. 그녀는 병아가리를 옷깃으로 닦더니 낙타의 등에 진 배낭에 집어넣었다.

19.

사람 둘과 낙타 하나가 황혼을 향해 걸어가고 있었다. 낙타는 비록 몸을 일으켰으나 사람을 태울 수는 없었다. 이건 실로 설상가상이라고 할 수 있었다. 낙타를 타도 힘들긴 했다. 미추골이 낙타등뼈에 마찰해서 불로 지지는 듯이 아파왔고 허리도 시큼시큼했다. 그러나 체력소모만은 걸어가는 것보다 많이 적었다. 그녀들이 마신 청유는 비록 기갈을 해결하지는 못해도 몸의 칼로리는 얼마쯤 지탱하게 해주었다. 지금 그들은 부득불 그 높은 모래 산을 올라야 했다. 둘은 모랫길을 걷는 경험이 없었고 몸의 '살' 도 내리지 않았다. 말하자면 몸의 지방이 아직 사막을 걷도록 근육으로 변화되지 않았던 것이다. 잉즈는 장딴지가 칼로 에는 것 같았다. 걸음마다 발이 모래 속에 빠져 들어갔고 매번 빠져 들어갈 때마다 칼로 에는 듯한 감각은 더욱 심해졌다. 발바닥도 마찬가지였다. 한 발자국 씩 내디딜 때마다 쑤시듯 아파왔다. 그런 횟수가 많아지자 그녀는 온 몸이 무너져 내렸다.

혼잣말로 위안해본다. 한 걸음 걸으면 목적지와 그만큼 가까워진다. 그러나 눈을 들어 바라보면 우중충한 거대한 모래 산 뿐이다. 별들은 낮게 드리워 있으나 별은 어쨌든 별일뿐이고 그녀들은 그녀들이었다. 별들에 대해 그들은 이미 흥미를 잃었고 갓 사막에 들어섰을 때의 그 시흥은 진작 사라져 버렸다. 시흥도 일종 마음이다. 고난이 큰 산 마냥 덮칠 때면 시흥은 생존공간이 사라지는 것이다.

그래도 가자.

칼로 에는 듯한 다리를 끌고 창망한 어둠속의 희미한 길을 바라보는 잉즈는 마음이 삼검불[19]처럼 되었고, 시의(詩意)는 얼어붙었으며, 심정은 마비되었고, 희망만 붙잡고 있을 뿐이었다. 그녀는 낙타꼬리를 잡았으나 오르막을 오를 때만 그 힘을 빌릴 뿐이었다. 평지를 갈 때면 돌덩이를 달아맨 듯한 두 다리를 최대한 재빠르게 움직이며 낙타의 짐이 되지 않으려고 노력했다.

난얼은 오른 손으로 낙타의 고삐를 잡고 있었다. 겉보기에 그녀가 낙타를 몰아가는 것 같지만 기실 그 역시 낙타한테 의지하고 있었다. 잉즈는 낙타꼬리를 잡고 사막에서 걸어가고 있다. 힘들 때는 적은 힘만 빌려도 걸음이 많이 도움이 되는 것이다. 알아 둘 것은 두 사람이 모두 낙타의 힘을 빌고 있지만, 타고 가는 것에 비해 낙타한테는 많은 체력이 절약되고 있었다.

비록 걸을 때마다 다리가 칼로 에는 듯 아파났지만 잉즈는 그래도 가끔씩 눈을 감았다. 그녀는 너무 곤했던 것이다. 만약 이따금씩 모래

---

19) 삼검불 : 삼거웃의 북한 말. 삼의 껍질 끝을 다듬을 때 긁혀 떨어진 검불.

에 걸리지만 않는다면 그녀는 깊이 잠들었을 것이다. 할 수 없지. 그 피곤기는 움 속의 술과 같이 오래 둘수록 술향기가 더욱 짙어지는 것이다. 어느 순간 그녀는 자신이 침대에 누워있다고 착각까지 한 나머지 손을 놓아버리고 그대로 모래 위에서 잠들어 버리기도 했다. 다행히 난얼이 낙타를 몰고 굽이를 돌다가 뒤를 돌아보니 잉즈가 안 보이자 난얼이 소리쳤다.

"바람이 없었기에 다행이지 아니면 다시 널 찾을 수도 없었을 거야."

바람은 모래 위의 모든 흔적을 지워버릴 뿐만 아니라 많은 괴상한 소리를 냈다. 바람은 난얼이 잉즈를 부르는 소리를 삼켜버리고 다른 소리를 내서 잉즈를 유혹하기도 했다. 잉즈는 그 소리가 난얼이 내는 소리라고 여기고 그 소리를 따라 가다가는 난얼이 다시는 찾을 수 없는 엉뚱한 곳으로 갈 수도 있었던 것이다.

사막에서 죽어간 많은 사람들이 바로 그렇게 죽었던 것이다.

잉즈가 다시 잠들까봐 난얼은 끈 하나를 내서 한쪽 끝을 잉즈의 허리에 묶고 한끝을 낙타의 걸채에 매어두었다. 난얼은 끈을 좀 길게 해두었는데 잉즈가 낙타의 꼬리를 잡고 걸으면 끈은 느슨하지만 낙타꼬리를 놓기만 하면 끈은 바로 탱탱해지는 것이었다. 그러면 끈을 쥐고 걷던 난얼은 알아차리고 멈춰서는 모래 위에 넘어져 있을 잉즈를 깨울 수 있었기 때문이었다. 물론 이렇게 할 수 있는 전제조건은 난얼이 낙타를 잘 몰아주는 것이었다. 아니면 낙타가 놀라서 끈을 홱 채서 잉즈를 쓰러뜨릴 수도 있기 때문이었다. 그것은 마치 말에서 떨어졌지만 발은 아직 말안장에서 뽑지 못한 기사 꼴이 되는 것인데, 어떤 기사들은 바로 그렇게 아주 엉망이 되기도 했던 것이다. 그런 위험을 방지하기 위해 난얼은 걸채 쪽의 끈을 매어놓을 때 옭매지 않고 만일 의

외의 일이 발생하면 그녀가 끈을 당겨주면 바로 풀리도록 했다.

시누올케 둘은 이렇게 꿈인 듯 생시인 듯 모래 산들을 전전하고 있었다. 사막에 들어올 때는 낙타방울이 있었으나 승냥이들한테서 도망치면서 잃어버렸고 도중에 들리는 것은 싸락싸락 하는 모래소리 뿐이었다. 이따금 낙타의 콧바람소리도 들렸는데 그 소리는 마치 벼락치듯 해서 흐리멍덩하던 잉즈를 깜짝 놀라게도 했다.

손전지의 전지약도 거의 나가고 있었다. 비록 그녀들이 비상용을 준비해두었으나 감당할 수 없을 정도로 소모되고 있었다. 그래서 길을 알아볼 때만 난얼은 손전지를 켜대곤 했다. 때로 전지불빛에 흉악한 모양의 백골이 보일 때도 있었다. 전 같으면 그녀들은 "와와" 소리를 질렀으련만 지금은 습관이 되었다. 이제는 오래 동안 백골이 보이지 않으면 난얼은 길을 잘못 들었을까봐 투덜거리곤 했다. 백골은 전부 낙타만 있는 것도 아니었다. 때로 개처럼 생긴 것도 있었는데 그녀들은 그것이 개인지 여우인지 알 수가 없었다. 자연의 이치대로 하면 이동하는 모래들이 이런 백골들을 덮어주어야 마땅할 것이나 이상하게도 그렇지가 않았다. 아마 북쪽의 모래 산 이 큰 바람을 막아준 까닭이리라고 생각했다.

한밤중이 되자 둘은 정말 걸을 수가 없어 조금 숨을 돌리기로 했다. 멈추자마자 잉즈는 꿈나라로 들어갔다. 난얼은 자기마저 잠들까봐 앉지도 못했다. 그녀는 밤에 길을 다그치지 않다간 낮이면 미라로 되리라는 것을 잘 알고 있었다. 그런데 너무 갈증이 났다. 비닐주머니에는 물이 조금밖에 들어있지 않았다. 아마 세 모금이나 다섯 모금 정도. 이건 정말 애를 태우는 일이었다. 그러기에 갈증이 불길로 변해 목구멍이며 심장을 마구 태우고 지지고 해도 감히 물을 마실 엄두를 내지 못했다. 난얼은 이 물만은 남겨두었다가 목숨을 구해야지 하고 생각했다. 만일 한 사람이 햇볕에 쬐어 혼절한다면 다른 사람이 그 물로 상대방의 목숨을 구해야 하는 것이다. 몇 방울의 물을 우습게보지 말아야 했다. 때로 바로 그 몇 방울의 물이 코앞에 당도한 죽음의 신을 쫓아버릴 수 있기 때문이었다.

피곤기는 그토록 강대한 것이었다. 밤은 죽음과 마찬가지로 불가항력적이어서 난얼도 낙타에 기대어 잠간 눈을 붙이고 있었다. 그녀는 낙타는 엎드리지 못하게 했다. 만일 낙타마저 엎드리면 그녀는 아마 저도 모르게 꿈나라로 들어갈까 봐 두려웠던 것이다. 아니, 그건 꿈이 아니었다. 그녀는 꿈 꿀 맥조차 없었다. 그녀는 낙타에 의지해 서있었다. 그녀는 낙타가 걷든 엎드리든 움직이기만 하면 바로 깰 수 있도록 했다.

그리고 나서 그녀는 눈을 감았다. 그녀는 거대한 어둠 속으로 서서히 빠져 들어갔다.

20.

잉즈가 깨났을 때 난얼은 깊이 잠들어 있었다. 낙타 역시 진작에 엎드려 있었다. 난얼의 몸은 낙타에게 기대어 있었다. 낙타도 잠들어 있었다. 낙타는 아주 조심스럽게 자고 있었다. 본래 낙타는 누워서 사지를 시원히 뻗치고 잔다. 평소라면 그렇게 잤을 것이고 그래서 경험 있는 낙타몰이꾼은 자다가 낙타가 자기를 깔아 뭉갤까봐 절대 낙타 곁에서 같이 잠을 자지 않는다. 이 낙타는 매우 사리가 밝아서 꿇어앉은 채 잠을 자고 있었다. 녀석은 난얼을 깔아 뭉갤까봐 혹은 깨울까봐 걱정이 된 모양이었다.

날이 완전히 밝았고 모든 것이 백일하에 드러났다. 멀지 않은 곳에 사람 두개골이 이빨을 드러내고 잉즈를 바라보고 있었다. 잉즈는 보는 척도 안했다. 그녀는 난얼이 좀 더 자도록 내버려두려다가 서늘한 아침녘을 타서 길을 가는 것이 좋겠다고 생각했다. 그래서 몇 번 흔들어 난얼을 깨웠다. 난얼은 놀라서 눈을 크게 떴다. 마치 날이 밝아온 것을 믿지 못하기라도 하듯이. 그녀가 말했다.

"어라 내가 왜 잠들었지?"

잉즈가 말했다.

"때로 몸이 말을 듣지 않는 거지 뭐."

피곤기가 좀 가시자 배고픔과 갈증이 또 밀려왔다. 갈증이 맹렬할 때면 배고픔은 버금으로 밀려나게 마련이다. 본래 그 물은 구급용으로 사용하려 했던 것이나 갈증의 힘이 너무 커서 난얼마저 생각을 바꾸게 했다. 그녀는 비닐뚜껑에 물을 부어 잉즈한테 주고 자기도 한 덮개 마셨다. 둘은 혀를 내밀어 입술을 핥았다. 그건 부질없는 짓이었다. 입술은 진작에 마른 참마껍질처럼 되어서 아무리 핥아준들 거기서 거기였다. 난얼의 입술은 더욱 크게 부었는데 이상한 것은 사람의 갈증이 그토록 강했는데 입술이 무슨 정신으로 그렇게 높게 부어올랐는지 모를 일이었다.

그들은 다시 낙타를 몰아 길을 나섰다. 몸은 습관을 잘못 들이면 안 되었다. 계속 움직일 때는 아파도 몸이 이미 그 아픔에 습관이 되어 모르는 것이다. 그러나 한 숨 쉬고 나면 그 피곤 기며 아픔들이 다시 소생하고 만다. 잉즈의 몸에 있던 아픔들도 죄다 깨어나서 밤보다 더 맹렬하게 아파왔다. 몸이 아플 때는 도리대로 하면 갈증을 잊어야 하지만 사실 그렇지가 않았다. 갈증과 통증은 두 갈래의 선풍기마냥 그녀를 공격해왔다. 피곤 기는 적어져서 상대적으로 깬 정신으로 길을 갈 수는 있었다. 이것은 행운인지 불행인지 알 수가 없었으나 너무 곤할 때는 아픔이며 갈증 따위들이 전부 피곤기에 가려지곤 했었다. 지금 피곤기는 많이 희석되었으나 갈증과 통증은 살아나고 있었다. 그들도 분명 뻐드렁니를 가지고 있어서 한 걸음 움직일 때마다 물고 뜯고 했다. 잉즈는 모든 것을 제쳐놓고 오로지 통증과 갈증과만 대결하면서 모든 주의력을 집중하고 있었다.

앞으로 가면서 모래 산은 점차 모래 구릉으로 변하고 있었다. 식물은 여전히 매우 적었고 어쩌다 만났다 해도 대부분 풀 뿌리여서 낙타는 보는 척도 안했다. 길에는 낙타 똥도 있었는데 난얼은 몇 개 부셔보았으나 다 오래 전의 똥들이었다. 모래가 소용돌이친 곳에 몇 그루의 가시나무가 있었는데 그 위에는 낙타털이 수두룩하게 걸려있었다. 가시나무는 이미 죽은 지 오래였고 지하수가 이 식물을 키우지 못했다는 것을 말해주고 있었다.

이 시각 잉즈의 생각에 염지는 더는 단순한 염지가 아니었다. 많은 일들이 그랬다. 가슴에 어떤 것을 품고서 그걸 찾으려고 갖은 노력을 했으나 얻지 못했을 경우 그것은 당신의 가슴속에서 나날이 커져가는 것이다. 예를 들면, 그 원수와 그 염지 등이다. 잉즈는 이 시각 염지가 자기들의 마음 속 성지나 다름없다고 생각했다. 그녀는 여지 것 그 어느 수행자가 마음속의 정토를 찾아 이렇게 노력하는 것을 본 적이 없었다. 바로 염지의 이와 같은 중요한 위치 때문에 이 생명의 고행은 의미가 있는 것이라고 잉즈는 생각했다.

시끄럽게 해주는 갈증과 통증으로부터 주의력을 분산시키기 위해 잉즈는 일부러 다른 일들을 생각하고 있었다. 그녀는 먼저 원수를 떠올렸다.

이 원수야, 이 모든 것은 다름 아닌 너 때문이야.

그녀는 이번 목숨을 내건 여행이 그녀의 사랑에 대한 증거가 되리라고 굳게 믿었다.

링즈를 떠올리자 잉즈는 다시 염지를 생각하기 시작했다. 그녀는 물론 염지의 모습을 떠올릴 수 없었다. 그려볼 수 없기에 더 신비스러운 지도 몰랐다. 끝도 없이 밀려드는 온갖 역경 속에서 이제 염지는 토템이 되었다. 그녀는 염지로 향하는 이 길이 그녀의 운명을 바꿔주기를 바랐고, 적어도 그녀의 생활이 바뀌지기를 바랐다. 그녀의 생활에는 크고 작은 바람들이 있었다. 나이를 먹어감에 따라 그 바람도 자꾸 바뀌었다. 그러다가 나중에 바람들은 공중의 비누거품처럼 부유하면서 오색찬란했으나 일단 깨지기만 하면 견딜 수 없는 실망감과 공허감을 안겨주었다. 그녀는 염지는 그렇지 않기를 바랐다. 그녀는 이미 마음이 지칠 대로 지쳤기에 더는 견디지 못할 거라고 생각했다.

그러나 통증과 갈증의 파워는 그토록 거대한 것이어서 매번 그녀를 환상 속에서 현실로 끄집어냈다. 누르께한 빛이 시 망막에 뛰어들었다. 태양이 또 작열하기 시작한 것이다. 모래 언덕은 여전히 끝도 없이 펼쳐져서 끝머리를 찾을 수가 없었다. 염지가 이 사막의 어느 틈바구니에 옹송그리고 있을지 하늘이나 알 것인가? 그녀는 정말이지 감히 먼 곳을 바라보지 못했다. 매번 먼 곳을 볼 때마다 그녀의 마음은 항상 절망으로 가득 찼다.

두 사람은 한 숨을 돌리고 나서 마지막 한 방울의 물을 마셔버렸다. 그들은 이미 이틀이나 소변을 보지 못했다. 마신 물들은 결코 체외로 배출되지 않았다. 마지막 물 한 모금을 마셨을 때 그들은 아무 말도 하지 않았다. 그들은 그것이 무엇을 의미하는지 잘 알고 있었다.

"가자."

난얼이 말했다.

그들은 낙타와 함께 정오에 들어섰다. 잉즈는 물론 예전처럼 낮에는 자고 밤에 길을 가려고 상상했으나 손전지가 이미 기능을 잃었다. 그들은 밤길을 걸어서 길을 잃지 않는다는 보장이 없게 되었다. 또 먹고 마실 것이 전부 떨어졌을 때는 아무리 깊이 판 구덩이에 엎드려 있는다 한들 몸의 에너지는 여전히 소진될 것이었다. 난얼이 말했다.

"혹시 거의 도착한 거 아냐?"

그녀는 매우 '아마' 라는 말을 많이 했다. 아마 사람을 만나게 될 거야. 아마 수원지를 발견하게 될 거야. 아마 먹거리를 만나게 될 거야…… 그 많은 '아마' 들은 모두 희망이었다. 그중에서 어느 하나의 '아마' 를 만난다면 모든 어려움은 해결될 것이었다.

이 정오 때에도 그들은 '아마' 에게 접근하게 되었다.

해는 여전히 그들이 물이 모자란다고 해도 불비를 멈추지 않았고, 몸도 그 많은 미래적인 '아마' 때문에 수분 상실을 그만두지 않았다. 수분 상실은 우선 대뇌에서부터 진행되었기에 그녀들은 모두 현혹과 환각 현상이 나타났다. 환각은 두렵지 않았으나 현혹은 큰 입을 쩍 벌리고 그들을 집어삼키려 했다. 난얼은 시시각각 "자지 마라" "자지 마라" 하며 일깨워주었다. 잉즈도 알고 있었다. 그렇게 자다가는 영영 깨나지 못하게 되리라는 것을. 둘은 서로 의지하며 격려하며 일깨워주었지만 눈꺼풀은 여전히 갈증으로 인해 서로 맞붙으려 했다.

가장 먼저 쓰러진 것은 낙타였다. 낙타는 눈을 반쯤 감고 콧구멍을 크게 벌리고 깊은 숨을 몰아쉬고 있었다. 마치 체내에서 거대한 풀무가 서서히 돌아가듯이. 잉즈는 이미 대단하다고 생각했다. 고작 청유 몇 모금의 에너지로 낙타는 그들을 이끌고 여러 개의 큰 산을 넘어왔던 것이다. 잉즈는 낙타가 쓰러지는 것을 가장 두려워했다. 지금 쓰러진다면 그녀들은 구할 수 없게 되기 때문이다. 그녀는 "염지에 곧 도착하니 - 그녀는 '당연하게' 곧 도착한다고 여겼다 - 쓰러지면 안 된다"고 했다. 난얼은 막연하게 낙타를 바라보며 길게 한숨을 내쉬었다.

낙타는 한동안 부르르 떨더니 천천히 누워버렸다. 낙타는 목과 사지를 길게 늘어뜨리고 호흡이 갈수록 길어졌다. 곧 죽게 될 것이었다. 그들은 또 돈을 잃게 생겼으나 아무도 돈 생각을 하지 않았다. 잉즈가 주목한 것은 낙타의 목숨이었다. 그 주목은 예전 남편의 임종을 지켜보던 때와 같았다. 다만 그녀의 사유가 흐리멍덩해져서 낙타가 곧 죽게 된다는 것을 알면서도 곧 이어 죽게 될 것은 다름 아닌 자신들이라는 것을 몰랐다. 그러나 속으로는 상심감이 적지 않았고 은근히 불복하면서도 다른 것을 생각할 겨를이 없었다.

잉즈는 앉아버렸다. 그녀는 앉으려고 생각했던 것은 아니었으나 다리가 저절로 주저앉았던 것이다. 낙타가 쓰러지지 않았더라면 그녀는 그래도 의지할 데가 있었을 것이다. 그러나 낙타가 쓰러지면서 이제 그녀는 혼자 남게 되고, 앞에 있는 모래언덕들을 넘지 못할 것이다.(넘은들 또 어쩐단 말인가? 앞에는 여전히 수많은 모래언덕들인데) 그녀는 죽음이요 삶이요 생각하기조차 싫어졌다. 그녀는 다만 눈을 감고 한잠 실컷 자고 싶었다. 그렇게 자게 되면 다른 세상으로 가게 된다는 것도 알고 있었으나 그런 걸 생각하기가 싫었다. 대뇌가 자려고 하는데 무슨 재간이 있겠는가?

난얼은 이를 악물고 낙타를 바라보다가는 잉즈를 바라보았다. 그녀의 얼굴은 바싹 야위었고 수많은 땀줄기들이 흘러내린 흔적이 있었으며 콧구멍은 새카만 먼지들로 가득했다. 잉즈는 난얼의 얼굴에서 자기의 낭패상도 보았으나 더 생각하기 싫었다.

난얼이 말했다.

"좀 참아. 내 가서 물을 얻어올게."

잉즈는 속으로 "물이 어디 있다고?" 라고 했으나 그래도 찾지 않는 것보다는 낫다고 생각했다. 비록 찾지 못한다 하더라도 앉아서 죽기를 기다리기보다는 나을 것이었다.

난얼은 그녀의 대답을 기다리지 않고 병을 들고 한 걸음 한 걸음 북쪽 사막으로 걸어갔다. 그녀는 매우 더디게 걸었다. 관절에서는 파삭파삭 하는 소리가 들렸다. 흐리멍덩한 가운데 난얼은 움직이는 백골이 되었다. 잉즈는 그녀가 저렇게 가면 다시 돌아오지 않을지도 모른다고 생각했다. 링즈가 그랬다. 많은 탐험가들이 물을 찾으러 갔다가 돌아오지 못했다고.

난얼은 천천히 모래언덕을 돌아가고 빈 공간만 남겨놓았다. 그 모습은 흡사 한 방울 물이 모래 속에 떨어진 듯 했다.

"잉즈는 왜 나 혼자 남겨둬?" 라고 말하려고 했다. 그녀는 조금 상심했다. 그녀는 "죽어도 같이 죽어야 하지 않아? " 하고 말하려고도 했다.

낙타는 여전히 눈을 감은 채 헐떡거리고 있었고, 뱃가죽이 부풀어 올랐다가 풀썩 꺼지곤 했다. 잉즈는 그 안에서 승냥이가 낙타의 창자를 먹는 건 아닌지 생각했다. 그 무서운 짐승이 그들이 깊은 잠에 빠진 틈을 타서 낙타의 항문으로 낙타 배에 들어갔을 것이다. 이상한 것은 잉즈는 조금도 두렵지 않다는 것이었다. "그래, 먹겠으면 어디 먹어봐. 먼저 낙타를 삼키고 그담 나를 삼키무나."

소리가 들리지 않앗다. 전에 점심 무렵에 태양은 거대한 소리를 뿜어냈는데 마치 천만 마리의 매미들이 일제히 우는 듯했다. 지금 태양이 조용하니 사막에서는 아무 소리도 들을 수 없었다. 낙타의 헐떡거림이 차츰 적어져 갔다. 배는 여전히 높았다 낮았다 했으나 소리는 없었다. 그녀는 자신의 심장박동소리도 들을 수 없었다. 일종의 거대한 적막이 자신을 녹여내는 것처럼 느껴졌다. 그녀는 자신이 이미 죽은 건 아닌지 의심스러웠다. 머리를 들어 하늘을 보니 푸른 하늘이 비단결처럼 보였다. 구름은 비단물결처럼 날리고 있었다. 그들은 지금 달리기 시합을 하는 걸까? 아니면 멈춰선 것일까? 상관할 바도 없었다.

그녀는 난얼이 자기를 속였다고 생각했다. 그녀는 사실상 물을 찾으러 간 것이 아니라 다른 세상에 갔을 것이다. 그 세상은 물론 굉장히 좋을 것이야. 하지만 "참말로 의리가 없지. 가려면 같이 가지. 같이 가면 얼마나 좋아 그래."라고 생각했다. 그러나 그녀를 원망하기조차 싫었다. 꿈속에서처럼 커다란 그물이 내려오고 있었다. 그물은 하늘 공중에서 서서히 내려오며 그녀의 머리 위에 내렸다. 그물은 아주 여러 번 내려왔다. 마치 거미줄처럼. 고기그물처럼. 갈수록 더 질기고 갈수록 더 짙고 갈수록 더 빽빽했다. 그녀는 깨달았다. 이번에 그물은 필경 '영혼' 을 잡아가리라는 것을……

낙타가 쓰러졌다. 네 다리를 길게 뻗고 모래언덕 위에 모로 쓰러졌다. 마치 평소 잠을 자듯이. 이는 낙타가 이미 꿇어앉을 힘조차 없다는 것을 설명해주었다. 낙타의 피는 매우 걸쭉할 것이다. 자신의 피 역시 그렇게 걸쭉할 것이다. 해는 혀를 날름거릴 때마다 습기를 핥아갔다. 핥겠으면 핥으라지. 누가 태양이 아니랄까봐. 구름은 그 빛을 막아주지 못했으나 잉즈는 더운 줄도 몰랐다. 갈증도 흐리멍덩한 가운데 빠져 죽었나보다. 이어서 '영혼' 이 빠질 차례이다. 잉즈는 "빠지겠으면 빠지라지" 하고 생각했다.

검은 까마귀 한 마리가 멀지 않은 모래 언덕 위에 나타나 "까옥까옥" 하고 울어댔다. 잉즈는 자기가 곧 죽게 되리라는 것을 알았다. 듣자니 까마귀는 죽은 사람의 시체를 잘 먹는다고 했다. 후각 또한 예민해서 산사람의 몸에서도 죽은 시체냄새를 맡을 줄 안다고 했다. 그래서 사람이 죽을 때면 찾아와 울어주기에 사람들은 그놈이 재수 없다고 여기게 된 것이다. 링즈는 까마귀가 신조(神鳥)이고 불교 대호법 마하칼라[20]의 졸개라고 했다. 잉즈는 까마귀가 신조라고 하니 차라리 까마귀밥이나 되고자 했다. 그녀는 승냥이들한테 먹히기보다 차라리 까마귀에게 먹히는 게 낫다고 생각했다. 이는 물론 링즈의 말과도 관계된다. 그녀는 다만 신조가 그녀의 '영혼' 이 아직 남아있을 때부터 와서 먹지 말기만을 바랐다. 까마귀들은 사람을 먹을 때 눈알부터 빼먹는다고 했다. 이는 그녀가 받아들이기 어려운 대목이었다. 어떻게 눈알부터 빼먹는가? 그래서 그녀는 숨이 떨어질 때면 반드시 앞으로 엎드리겠다고 생각했다. 얼굴이 황사에 파묻히더라도 말이다. 그녀는 까마귀가 그녀의 아름다운 눈에 주둥이를 대는 것을 용서할 수 없었다.

또 몇 마리의 까마귀가 와서 일제히 울어대면서 그녀를 바라보고 있었다. 그 괴상한 소리에 낙타가 눈을 떴다. 낙타도 그 소리가 무엇을 의미하는지 잘 알고 있었다. 낙타는 잉즈를 바라보았고 잉즈도 낙타를 바라보았다. 둘은 서로 마음으로부터 우러나오는 무가내(無可奈)[21]를 주고받고 있었다. 눈시울이 갑자기 뜨거워졌고 머리에서는 "웅웅" 하는 소리가 들려왔다.

오는 도중에 그 백골들의 살점은 아마 까마귀들이 먹어치운 것이라고 잉즈는 생각했다. 사막에서 당신은 사람고기보다 더 훌륭한 음식물을 찾기 어려울 것이다. 다른 건 그만두고 그 매끈거리는 것은 다른 동물들한테 절대 있을 수 없는 것이었다. 까마귀들은 당연히 사람들이 자신들의 관할구역에서 갈증으로 죽어가기를 바랐다. 그럼 나도

20) 마하칼라 : 티베트 불교의 사나운 여덟 수호신의 하나
21) 무가내(無可奈) : 굳게 고집을 하여 어찌할 수가 없음

너희들 염원을 들어주마. 그녀는 까마귀들이 난얼의 눈동자를 쪼아 먹은 다음 지금 자기한테 온 건 아닌지 의심했다. 그녀는 사막에 피투성이 얼굴로 쓰러진 난얼을 본 것 같았다. 머리는 항상 그녀와 엇서고 있었다. 그녀가 생각하는 그림들은 하나도 떠오르지 않았고 그녀가 떠올리고 싶지 않은 그림들은 피범벅이 되어 떠오르는 것이었다.

잉즈는 힘겹게 머리를 흔들었다.

흐리멍덩한 가운데 까마귀 몇 마리가 그녀의 머리 위에 날아와 빙빙 선회했다. 놈들은 참 성질이 급했다. 그녀를 죽은 사람으로 여긴 모양이었다. 아니면 놈들도 인간들이 산 원숭이 뇌를 파먹는 것처럼 신선한 맛을 보려는 것이리라고 생각했다. 꼭 그럴 것이다. 잉즈는 놈들한테 고기를 먹도록 허락은 하면서도 아직 살아있을 때 입대는 것은 원하지 않았다. 그녀는 건전지가 다 나간 손전지를 휘두르다가 손에 닿지 않는지라 낙타의 고삐에 걸쳐두었던 채찍을 빼들었다. 그것은 그녀들이 비상용으로 준비해둔 것이었다. 낙타가 말을 듣지 않기라도 하면 그것으로 낙타를 후려갈길 생각이었다. 그러나 길에서 아무도 그 채찍을 사용하지 않았다. 그것은 두 마리 낙타들이 말을 잘 들었기 때문이었다. 잉즈는 채찍을 빼드는 순간 검은 그림자가 덮치는 것을 느꼈다. 그녀는 슬며시 힘을 주었다. 힘을 주었다는 것은 채찍을 후려치는 순간 상당한 속도를 얻게 했다는 말이다. 까마귀는 죽은 사람인 줄 알았다가 갑자기 한 줄기 검은 띠가 자신을 향해 날아올 줄은 몰랐다. 까마귀는 자기의 속도가 엄청 빨랐다고 생각했지만 채찍은 거기에서 기다리고 있었기에 걸리기만 해도 머리가 돌아갔을 것이다. 황차 그 채찍은 까마귀를 향해 날아왔으니깐.

둔탁한 소리가 들리더니 까마귀가 모래 위에 떨어졌다.

다른 까마귀들은 놀란 소리를 지르며 멀지 않은 모래언덕으로 날아갔다.

모래 위에 떨어진 까마귀는 몇 번 꿈틀대다가 조용해졌다.

잉즈는 꿈을 꾸는 것 같았다. 참 이상한 일이었다. 그녀는 전에 채찍을 휘둘러보았으나 숙련정도는 스스로의 몸을 때리지 않는 정도였고 목표물을 명중한다는 것은 눈 먼 나귀가 건초더미에 부딪치거나 소경의 입에 기름떡이 떨어져 들어가는 것과 별반 다르지 않았다. 그런데 생각밖에도 명중했던 것이다.

그녀는 죽은 까마귀한테로 기어갔다. 까마귀는 큰 닭보다 많이 작았다. 날 때는 날개를 펼쳐 엄연히 날짐승이었지만 땅에 떨어진 다음 보니 병아리와 흡사했다. 몇 방울의 피가 모래 위에 떨어졌다. 잉즈는 그 피가 목숨을 얼마쯤 유지하게 해줄지도 모른다고 생각했다. 그녀는 평소 담이 매우 작았으나 이때는 현혹감과 막연함으로 덥석 그 검은 새를 잡아 쥐었다. 이성은 그녀에게 까마귀 머리를 떼고 피를 받으라고 했다. 그녀는 그렇게 하기 시작했다. 그녀는 매우 큰 힘을 들였으나 까마귀 목을 끊지는 못했다. 그러다가 자기의 온 입에 피가 발릴 것을 생각하자 그만 구역질이 났다. 몇 번 헛구역질을 했으나 나오는 것은 없었다. 위와 식도는 맹렬하게 꿈틀대면서 흐리멍덩한 기운을 확 날려버렸다. 그녀는 죽으면 죽었지 그 더러운 물건을 먹지 않기로 했다. 그래서 그녀는 까마귀를 멀리 던져버렸다. 검은 그림자는 길지 않은 포물선을 그리며 사막에 툭 떨어졌다.

"안 마셔. 죽어도 안 마실 거야." 그녀는 자신이 영화에서 나오는 피 빨아먹는 흡혈귀로 변하는 것을 원치 않았다.

그녀는 흡혈귀마냥 살아남을 거면 차라리 죽는 게 낫다고 생각했다.

숨을 가지런히 한 후 눈을 게슴츠레 뜨고 먼 곳의 까마귀들을 바라보았다. 까마귀들도 그녀를 보고 있었다. 그들은 서로 상대방을 두려워하고 있었다. 잉즈는 놈들이 일제히 날아와 눈알을 파먹을까봐 겁이 났다. 정말 그렇게 된다면 그녀는 막을 수 없을 것이다. 그녀의 눈동자는 극심한 고통을 겪으며 어둠 속으로 추락할 것이다. 그녀는 정말이지 말해주고 싶었다. "급할 게 뭐야. 만두는 먹지 않으면 접시에 그대로 있는 게 아냐?"

사람과 까마귀가 대치하고 있었다. 낙타는 이미 초연해 있었다. 낙타는 이 기이한 장면을 보았으나 놀라는 기색이 아니었다. 길에서 지금까지 수많은 일들을 겪다보니 이런 건 실로 아무렇지도 않은 거처럼 생각하는 듯 했다.

잉즈는 이미 자신을 죽은 사람으로 생각했다. 이건 시간 문제였다. 늦든 빠르든 까마귀들 밥이 될 것이다. 그날 밤 승냥이들이 포위해 왔을 때에도 그녀는 달갑게 놈들에게 먹이로 되고 싶지 않았다. 그러나 지금은 그런 생각이 사라져버렸다. 그녀는 마찬가지라고 생각했다. 누가 와서 먹으나. 그녀는 다만 살아있을 때 먹히는 것을 달가워하지 않을 뿐이었다.

까마귀들은 까옥까옥 울어댔다. 놈들은 기다릴 수가 없는 듯했다. 그러나 아무도 그녀의 채찍 맛을 보고 싶지는 않아했다. 낙타는 여전히 풀무처럼 숨을 쉬고 있었다. 낙타의 벌어진 입에서 잉즈는 시커멓게 말라버린 혀를 보았고 이제 낙타의 목숨이 곧 끝나리라는 것을 알았다. 그녀는 차라리 잘됐다고 생각했다. 친구가 있게 되었으므로. 이렇게 되면 그녀는 고독한 귀신은 되지 않을 것이었다.

잉즈가 말했다.

"낙타야, 좀 천천히 가려무나……"

그러나 그녀는 이미 소리를 낼 수가 없었다. 그 짙고 빽빽하고 질긴 그물이 또 그녀한테로 덮쳐오고 있었다. 공기 속에는 깃털 같은 것들이 수없이 날려 다니고 그런 것들은 자신의 입, 귀, 눈으로 막 들어오고 있었다…… 까마귀 소리는 들리지 않았다. 흐리멍덩함 속에서 까마귀들이 날아왔다. 놈들은 날개로 바람을 일구어 커다란 그물을 만들고 있었다. 숱한 그물들이 일제히 자신한테 덮치고 있었다.

짙은 어둠이 깔리기 시작했다.

21.

멀리서 소리 하나가 은은하게 들려왔다. 그것은 어릴 때 할머니의 초혼소리처럼 들렸다. 그때 그녀가 흐리멍덩해 있으면 할머니는 그녀의 혼이 나갔다면서 혼을 불러주었던 것이다.

할머니의 목소리가 멀리서 들려왔다.

"잉즈야… 멀리 있지 말고 가까이 오렴."

누군가 응대했다.

"왔어."

"잉즈야… 높은데 있지 말고 낮은 데로 오렴."

"왔어."

"잉즈야… 뜨거운 데 있지 말고 시원한 데로 오렴."

"왔어."

"잉즈야… 배고프지 말고 배 부르렴."

"왔어."

"잉즈야… 삼혼칠백이 몸으로 돌아오게 정신 차려."

"왔어."

할머니는 이와 비슷한 내용의 말들을 수없이 알고 계셨다. 그녀는 아주 먼데서 주방까지 불리어오게 되었고, 다시 붉은 천으로 싼 가루가 담긴 도자기로 앞가슴과 잔등을 꾹꾹 찍혀야 했다. 한참 그렇게 찍히고 나면 도자기안의 가루에 구멍이 생기는데 그러면 할머니는 말씀하셨다. 이것 봐. 이렇게 많이 축이 났잖니? 그러면 가루를 더 담고 또 부르고 또 누르고 해서 도자기에 담긴 가루가 완전히 평평해져야 초혼 의식이 끝을 보았던 것이다.

할머니의 목소리는 녹두탕처럼 감미로웠고, 그래서 잉즈의 마음속 깊이까지 스며들었었다. 후에 할머니가 세상 뜬 후 아무도 그녀한테 혼을 불러주는 이가 없었다.

지금 그 목소리가 다시 들려오기 시작했다. 잉즈는 흐리멍덩한 가운데 따스함을 느끼고 있었다. 그녀는 자기가 죽었다고 여겼다. 죽은 다음에라야 죽어간 친인들을 만난다고 했다. "그래 죽는 것도 좋은 일이야. 난 그럼 할머니를 만나 뵐 수 있을 테니깐……" 할머니는 그녀를 아주 끔찍이 사랑해주셨었다. 할머니의 품은 가장 따스한 항구였다. 어릴 적에 할머니는 늘 그녀를 꼭 안고 "나의 보배야!" 라고 부르고는 연신 볼에 뽀뽀를 해주셨다. 할머니는 무당할미처럼 신기해서 몸에는 언제나 신기한 물건들이 많았다. 예를 들면 꽃 사탕이랑 땅콩이랑 등이 그것이었다. 또 귀신이야기도 많았다. 매일 밤만 되면 등을 끄자마자 잉즈는 겁이 나서 고함을 지르며 할머니의 품을 파고들었다.

잉즈는 그 소리가 누에고추의 실처럼 길게 느껴졌다. 그 실은 그녀를 감싸고 조금씩 당기면서 마치 연처럼 그녀를 날리고 있었다. 생명명의 바람은 그녀를 아득한 무저갱[22]으로 끌어당겼고 부르는 실은 그녀를 단단히 얽매고 있었다. 그녀는 그 당길 힘에 의해 조금씩 이동하면서 천천히 부르는 사람한테로 다가갔다. 그녀는 점차 알아들을 수

22) 무저갱(無底坑) : 악마가 벌을 받아 한번 떨어지게 되면 영원히 나오지 못한다는 밑 닿는 데가 없는 구렁텅이

있었다. 그 목소리는 좀 변해 있었지만 난얼의 목소리 같았다.

그녀는 억지로 눈을 뜨려고 했다. 그러나 눈은 몹시 깔깔했고 마치 녹 쓴 무쇠빗장을 돌리는 감각이었다. 그녀는 안간힘을 다해 노력하다가 어느 순간 밝은 빛이 눈에 들어오는 것을 느꼈다. 갑자기 들이닥친 빛으로 아무 것도 볼 수 없었다.

"자! 이걸 먹어."

난얼의 목소리는 기쁨에 들떠있었다.

한참을 지나 마침내 난얼을 볼 수 있었다. 그녀는 검은 방망이를 들고 있었다. 잉즈가 꼼짝하지 않자 그녀는 채찍대로 검은 방망이를 썩썩 긁었다. 검은 껍질이 없어지자 하얀 것이 드러났다. 그녀는 그것을 알아보았다. 그때 겨울만 되면 마을 사람들은 양을 잡아서 저것과 같이 삶았던 것이다. 뭐라고 했더라? 맞다. 쇄양(锁阳)[23]이라고 했지.

난얼이 아주 작게 뜯어 잉즈의 입에 넣어주었다. 잉즈는 가볍게 씹어보았다. 달콤한 즙액이 입안에 가득 찼다. 잉즈는 말린 쇄양만 봤지 이렇게 즙액이 많을 줄은 몰랐다.

난얼은 껍질을 벗긴 쇄양을 잉즈한테 주어 그녀에게 더 먹게 하고는 자기는 두건에서 또 하나를 꺼냈다. 잉즈는 난얼의 수건 안에 수두룩히 많은 쇄양을 보고 놀라워했다.

난얼은 쇄양을 씹어서 낙타에게도 주었다. 낙타는 무겁게 호흡하면서 검은 혀를 내밀어 난얼이 짜 넣어주는 즙액을 힘겹게 먹고 있었다.

잉즈의 인상 속에서 쇄양은 그녀가 먹어본 가장 좋은 물건이었다. 그녀가 가볍게 살짝 씹었으나 즙액은 이빨 틈새로 흘러나와 탐욕스런 혀에 감돌았다. 미뢰들은 환호하고 있었다. 그들은 극도로 굶은 참새

---

23) 쇄양(锁阳) : 쇄양과 식물 육질의 다년생 기생성 초본 식물이다. 쇄양은 우리나라에는 자생하지 않고 중국에 자생한다.

들이 어미가 물어다주는 벌레를 본 것처럼 입을 크게 벌리고 짹짹 거리고 있었다. 쇄양의 향기로운 즙액은 위의 잃어버렸던 기억을 되찾아주었고 위는 맹렬하게 꿈틀대기 시작했다.

낙타는 이제 스스로 쇄양을 씹기 시작했다. 녀석은 우걱우걱 씹으면서 하얀 즙을 입귀로 흘리고 있었다. 잉즈는 그것이 무척 아까웠다. 난얼은 매우 흥분해서 잉즈에게 말했다.

"어서 먹어. 좀 쉬고 우리 또 가서 캐자. 저기 쇄양이 아주 많아."

쇄양 하나를 먹고 나자 난얼은 잉즈를 더 먹지 못하게 했다. 그녀가 낙타를 일으키려 하자 낙타가 힘겹게 비틀거리며 일어섰다. 낙타는 난얼이 가져온 쇄양을 모두 먹어치웠다. 쇄양은 허기도 달래고 갈증도 달래고 또 영양보충까지 되었다. 그것이 뱃속에 들어가자 낙타는 그야말로 목숨 하나를 공짜로 건진 듯했다. 잉즈는 머리가 이따금 아팠지만 환각은 사라져버렸다. 난얼이 말했다.

"됐어. 한꺼번에 너무 많이 먹지 말고 좀 있다가 또 먹어."

두 사람은 낙타를 끌고 사막 저편으로 갔다. 한 굽이를 돌고 나니 쇄양이 있는 곳이 나타났다. 그곳은 모래 속에 흙이 섞여 있어서 쇄양이 자라고 있었다. 난얼은 갈라진 틈을 찾아 발로 굴러보았다. 거기에서는 빈 소리가 났다. 난얼이 말했다. 이 아래가 전부 쇄양이야. 금방 먹은 것들도 바로 한 구멍에서 캐낸 것이야. 잉즈는 많은 곳에 갈라진 자리가 있는 것을 발견했다. 그것은 고구마가 지면을 뚫고 나올 때의 모습과 흡사했다. 일부 쇄양은 이미 토양층을 뚫고 나왔다. 잉즈가 감탄했다. "하늘이 무너져도 솟아날 구멍이 있구나."

잉즈가 갈라터진 곳을 파헤치자 그 안에는 전부 쇄양이 들어있었다. 쇄양은 육질기생식물로 모양은 나귀불알처럼 생겼고, 한자 남짓 길었으며 검붉은 색을 띠고 있었다. 흔히 모래와 흙이 섞인 곳에서 자라며 듣는 말에 의하면 신장을 보하고 양기를 도와준다고 한다. 쇄양은 무더기로 자라서 좀 큰 무더기를 만나면 몇 십 근가지 캘 수 있다. 토양층을 얼마 파지 않으면 바로 무더기 쇄양을 볼 수 있는 것이다. 난얼은 채찍대로 흙모래를 긁어서 낙타에게 던져주었다. 낙타는 흥분되어 고함을 질러댔다. 피로한 모습은 이미 사라져버린 뜻했다.

두 사람은 걸채를 풀어주고 음달 쪽에 구덩이를 팠다. 쇄양을 먹고 나서 두 사람은 낙타를 매어두고 구덩이에 들어가 한 잠을 푹 잤다. 그들은 자다가 깨서는 먹고, 먹고는 자면서 얼마나 많은 쇄양을 먹어댔는지 몇 번 잠을 잔 다음 자신들을 정력이 회복되었음을 알았다.

쇄양을 먹고 쇄양을 캐서 낙타가 짊어질 만치 실었다. 그들은 자기들이 낙타를 타지 않더라도 낙타가 쇄양을 더 많이 싣기를 바랐다. 그들은 지정한 방향을 바라고 계속 걸어갔다……

22.

잉즈 네는 마침내 하얀 땅을 보게 되었다.

황사에서 오랫동안 지내다가 하얀 색을 보니 눈이 부셨다. 가까이 가보니 그것은 알칼리성 땅이었다. 이곳에서는 풀 한 포기 자라지 못한다. 알칼리는 땅을 높이 부풀게 했고 밟으면 말랑말랑했다. 공기도 습윤했고 바다의 냄새가 풍겼다.

난얼이 흥분되어 소리쳤다. 곧 염지에 도착할 거야. 그녀가 말했다. 염지 주변은 다 이래.

낙타도 흥분되었는지 고함을 질렀다. 그 소리는 새납(태평소) 소리를 방불케 했다.

사실 잉즈도 기뻐해야 마땅하나 웬일인지 이상하게도 평온했다.

그녀는 자기가 찾아온 것이 또 한 번의 미지의 것일까 봐 겁이 났던 것이다……